Thomas Lang

WARTEN AUF GOLDBERG

Minkins sechstes Hopfenabenteuer

Oertel+Spörer

Die Hauptpersonen:

Minkin: Privatermittler aus Stuttgart, Feuerbach, semi-erfolgreich, überlässt die Ermittlungen gern dem Zufall, hohe Affinität zu flüssigen Produkten auf Hopfen- und Malzbasis.

Goldberg: Agent, Auftraggeber, Mittler, hat eine nervöse Präsenz, erinnert an Danny DeVito, Spiritus Rector, weiß, wo es langgeht, hat ein Geheimnis und kommt diesmal abhanden.

Cop Schneider: Goldbergs Mann fürs Grobe, ein Cop, der sich nebenbei was dazuverdient, um seinen aufwendigen Lebensstil zu finanzieren. Kann eine echte Hilfe sein. Kann. Muss nicht.

Sissi: Wirt der Botnanger *Waldklause*, eine Legende, die Klause ist Minkins Büro, die Tür zur Welt. Und wieder zurück.

Der Saarländer: Minkins Sparringspartner, analysiert mit ihm hin und wieder die Fälle bei einem Corea. Spricht fließend Saarländer Platt.

Wim: Der Holländer, Naturwissenschaftler, der klügste Kerl in Minkins Kosmos. Bastelt: Alles, was blitzt und kracht.

Die Bachmann: Anhängsel gegen Minkins Willen, alte Studienfreundin mit starkem Heilbronner Dialekt, nennt ihn »Mingibaby« – geht gar nicht! Ist nach wie vor ordentlich angepisst von Minkin. Völlig zu Unrecht. Er hat sie nicht mit Désirée, der Killesberg-Amazone, betrogen. Kann ihr das mal bitte jemand sagen!

In diesem Roman kommen dazu:

Truman, Kinky und Rose: Wissenschaftler in weißen Schutzanzügen. Sollen die Hopfenplage in Tettnang stoppen. Viel Spaß dabei! Rose entwickelt dazu noch so was wie Gefühle für Minkin. Ganz falscher Ansatz, Mädchen!

Der russische Geheimdienst: Der Gegenspieler. Antagonist. Besteht aus: Colonel Ievgueni Salmolenko. Vize der Abteilung Spionageabwehr. Major Ilyushin, Niederlassungsleiter in Deutschland. Diverse Agenten. Vladi, Sergej und die Spinne. Böse, böse, böse. Der Iwan halt.

Ein Bundeslandwirtschaftsminister mit schwäbisch-türkischen Wurzeln: Den Vogel denkst du dir nicht aus.

Die Region Oberschwaben/Bodensee: Das Cornwall des Südens. Rosamunde Pilcher würde sich die Hand abhacken lassen, wenn ihre Romane dort spielen dürften.

Der Hopfen: Es gibt so viele unnütze Pflanzen auf der Erde. Brokkoli, Chinakohl, Quinoa … Und es gibt Hopfen!

Die Biere der Region: Sind das, was herauskommt, wenn Gott einen guten Tag hat und ihm keiner aus der Abteilung Entwicklung und Marketing reinquatscht.

Samuel Beckett: Irischer Schriftsteller. Nobelpreisträger. Gestorben 1989 in Paris. Arbeitete unter anderem in Stuttgart. In den 70er-Jahren. Produzierte Fernsehspiele, Hörspiele für den Süddeutschen Rundfunk. Mochte das Niemandsland dort. Geistige Verwandtschaft mit Minkin, wenngleich Herkunft ungeklärt.

Solange es Hopfen gibt,
gibt es Hoffnung!
As long as there are hops,
there is hope!

Das schönste Zitat, das Winston Churchill nie gesagt hat.

PROLOG

Ein grauer Schleier aus Nebel lag über dem See. Der Mond schien matt durch die dichten Wolken, als das leise Brummen des Kleinflugzeugs die Stille der Nacht durchbrach. Die Propeller drehten sich unermüdlich, während das Flugzeug langsam über den dunklen Wassern dahinglitt. Im Cockpit saßen zwei Männer, deren Gesichter von harten Schatten gezeichnet waren.

»Ist das hier die richtige Stelle?«, fragte der Co-Pilot, ein breitschultriger Mann mit kahl geschorenem Kopf und tätowierten Händen. Seine Stimme klang tief und rau. Der schwere russische Akzent war unverkennbar.

Der Pilot, ein schlanker Mann mit eisblauen Augen, hielt das Steuer des Flugzeugs fest umklammert. Er beugte sich vor und warf einen Blick auf die Instrumententafel. »Ja, da vorne ist der tiefste Punkt. Hier wird ihn keiner finden.« Seine Stimme war kalt.

Die Maschine flog noch einige Minuten, bis sie die Mitte des Sees erreicht hatte. Die Dunkelheit unter dem Flugzeug war undurchdringlich, das Wasser glich einem endlosen, schwarzen Abgrund. Der Pilot drosselte die Geschwindigkeit und gab ein kurzes Nicken. »Jetzt!«

Der Co-Pilot stand auf und machte sich auf den Weg in den hinteren Teil des Flugzeuges. Die Maschine wackelte leicht in der Luft, als er die schwere Metalltür öffnete. Vor ihm lag ein großer, schwarzer Plastiksack auf dem Boden, grob verschnürt. Ein leicht stechender Geruch drang in seine Nase, doch er verzog keine Miene.

Mit einer mühsamen Bewegung zog er den Sack zum Rand der offenen Tür. Die kalte Luft strömte herein und ließ ihn frösteln, er ignorierte das Zittern seiner Hände. Er atmete durch und zählte »eins, zwei, drei!« Dann gab er dem verschnürten Bündel einen heftigen Stoß.

Mit einem harten Aufprall landete der Sack nach wenigen Augenblicken auf der Wasseroberfläche. Das Gewicht der Steine, die sich darin befanden, zog ihn sofort nach unten. Das Wasser schloss sich schnell und lautlos über dem Toten. Der Co-Pilot schloss die Tür mit einem Ruck und drehte sich zu seinem Partner um. »Es ist erledigt«, meldete er, seine Stimme klang ruhig. »Niemand wird ihn je finden.«

Der Pilot nickte zustimmend.

»Es dämmert bereits. Lass uns von hier verschwinden!«

Das Flugzeug drehte ab. Das Brummen wurde allmählich leiser, bis es schließlich in der Ferne verschwand. Der Nebel verdichtete sich und die Oberfläche des Sees blieb ruhig und undurchdringlich, als ob nichts geschehen wäre. Unter der stillen Wasseroberfläche verbarg sich ein weiteres Geheimnis. Das leichte Rauschen der Wellen übertönte das dumpfe Echo eines Verbrechens, das im Schatten der Nacht begangen worden war. Der See kannte viele Geheimnisse. Dieses hier war anders. Dieses Geheimnis würde die Ruhe der Menschen an seinen Ufern erschüttern. Tief unten, in der kalten Umarmung des Wassers, begann die Wahrheit zu brodeln und suchte einen Weg, um an die Oberfläche zu gelangen.

ALLES AUF ANFANG

Führe ich gen Himmel, so bist du da;
bettete ich mich bei den Toten,
siehe, so bist du auch da.

Psalm 139, 8

Minkins Mobiltelefon klingelte. Gab wenig Menschen, die Minkin anriefen auf seinem Siemens ME45. Minkin erkannte den Namen und nahm widerwillig ab. Fragte trotzdem: »Wer stört?«

»Ich bin's, Goldberg. Das weißt du genau. Mein Name erscheint auf dem Display. Stell dich nicht dümmer, als du bist.«

War kurz nach elf Uhr in der Frühe. Wenn Goldberg Minkin mitten in der Nacht anrief, dann musste es dringend sein. Das war der Grund, warum Minkin überhaupt ranging.

»Was gibt es?«

»Schläfst du noch?«, baffte ihn Goldberg an.

»Jetzt nicht mehr. Danke auch dafür, Goldberg.«

Goldberg war schon wieder auf hundertachtzig. »Wann um alles in der Welt kriegst du dein Leben endlich in den Griff, Minkin?«

Was für eine seltsame Frage. Sein Leben in den Griff kriegen? Das war das Letzte, was Minkin mit seinem Leben vorhatte. Der Griff war bekanntlich der kleine Bruder des Zwangs.

»Warum schon wieder so gut gelaunt, Goldberg?«

Sollte Ironie sein. Goldberg ging kommentarlos darüber hinweg.

Goldberg war seit Jahren Minkins Partner in widerstrebender, unbehaglicher Allianz. Versorgte ihn mit Aufträgen im privaten Ermittlergewerbe. Waren Jobs, die kein anderer haben wollte. Das Gute daran? Ging immer um Bier. Bei seinem letzten Job musste Minkin in Bamberg eine weinende Madonna aus den Fängen eines Immobilieninvestors retten. Die Madonna war kein gewöhnliches Mädchen. Weinte auch keine gewöhnlichen Tränen. Sie weinte Bier. Keine Fernsehbierplörre, kein Becks Gold. Sondern ein Rotbier. Mit ordentlich Bumms drin. Minkin hatte es geschafft, die Lady in Sicherheit zu bringen. Ansonsten war es eine Tragödie. Ein junger Bursche versenkte sein Leben in der Regnitz. Gab eine ganze Latte an Menschen, die Minkin die Schuld dafür gaben. Allen voran die Mutter des Jungen und dessen Freundin. Um nur mal die beiden wichtigsten Vertreter aus der Liga zu nennen. Und sie lagen vermutlich nicht mal komplett daneben mit ihren Vorwürfen.

Minkin hatte nach der Geschichte in Bamberg ernsthafte Schwierigkeiten, wieder Tritt zu fassen. Pendelte im Wesentlichen zwischen seiner Zwei-Raum-Wohnung am Feuerbacher Wilhelm-Geiger-Platz und der Botnanger *Waldklause*. Sein Leben glich einem einzigen Song von The Cure. Einem traurigen. Haha! Er schlief miserabel, fand häufig erst in den frühen Morgenstunden ein paar Stunden Ruhe. Und selbst das, was Minkin als Ruhe bezeichnete, glich eher einer Flucht, einer Hatz. Vor dem Gesicht des toten Jungen. *Führe ich gen Himmel, so bist du da; bettete ich mich bei den Toten, siehe, so bist du auch da.* Nahm den Mund ganz schön voll, der Psalmschreiber. Gott war weit weg im Moment, er gönnte sich eine Auszeit. Der tote Junge hingegen, der war präsent. *Pictures Of You.* Überall.

Minkin wachte meist kurz vor Mittag auf. In Schweiß gebadet. Müder als zuvor. Er erwog ernsthaft, Hilfe in Anspruch zu nehmen. Professionelle Hilfe. So in der Art, wo man mit einem Profi quatschte, Pillen bekam, um irgendwann wieder in die Spur zu kommen. Minkin rief bei einer Psychologin an. Voller guter Absichten. Hatte die Nummer von Cop Schneider erhalten. Der war immerhin eine ausgezeichnete Referenz. Ein Wahnsinniger wie aus dem Lehrbuch. In der Praxis der Psychotante war gerade Mittagspause, als Minkin dort anrief. So ein Pech aber auch. *Haste Scheiße am Fuß, haste Scheiße am Fuß.* Geschichten, die ohne Andy Brehmes philosophische Einwürfe davonkamen, waren es selten wert, gelesen zu werden. Damit wäre das schon mal erledigt. Jedenfalls ließ Minkin es nach dem erfolglosen Anruf bei der Psychotante bleiben. Er war aus diesem Grund nicht komplett unfroh darüber, dass Goldberg für ihn eine Aufgabe hatte.

»Du darfst runter an den Bodensee.«

Bodensee. Ernsthaft! Von Gewässern hatte Minkin genug. *Wasser bietet der Schönheit ihr Double.* Joseph Brodsky, von dem dieses Zitat stammte, mochte ein großer Literat gewesen sein. Aber mit seiner Meinung über Wasser lag er ziemlich daneben. Wasser war eine einzige existenzielle Bedrohung. Egal, ob es zu viel davon gab oder zu wenig.

»Was soll ich dort? Einen Surfkurs belegen? Urlaub machen?«, fragte Minkin mit reichlich Selbstironie. Sein letztes Abenteuer hatte mit einem Surfkurs auf dem Stuttgarter Max-Eyth-See begonnen, bei dem er fast ertrunken wäre. Wenn das mal keine Leistung war in der Pfütze!

Minkin war kein sonderlich guter Urlauber. Gab sicher eine Menge Menschen, die die Region da unten für eine der schönsten Gegenden in der Republik hielten. Das sagte man aber vermutlich von einer Menge Ecken der Republik. Na ja, vielleicht nicht gerade von Wanne-Eickel. Oder Castrop-Rauxel. Aber hey, man mag über diese Orte denken, was man will. Die Menschen dort waren schwer in Ordnung, trugen das Herz am rechten Fleck. So ziemlich die meisten von ihnen jedenfalls.

»Urlaub?«, nahm Goldberg Minkins Frage auf. Fragte mit reichlich Spott im Tonfall: »Von was solltest du Urlaub machen, Minkin?«

War mehr eine rhetorische Frage, die Goldberg da in den Raum warf, schon klar.

Goldberg fuhr fort: »Du musst nach Tettnang.«

»Tettnang«, wiederholte Minkin. Der Name war Musik in den Ohren eines jeden Bierliebhabers. Und zwar die Art von Musik, wie sie Shane MacGowan machte. Der verstorbene Sänger der Pogues. Nicht die Art Musik von Taylor Swift. Nichts zu sagen gegen die Frau. War okay. Gab die richtigen Statements ab. Und die ganzen Swifties würden jedenfalls keinen Dritten Weltkrieg anzetteln, soviel war klar. »Tettnang?«, zeigte sich Minkin interessiert. Tettnang war für ziemlich genau eine Sache bekannt. Für seinen Hopfen. Die Felder dort drum herum waren die Heimat des Aromahopfens. »Was soll ich da?«

»Die Hopfenbauern sind unruhig«, antwortete Goldberg. Beunruhigte Bauern waren neuerdings im Trend. Tauchten überall auf. Vom Brandenburger Tor bis nach Biberach.

»Was genau macht die Farmer in Tettnang nervös?« Farmer, klang großspurig. Nach Wildwest. Keine Ahnung, wo Minkin das aufgeschnappt hatte.

»Die Hopfenpflanzen. Sie sind krank.«

Minkin musste kurz darüber nachdenken. Hatte er richtig gehört? Krankes Grün? »Okay, Goldberg, Hopfenpflanzen, nichts gegen zu sagen, zweifelsohne eines der wichtigsten Lebewesen auf der Welt. Aber bin ich Gärtner Pötschke?

Was soll ich da? Mein grüner Daumen ist nicht sonderlich ausgeprägt. Ackerbau ist nicht mein größtes Talent.«

»Gibt es das überhaupt?«, fragte Goldberg spöttisch nach. »Das Talent. Mal abgesehen von deinem Talent, ein notorischer Trunkenbold zu sein. Musst du eigentlich den ganzen Tag Bier trinken?«

»Muss ich nicht, Goldberg, ich mach das freiwillig.« Nun, dachte Minkin, irgendetwas konnte jeder. Immerhin das mit dem Saufen konnte man ihm nicht streitig machen.

»Mach dir keine Sorgen, Minkin. Du brauchst für die Sache kein Talent, du sollst dir die Angelegenheit nur anschauen. Ein Bild davon machen. Mehr nicht. Eine reine Aufklärungsmission.«

»Holla die Waldfee!« Diese alberne Redewendung wollte Minkin immer schon mal aktiv benutzen. Hier war sie halbwegs legal verbraten. Eine Aufklärungsmission! Wo hatte Goldberg diesen militärischen Terminus hergezaubert? Klang bedeutend. Klang nach den Navy SEALs. Nach einer Spezialoperation. Einen Drogenbaron im südamerikanischen Dschungel ausfindig machen. Einen Warlord in Afghanistan finden. Aber hier ging es um welkende Hopfenpflanzen in Oberschwaben. Ging's noch? Das war nicht Goldbergs Ernst?

»Sie machen Witze, oder?«, fragte Minkin nach.

»Hast du mich als sonderlich humorvoll in Erinnerung?«

Hatte Minkin nicht. Goldberg hatte in ungefähr so viel Sinn für Humor, wie Christian Lindner Sinn für ein Tempolimit auf deutschen Autobahnen hatte. Will heißen, gar keinen. Er war Goldberg seit der Sache auf dem Max-Eyth-See etwas schuldig. Goldberg hatte ihn bei seinem letzten Abenteuer vor dem Tod durch Ertrinken gerettet. Minkin hatte also keine große Wahl. Konnte schlecht nein sagen.

»Eine Aufklärungsmission, sagen Sie?«

»Genau. Hinfahren, umschauen, Bericht erstatten. Mehr ist es nicht.«

Klang von Anfang an suspekt, hätte Minkin darauf kommen können. Das klang nicht nach Goldberg. Irgendetwas musste an dieser Geschichte anders sein. War nicht das Übliche: Geh dahin, mach dies, bring jenes in Sicherheit.

»Wann genau soll es losgehn?«

»Hast du heute noch Termine?«

Minkin dachte kurz daran, auf *beschäftigt* zu machen. Muss ich erst in meinem Terminkalender nachsehen. Etwas in der Art eben. Würde ihm Goldberg nicht abkaufen. Ließ es deshalb sein.

»Nein, nicht direkt.«

»Dann nimm den Regionalexpress nach Friedrichshafen. Fährt immer kurz nach halb. Von Friedrichshafen kannst du den Bus nehmen bis Tettnang.«

Regionalexpress. Bus. War genau Minkins Liga der gewöhnlichen Transportmittel.

»Heute? Ihr Ernst?«

»Ja, Minkin, es ist höchste Eisenbahn.«

Eine schöne Eisenbahner-Redewendung, dachte Minkin. Gefiel ihm. Wollte er kontern. »Machen Sie mal langsam. Ein alter Mann ist kein D-Zug.«

Goldberg parierte astrein: »Deshalb wäre es gut, wenn du eine Schippe drauflegst, sonst ist der Zug abgefahren.« Goldberg hatte das Eisenbahnermetapherduell für sich entschieden. Klares 2:1.

»Was ich meine, ist: Du solltest dich beeilen, sonst geht die Ernte den Bach runter.«

Was anderes war von Goldberg kaum zu erwarten. Gab selten Vorlauf bei seinen Aufträgen. Was nichts änderte. Es war im Grunde wie immer für Minkin. Er war niemand, der seine Einsätze minutiös plante. Vorbereitung wurde überschätzt. Bruder Zufall war sein versiertester Kollege. Bis jetzt zumindest war er das.

»Ich will nicht gierig sein, Goldberg, aber wie ist die Bezahlung?«

»Siehe es als einen Gefallen, den du mir schuldest. Außerdem hast du dann wieder was zu tun, du bist runter von der Straße.«

Minkin wollte widersprechen, wusste aber, dass Goldberg nicht völlig quer lag mit dem, was er von sich gab.

»Spesen gehen auf mich. Du wirst in der Krone übernachten. Wird dir gefallen.«

»Wie kommen Sie darauf?«

»Ist ein Brauereigasthof.«

Bling! Goldberg wusste, welche Knöpfe er bei Minkin drücken musste. War auch keine Raketenwissenschaft bei Minkin. Minkin war in der Hinsicht so vorhersehbar wie der nächste Film von Til Schweiger. Oder ein Song von Status Quo. Oder das nächste Coldplay-Album. War früher unvorstellbar bei dieser Band, die zu Beginn ihrer Karriere Songs für die Ewigkeit geschrieben hatte.

Als Goldberg das Gespräch mit Minkin beendete, war es kurz vor zwölf. Minkin dachte über den obligatorischen Besuch der *Waldklause* nach. Ein Treffen mit dem Saarländer. Andererseits wurde es Zeit, mit Routinen zu brechen. Wer noch mal genau verzapfte diesen Nonsens? Der Dalai Lama war es jedenfalls nicht.

Minkin packte ein paar Klamotten und seine Zahnbürste in die hellblaue Adidas-Sporttasche aus den Siebzigerjahren und machte sich auf den Weg zur U-Bahn-Haltestelle Wilhelm-Geiger-Platz, die praktisch vor seiner Haustür lag. Gab Menschen, die behaupteten, das schönste an Feuerbach seien die U-Bahnen, die raus aus Feuerbach fuhren. Was sollte man über diese Menschen sagen. Sollten sie sich doch ruhig mit der nächsten Bahn verpissen! Paar Idioten weniger hier in Feuerbach, wäre kein Nachteil für den Stadtteil. Gab hier noch mehr als genug davon.

Minkin lief kurz darauf am Bahnhof ein. Der Stuttgarter Hauptbahnhof war immer noch ein mühsames Chaos, eine Dauerbaustelle. Ein Wimmelbild zum Weinen. Minkin fragte sich ernsthaft, ob er die Eröffnung des neuen Wahrzeichens der Stadt noch erleben würde. War mal für 2019 geplant, inzwischen sprach die Bahn von 2026. Die Frage, die sich hieran anschloss, war, ob das erstrebenswert wäre, die Eröffnung zu erleben. Im Grunde ging es Minkin damit, wie es den Fans aus der Cannstatter Kurve jahrelang gegangen war. *Das Beste hoffen, mit dem Schlimmsten rechnen.* Von 2. Liga bis Champions League war schließlich immer alles möglich bei den Roten.

Was Minkin am Hauptbahnhof ernsthaft vermisste, war das, was einen Bahnhof ausmachen sollte. Er war im Optimalfall der freudig-erregte Ausgangspunkt einer bevorstehenden Reise, auf die man blickte. Oder er war der Endpunkt einer Bahnfahrt und man freute sich auf den Bahnhof wie auf einen alten Freund, den man lange nicht gesehen hatte. Der hiesige Hauptbahnhof war seit Jahren ein unwirtlicher Ort. Niemand freute sich ernsthaft, von dort aus zu starten oder geschweige denn, dort anzukommen. Und wenn er irgendwann einmal fertiggestellt sein würde, dann würde er den Charme einer Galeria-Kaufhof-Filiale versprühen. Immerhin hatten diese Galeria-Häuser damals noch ordentliche Restaurants, dachte Minkin in einem Anflug von Nostalgie. Minkin ging in den Neunzigern dort gelegentlich zum Frühstücken hin. Als Student. War so. Frühstück gab es dort auch nach zehn Uhr morgens. Kaisersemmeln, Pressschinken, Gouda, Butter, Marmelade. Die Smoothie-Bowl mit Granola und griechischem

Joghurt war noch nicht erfunden. Das alles gab es für einen Fünfer. Inklusive Heißgetränk. Konntest du nichts sagen. Warst du satt hinterher. Auch optisch waren die Galeria-Restaurants einwandfrei. In zurückhaltendem Braun-beige gehalten. Die Wände mit falschem Marmor verkleidet. Die älteren Damen, die dort saßen, kamen immer gerade vom hauseigenen Friseursalon oder waren auf dem Weg dahin. Minkin konnte sich nicht erinnern, wann der Stuttgarter Hauptbahnhof sein letztes ernstzunehmendes Bahnhofslokal verloren hatte. Er mochte die Orte. Diese Durchgangszimmer, wie der tschechische Autor Jaroslav Rudiš die Bahnhofslokale in seiner großartigen *Gebrauchsanweisung fürs Zugreisen* nennt. In Böhmen lockt das Bier die Reisenden dort hinein, in Italien der Espresso. In Stuttgart gab es seit dem Verschwinden des Imbisses am Gleis 16 überhaupt keinen einzigen Grund mehr, dort länger als nötig zu verweilen. Dean und sein Kumpel David mit ihren fresh made Smoothies und Hot Bowls waren jedenfalls für Minkin kein Grund.

SÜDBAHN

Eine Geiß hat er sich kaufet
und dass die ihm nit entlaufet,
bindet sie de gute Ma
hinte an de Wage a.
Auf de nächste Statione,
wo er will sein Böckle hole,
findt er nur noch Kopf und Soil
an dem hintre Wagentoil.

Trad.

Minkin erreichte den Interregio um 14.39 Uhr. Fuhr über Ulm nach Friedrichshafen. Vor drei Jahren wurde die elektrifizierte Südbahn in Betrieb genommen. Fahrgäste können dann öfter ohne Umsteigen von Stuttgart an den Bodensee gelangen, auf Teilen der Strecke können die Züge mit Tempo 160 fahren. Immerhin. Das und die schwimmenden LNG-Terminals im Weltnaturerbe Wattenmeer in der Nordsee brachte die verflossene Ampel-Regierung ans Laufen. Das war der neue Deutschlandtakt. Minkin mochte die Südbahn. Ging über Plochingen, Göppingen, Geislingen mit der Filstalbahn. Dann die Alb hoch. Über Amstetten. Gab dort das *Gasthaus zum Bahnhöfle*. Stand noch auf Minkins To-do-Liste. Sah einladend aus. Auf einigen der Nebengleise standen ein paar historische Waggons, die jedem Bahnromatiker die Tränen in die Augen treiben mussten. Wenn man Ulm erreichte, sah man als Erstes das Ulmer Münster mit dem höchsten Kirchturm der Welt. Über 160 Meter hoch. Über 200 Jahre hat man an der Kirche gebaut. Könnte meinen, am Ende hat der Herrgott selbst Hand angelegt, so gut ist das Ding geworden. Hinter Ulm lässt die Industriebebauung nach und das ländliche Oberschwaben beginnt. Die Strecke führt über Biberach, Schussenried, Ravensburg. Immer weiter auf der Schwäbischen Eisenbahn. Meckenbeuren, Durlesbach. Das Volkslied *Auf d'r schwäb'sche Eisabahna* hat dem Ort Durlesbach eine ziemliche Bekanntheit verschafft. Dabei handelt es sich um eine kleine Ortschaft, die wildromantisch in einem bewaldeten Tal, dem Schussentobel, liegt. Der Bahnhof in Durlesbach war inzwischen ein Ausflugslokal. Ein Café mit Galerie. Personenzüge halten in Durlesbach schon länger nicht mehr. Der Bahnhof ist stillgelegt worden, die Schienen werden auch heute noch genutzt. Am Bahnhof stehen auf einem Abstellgleis eine Dampflok und Waggons. Und einige Bronzefiguren, die vor dem hinteren Waggon stehen. Ein Ziegenbock, ein Schaffner, ein Bauer und ein weiblicher Passagier. Sie stellen eine Szene aus dem Lied nach. Das Lied nimmt ein ungutes Ende. Den Ziegenbock erwischt es. Der Bauer, dem der Ziegenbock gehört, bindet ihn hinten an den letzten Wagon an, wie er es bei seinem Ochsengespann gewohnt war. Er hat nicht damit gerechnet, dass die Königlich Württembergische Staats-Eisenbahn einen schnelleren Zahn drauf hatte. Am Ende der Bahnfahrt findet der Bauer nur noch den Kopf des Ziegenbocks vor und legt sich mit der Bahn an. Er will Schadenersatz haben. Vermutlich wurde er vom Schaffner auf das Fahrgastrechteformular der Bahn verwiesen. Dann gute Nacht! Das Lied wurde Mitte des 19. Jahrhunderts von Tübinger Studenten gedichtet, die sich über die Einfältigkeit der Landbevölkerung lustig machten. Die Hipster waren damals schon arrogante Ärsche. Aber schöpferisch, das waren sie. Kann man nichts sagen.

In Friedrichshafen hatte Minkin kurzen Aufenthalt am Bahnhof. Die Stadt Friedrichshafen wurde nach dem ersten württembergischen König Friedrich I. benannt. Die Stadt prosperierte wirtschaftlich unter diesem König als privilegierter Freihafen und Warenumschlagplatz für den Handelsverkehr mit der Schweiz. Später baute man dort Zeppeline, im und nach dem Zweiten Weltkrieg war Friedrichshafen ein wichtiger Rüstungsstandort. Makaber, aber die aktuellen Ereignisse waren sicher nicht zum Schaden für die Unternehmen in der Region. Rüstung war plötzlich wieder angesagt. Minkin machte die paar Schritte vom Bahnhof zum See vor. Von hier aus hatte man Blick auf die Schweizer Berge. Tagsüber. Wenn kein Nebel war. Was im Sommer sogar immer wieder mal vorkam.

Minkin erwischte den Bus und machte sich auf den Weg nach Tettnang. Mitten durch eine jahrhundertealte Kulturlandschaft. Das leicht hügelige Gebiet war geprägt von Hopfengärten. Meterhoch ragen die architektonisch kunstvoll aufgebauten Hopfengerüste in den Himmel. Minkin stieg am Bärenplatz aus. Direkt gegenüber befand sich die *Kronenbrauerei*. Sah von außen schon so aus, als ob man hier nicht mehr wegwollte. Hielt von innen das, was man von außen ehrfürchtig erwarten durfte. Eine alte, schwäbische Wirtsstube mit einer den ganzen Raum umlaufenden Holzbank. Gekrönt von Schnitzereien, die die Handwerkszünfte darstellten. Eine Gestaltung, für die ein Innenraumdesigner heute vermutlich seine komplette Sammlung an schwarzen Rollkragenpullis hergeben würde. Aber was sollte ein Gastrodesigner auch für Zünfte darstellen? Typen in Hoodies, die am MacBook saßen und eine App programmierten?

Minkin nahm in der Stube Platz und startete mit der klassischen Halbe. Wurde ausgeschenkt im Steinkrug. Nicht zu malzig, nicht zu bitter. Perfekt für das Startbier am Abend. Top Drinkability. Oder, wie der Bierreisende Volker R. Quante das gerne nannte, hohe Durchtrinkbarkeit. Minkin arbeitete mit dem Pils weiter. Ein unfiltriertes Bier. Kam Minkin schon mal sehr entgegen. Da war der ganze Rotz noch drin. Schön trüb, üppige Krone. Würzig, nicht zu bitter. Minkin hatte den Begleiter für den Rest des Abends gefunden. Nach der sechsten Runde machte er Schluss. Er wollte sich heute nicht betrinken. War zum Arbeiten hierhergekommen. Zumindest ab morgen. Minkin erwog ein Abendessen. Dachte dann an die alte Trinkerweisheit, dass sechs Biere auch eine Mahlzeit waren. Ließ es dabei.

Die Formalitäten beim Check-in dauerten nur wenige Minuten. Das Zimmer war bereits bezahlt worden. Sieh einer an, dachte Minkin. Verlass war auf Goldberg. Man hatte für Minkin das Hopfenzimmer vorgesehen. Ein helles, sauberes Zimmer. Ganz anders als Minkins Feuerbacher Bleibe. An der Wand war eine Fototapete mit Hopfenpflanzen. An jedem anderen Ort dieser Erde wäre das kitschig rübergekommen. Hier nicht. Minkin liebte es.

Minkin schlief, wie es sich für einen solchen Ort gehörte. Tief, fest und voller Träume. Das meiste davon hatte mit den Hopfenpflanzen zu tun, die sich über seinem Bett auf der Fototapete befanden. Nach dem Aufwachen ging Minkin in die Gaststube hinunter, in der ein riesiges Büfett aufgebaut war. Was hatten die hier vor? Den ganzen Ort versorgen? Minkin war kein großer Frühstücker. Er holte sich einen Kaffee, schwarz. Ein hart gekochtes Ei und eine Kaisersemmel. Der alte, einfache Galeria-Kaufhof-Style. Yeah! Nachdem Minkin das Frühstück zu sich genommen hatte, machte er sich an die Arbeit. Wie hatte Goldberg das genannt? Eine Aufklärungsmission. Beobachten. Nicht eingreifen. War besser so. Immer wenn Minkin eingriff, gab es

Kollateralschäden. Minkin verließ das Hotel anschließend in Richtung Osten. Dachte darüber nach, den Bus zu nehmen. Andererseits war Bewegung etwas, das er nicht gerade im Überfluss hatte. Entschied sich deshalb für einen Fußmarsch.

Goldberg hatte ihm das Hopfengut No. 20 empfohlen. Im Grunde könne er überall hingehen, aber dort sei man Besucher gewohnt. Man sei vermutlich nicht so misstrauisch gegenüber Fremden, wie man es sonst gelegentlich hier in der Region war. Minkin konnte diesbezüglich wenig überraschen. Sein letztes Abenteuer führte ihn nach Oberfranken, in die Fränkische Schweiz. Auch nicht gerade ein Ausbund an Offenheit gegenüber Fremden. Dauerte dort, bis sie mit einem Besucher warm wurden. Aber dann schlossen sie dich ins Herz.

Nachdem Minkin die Stadtgrenze hinter sich gelassen hatte, war er bereits mittendrin in den Obstplantagen und Hopfengärten. Minkin war sich nicht hundertprozentig sicher, was noch Kulturlandschaft war und wo schon die Monokultur begann. Sah ein wenig wie am Reißbrett entworfen aus. Hatte nicht allzu viel zu tun mit den Streuobstwiesen, die Minkin aus seiner Kindheit im Kraichgau kannte. Mit ihren verstreuten hochstämmigen Obstbäumen. Unterschiedlich alt. Viele Arten und Sorten wild durcheinander. Mühsam in der Ernte, aber für die Natur ein Segen. Das hier schien auf Effizienz und Ertrag getrimmt, konnte man im Grunde nichts gegen sagen. Das war die Erwerbsgrundlage der Bauern. Und sagen wir mal so: Biodiversität war nicht Minkins Hauptanliegen hier unten.

Nach einer dreiviertel Stunde entlang des Hopfenpfades erreichte Minkin das Hopfengut. Es lag über den Hügeln der Stadt. Die Luft roch klar und rein. Ganz anders als Minkins Feuerbacher Habitat am Wilhelm-Geiger-Platz mit den üblichen Stadtgerüchen. Schmutz, Frittenfett, Dönergewürz, Zigarettenrauch, Reifenabrieb, und am späten Abend mischte sich der Gestank von Säuferpisse darunter. Die Städte waren gearscht. Und vermutlich stand Stuttgart noch gut da. Worauf sich aber ganz sicher niemand etwas einbilden sollte. Am wenigsten der Oberbürgermeister mit der schönen Haarfrisur.

AUF DEM HOPFENGUT

Das Hopfengut war ein großes Areal. Bestand aus Bauernhof, Brauerei, Museum, Laden, Gaststätte. War alles da. Angrenzend die Felder mit den Hopfenplantagen. Minkin ging um den Gebäudekomplex herum. Entdeckte eine Gruppe von drei Personen in weißen Schutzanzügen, die zwischen Hopfenpflanzen standen und sich an den Pflanzen zu schaffen machten. Sah ein wenig gespenstisch aus. Erinnerte an die Coronaphase. Sah man das öfters. Menschen in Schutzanzügen. Corona war vorbei. Doktor Drosten von der Bildfläche verschwunden. Schade eigentlich. Minkin mochte den Mann. Hinterließ einen aufrichtigen Eindruck. Was machte der eigentlich heute? Feilte vermutlich an seinem Comeback als Indiemusiker. Oder bereitete sich auf die nächste Pandemie vor. Drostens universeller Rat für den Trinker war nach wie vor gültig. Wie der ging? Flaschenbier. Am besten draußen an der frischen Luft genossen. Minkin ging auf die Gruppe in den Schutzanzügen zu. Trat bis auf wenige Meter an sie heran.

»Guten Tag.«

»Das hier ist Privatgelände«, sagte einer der Schutzanzüge, ohne sich umzudrehen. Schöne Begrüßung. Sollte nicht mal höflich klingen. Sollte klingen wie *verpiss dich!*

»Privatgelände, passt«, erwiderte Minkin. »Ich bin privat hier.« War eine saudumme Antwort. Genauso wurde sie auch aufgefasst.

»Sie haben das wohl nicht ganz verstanden. Wir haben hier zu tun!«

»Sehe ich. Müssen Sie bei Ihrer Arbeit immer diese Klamotten tragen? Sieht nach *Apokalypse Now* aus.«

Einer der Schutzanzüge drehte sich zu ihm um. Minkin erkannte eine junge Frau darin. Roter Pony. Sommersprossen. Weiches Gesicht.

Fragte ihn: »Gehören Sie dazu?«

Die Frage hatte sich Minkin das eine oder andere Mal schon gestellt. Ohne die passende Antwort darauf zu haben. Minkin sah die Frau im Schutzanzug an. »Wozu genau?«

»Sind Sie Hopfenbauer?«

Minkin sah die Frau an, dann an sich hinab. Antwort erübrigte sich.

Die junge Frau nickte. »Und was genau wollen Sie dann hier?«

Minkin lag etwas auf der Zunge. Ein minimalistischer Anflug von Sympathie. Etwas in der Art von: Ich bin den ganzen verdammten langen Weg hier rausgelaufen, um Sie zu treffen. Sagte stattdessen: »Hab gehört, den Pflanzen geht es nicht gut.«

»Was kümmert Sie das?«

Törichte Frage. Inzwischen hatte sich der zweite Schutzanzug hinzugesellt.

»Sieh ihn an, Rose. Sein Interesse für Hopfen steht ihm buchstäblich ins Gesicht geschrieben.« Schickte ein schmutziges Lachen hinterher.

Idiot!, dachte Minkin. Noch hatte er kein aufgequollenes Säufergesicht oder geplatzte Äderchen auf der Nase. Sah er noch okay aus für sein Alter. War noch weit entfernt von der optischen Annäherung an den späten Gérard Depardieu. Aber hey, das dachte vermutlich jeder halbwegs veritable Trinker von sich. Dass er trinken konnte, wie Harald Juhnke und dabei aussah wie Frank Sinatra, der sich mit einer Flasche Jack Daniels begraben ließ. Aber das mit der

Kongruenz zwischen Attraktivität und Absturz haute vermutlich bei den wenigsten Profis hin. Minkin hatte mit seinen 1,80 ein paar Kilo zu viel auf den Rippen. Kam optisch daher wie eine erfolglose Ausgabe von Christian Ulmen. Die sehr erfolglose. Seine dunklen, fettigen Haare fielen ihm ungepflegt ins Gesicht. Die ausgewaschene Levis 501 und die verbleichten T-Shirts zeugten von einem nachlässigen Kleidungsstil. Unterstrich seine ohnehin abgerockte Erscheinung. Mit wenig Interesse an Sport und einem Hang zu übermäßigem Bierkonsum war sein Körper träge geworden, fast ein wenig aufgedunsen. Die nächsten Jahre würden entscheiden, wohin es gehen würde. Als ob sie das nicht schon längst getan hatten: steil bergab. Oder langsam bergab. Richtung war jedenfalls klar. In Minkins Augen konnte man die Mischung aus Resignation und überstandenen Kämpfen erkennen. Kämpfe, die er nicht gewonnen hatte. Und er gab sich nicht mal die Mühe, das zu verbergen.

»Verziehen Sie sich, wir haben hier zu tun. Noch mal sage ich das nicht, Burschi!« Der Kerl war einen halben Kopf größer als Minkin. Muskulöser Naturbursche. Der weiße Schutzanzug machte ihn noch furchteinflößender. Minkin blickte hilfesuchend zu der Frau mit dem roten Pony und den Sommersprossen. Die zuckte mit den Schultern. Gab ihm zu verstehen: Bei mir findest du nicht, was du suchst. Minkin entschied sich für Rückzug. Immerhin kannte er ihren Namen. Rose. Damit wusste Minkin bei dem Mädchen schon mal weitaus mehr als bei vielen anderen Mädchen, für die er sich interessierte. Er drehte sich um und ging in Richtung des Hofgebäudes. *Red Roses For Me*. Der Titel des ersten Albums der Pogues. Wahre Gossenhymnen. Der Soundtrack meines halben Lebens, dachte Minkin.

Rief über die Schulter: »Ihnen auch noch einen schönen Tag! Sieht sich.«

Zumindest war das Minkins Hoffnung. Minkin ging zum Hofgebäude. Steuerte zielsicher die Gaststätte an. War geschlossen. Kein Wunder, es war kurz nach zwölf an einem Dienstag im Juni. Immerhin hatte der Museumsladen schon offen. Minkin wurde freundlich begrüßt von einer älteren Lady am Verkaufstresen. Er wollte es nicht zu kompliziert machen.

»Gibt es ein Bier?«

»In einer Brauerei?«

Dumme Frage, Minkin.

»Ich meine, was können Sie mir empfehlen?«, fragte Minkin nach.

»Kommt auf den Anlass an. Die Tageszeit, die Umstände.«

»Sagen wir, es ist jetzt und ich habe Durst.«

Die Verkäuferin lachte.

»Dann nehmen Sie das Lager. Das Lager hat eine schöne Bernsteinfarbe, ist unfiltriert und mit knapp 5 % Alkohol geht es fast schon als Leichtbier durch. Wir stopfen das Bier mit unserem Mandarina Hopfen, der gibt dem Bier ein angenehmes Zitrus-Aroma. Perfektes Bier für den Start.«

Klang ein wenig wie aus dem Katalog, was die Lady aufsagte, aber Minkin war restlos überzeugt.

»Nehme ich.«

»Glas dazu?«

»Ist besser, oder?«

»Das Glas ist die halbe Miete, junger Mann. Die Aromen entfalten sich erst so richtig mit dem passenden Gefäß.« Waren anscheinend Überzeugungstäter hier auf dem Gut. Hatten Ahnung von dem, was sie taten. Minkin ließ sich die Flasche und das Glas geben, zahlte und nahm vor dem Laden auf einer Bank Platz. Minkin schüttete das Getränk in den Willibecher. Die Verkäuferin hatte nicht zu viel versprochen. Schöner Bernstein, feinporiger Schaum. Minkin nahm einen großen Schluck. Sollte nicht der letzte sein. Minkin kam hier vermutlich nicht weiter auf dem Hopfengut. In der Sache. Aber musste er das? Aufklärungsarbeit hatte Goldberg das genannt. Paar seltsame Vögel machten irgendwas an den Hopfenpflanzen. Mehr gab es nicht zu sehen. Minkin lechzte das Glas und erwog ein zweites Getränk, wenn man schon mal hier war. Er ging in den Laden.

»Sie hatten Durst.«

»Ja, bin schon viel gelaufen heute.«

»Und, wie fanden Sie es?«

Minkin reckte den Daumen nach oben. »Schmeckt nach mehr. Würde noch eins nehmen.«

»Wir haben auch noch andere Sorten im Angebot.«

Minkin schüttelte den Kopf: »*Never change a winning team!*« Er nahm sich eine zweite Flasche und ging damit zur Kasse.

»Sagen Sie, da draußen im Feld, die Leute in den Schutzanzügen, ist das die normale Berufskleidung im Hopfenbau?«

Die Lady sah ihn jetzt ernst an: »Das sind Wissenschaftler, die untersuchen die Pflanzen.«

»Was ist mit den Pflanzen?«

»Um das rauszufinden sind die hier. Hat wohl nichts mit den üblichen Krankheiten zu tun, die man im Hopfenanbau kennt. Deshalb sind diese Leute seit zwei Tagen hier. Nehmen Proben, beobachten den Verlauf, machen Analysen.«

»Schon was gefunden?«

»Keine Ahnung, ich arbeite hier nur im Laden. Da müssen Sie die Chefin fragen.«

»Chefin?«

»Ja, wir haben eine Frau, die das Gut zusammen mit ihrem Bruder leitet. Haben es von ihren Eltern übernommen.«

»Vermutlich nicht die Regel in der Branche, dass Frauen in der Betriebsleitung sind?«

»Unser Glück. Beide ergänzen sich, sind offen für Neues. Schauen in die Zukunft. Haben neue Ideen. Innovation ist auch bei uns hier in der ländlichen Gegend der Schlüssel, um zu bestehen. Da hilft eine Frau mit an der Spitze in jedem Fall.«

Mochte was dran sein. Minkin hatte im Laufe seiner Arbeit eine Menge testosterongesteuerter Typen in der Bierbranche kennengelernt, die wenig Veränderungsbereitschaft zeigten. Da waren Frauen weiter. Frauen brachten oft andere Erfahrungen und Sichtweisen in Entscheidungsprozesse ein, legten häufig mehr Wert auf Kommunikation und Kooperation. Frauen hatten über Jahrtausende das Bierbrauen geprägt. War eine klassische hauswirtschaftliche Tätigkeit, Brot backen, Bier brauen. Ein paar Frauen gab es in der Bierbranche. Schwester Doris, die seit fast fünfzig Jahren in der Klosterbrauerei im bayerischen Mallersdorf das Bier braut. Bekannt wie ein bunter Hund. Einige andere Brauereien wurden von Frauen geleitet. Hochdorfer. Die Gold Ochsen in Ulm. Warsteiner, falls man das Durchgehen ließ als Brauerei. Die Brauerei in Ammerndorf bei Fürth wurde von zwei Frauen geleitet. Trotzdem waren das alles eher die Ausnahmen. Nicht die Regel.

»Meinen Sie, ich kann mit ihr sprechen, mit Ihrer Chefin?«

Ein Hauch Misstrauen erschien im Gesicht der Verkäuferin. Sie wich instinktiv zurück, kniff die Augen zusammen.

»Sind Sie von der Zeitung?«

»Zeitung, nein. Wie kommen Sie drauf?«

»Sie stellen Fragen zum Hopfen.«

»Na ja … Das mit den Schutzanzügen. Sieht ein bisschen aus wie in einem Katastrophenfilm, erinnert an Corona, finden Sie nicht?«

»Nein.«

Knappe Antwort. Letztes Aufbäumen: »Und die Chefin, meinen Sie …«

»Ist den ganzen Tag unterwegs.« Was so viel bedeutete wie: Die Audienz war vorbei.

Minkin verließ den Laden, kippte das zweite Bier und machte sich auf den Rückweg zum Hotel. War kurz nach zwei Uhr nachmittags, als er dort ankam. Minkin war erledigt. Fast zwei Stunden Wanderung. Mehr als er für gewöhnlich in einem Monat absolvierte. Dann diese unnatürliche, frische Luft. Kein Feinstaub, nichts. Hätte jeden halbwegs normalen Stadtbewohner platt gemacht. Minkin haute sich auf die Matratze und war sofort weg. Wachte gegen fünf wieder auf. Mann, wie er das konnte, diesen Ratz am Mittag! War er inzwischen ein Meister seines Fachs. Der Powernap für Profis. Minkin erwog die Gaststube der *Krone* aufzusuchen, entschied sich jedoch dafür, ein paar Schritte durch Tettnang zu gehen. Hatte von der Stadt bisher noch wenig gesehen.

IM *FLIEGER*

Drink heavily with locals whenever possible.

Anthony Bourdain

Auf der gestrigen Fahrt hierher war ihm am Kreisverkehr ein Etablissement aufgefallen. Trug den Namen *Flieger*. Klang schräg. Musste man also hin. Die Kneipe sah von außen gewöhnungsbedürftig aus. Lag daran, dass sie im ehemaligen Schalter- und Warteraum eines ehemaligen Bahnhofs untergebracht war. Im Grunde ihres Herzens war sie eine Bahnhofskneipe geblieben. Spürte man. Du kriegst die Kneipe aus dem Bahnhof raus, aber den Bahnhof nicht aus der Kneipe. So oder so ähnlich ging der Spruch doch. An der Wand hingen E-Gitarren, der Raum hatte eine Bühne. Hatten anscheinend regelmäßig Livemusik hier. Minkin mochte den Ort auf Anhieb. Vielleicht, weil es das hier kaum noch gab. Falls es solche Orte überhaupt jemals flächendeckend gegeben hatte. Mit ein wenig Fantasie konnte dies auch eine Roadhouse Bar an der Route 66 sein. Zumindest nach dem, was Minkin in den amerikanischen Roadmovies gesehen hatte.

Minkin nahm am Tresen Platz. Orderte ein Helles. Kam von der Brauerei Leibinger aus Ravensburg. Minkin nahm einen ordentlichen Schluck. Schönes Bier. Malzig. Süffig. Angenehm zu trinken. Oder um noch mal Volker R. Quante zu zitieren. Hohe Durchtrinkbarkeit. In der Quant'schen Theorie eine glatte eins. Minkin sah sich um. Die Kneipe war gut besucht. Hatte ihr Publikum gefunden. War vermutlich auch in Tettnang so, dass die Kneipe ihre Funktion als Ort des sozialen Miteinanders eingebüßt hatte. Weis der Teufel, woran das lag. Vermutlich an der Verbreitung der Smartphones. Die Art der Kommunikation hatte sich verändert. Gab neue Formen. Waren an Minkin vorbeigegangen. Hatte es ihm geschadet? Die einen sagen so, die anderen so. Früher bist du in die Kneipe gegangen, um deine Freunde zu treffen. Leute kennenzulernen. Heute machte man das vermutlich online. Über Dating-Apps. Soziale Medien. Ein Zug, auf den Minkin kaum mehr aufspringen würde.

Dauerte nicht lange, bis sich zwei Typen neben Minkin an den Tresen setzten. Einer davon groß gewachsen, kahl rasiert. Die Arme und Hände massiv tätowiert. Der andere klein und drahtig, fast schmächtig, stahlblaue Augen. Bestellten jeder einen Wodka und als Eskorte eine Halbe. Hatten offenbar keine Zeit zu verlieren. Sprachen wenig miteinander. Das Wenige verstand Minkin nicht. Klang nach einer slawischen Sprache. Konnte russisch sein. Minkin meinte zumindest den russischen Trinkspruch gehört zu haben. *Sdarówje.* Minkin hatte inzwischen sein Helles geleert. War kurz nach achtzehn Uhr. Früher Abend. Draußen war es immer noch heiß. Bei der Hitze musste man viel Flüssigkeit aufnehmen. Sprach nichts gegen ein weiteres Helles. Nichts, bis auf die Tatsache, dass er neben zwei Russen saß, die bereits beim Wodka waren. Konnte böse enden.

Scheiß drauf!, wenn er schon mal hier unten in Tettnang war, dann sollte es sich lohnen. Was immer Minkin unter *lohnen* verstand.

»Chef, machst du mir noch ein Helles?«

Der Typ hinterm Tresen blinzelte ihn an: »Das ist mein Job hier.«

War was dran. Dauerte ein paar Augenblicke, dann hatte Minkin das Helle vor sich auf dem Tresen. Perfekt gezapft. Musste man dem Mann lassen. Verstand sein Handwerk. Minkin nahm das Glas und prostete in Richtung der Russen, die neben ihm am Tresen saßen.

»Sdarówje!«

Jetzt gab es entweder eine aufs Maul oder der Abend würde ertränkt werden. Oder beides. Nacheinander. Die beiden sahen ihn kurz an. Misstrauisch. Düster. Aber sahen die Russen nicht immer irgendwie so aus? Düster? Beide hoben ihre Gläser und sagten im Chor: »Sdarówje!«

War eine Fifty-fifty-Chance.

»Du kannst russisch?«, fragte der eine der beiden. Heftiger Akzent. Schwang immer etwas Einschüchterndes mit, wenn Russen Deutsch sprachen. Etwas Bedrohliches.

»Genau ein Wort«, sagte Minkin.

»Das kann reichen.« Der Russe deutete zwischen seinen Lippen ein Lächeln an.

»Ich bin Minkin.«

»Minkin?«, fragte der Kerl nach. »Wo kommst du her?«

»Stuttgart.«

»Ich mein', dein Name?«

»Keine Ahnung.« Minkins Vorfahren waren Hugenotten, kamen aus der Gegend von Lemberg. Lag in der Ukraine. Musste man hier nicht mit hausieren gehen vor den beiden Jungs. War geopolitisch nicht opportun aktuell.

»Das ist ein russischer Name, weißt du das?«

»Habe ich von gehört, ja.«

»Darauf sollten wir einen Wodka trinken.«

Das hatte Minkin befürchtet. Gab eine goldene Regel: Niemals mit Russen anlegen. Weder im Streit noch im Spiel. Schon gar nicht beim Trinken. Außer man war Gerhard Schröder. Minkin kannte die Regeln. Hinderte ihn selten daran, sie zu brechen. Gab noch eine andere Regel. Frei nach Anthony Bourdain, dem amerikanischen Koch und Autor: *Wann immer du die Chance hast, dich mit Einheimischen zu betrinken – nutze sie!*

Der ganze Abend endete erwartungsgemäß in einem wüsten Zug durch Tettnang mit den beiden Russen, an den er sich jetzt nur schemenhaft erinnerte. Totale Mondfinsternis in Minkins Gedächtnis.

Der nächste Morgen war ein trüber Tag. Minkin ging es miserabel. Er wachte in Schweiß gebadet auf. Hörte ein Stöhnen, merkte, dass er selbst es war, der stöhnte. Hatte allmächtigen Durst. Torkelte zum Wasserhahn. Trank ihn leer. Der Kobold in seinem Ohr schlug mit dem großen Hammer unbarmherzig auf den Amboss ein. Minkin verfluchte sich. Würde nichts bringen. Würde denselben Fehler wieder und wieder machen. Welchen genau? Sich mit Profis anlegen. Vladi und Sergej. Die Namen waren ziemlich das Einzige, was Minkin noch wusste von den beiden Genossen. Dass sie hier angeheuert hatten. In der Landwirtschaft. Vladi hatte mit seiner Vergangenheit geprahlt. Minkin hatte nur vergessen, womit genau er geprahlt hatte. Kunstflug? Den üblichen Rest hatte Minkin ertränkt. Was töricht war. Hätte ihm eine Menge Ärger erspart, wie sich später herausstellen sollte. Aber hey, wenn sich eine Gelegenheit für eine Torheit bot, war Minkin der Letzte, der nicht herzhaft zupackte.

ROAD TO NOWHERE

Goldberg spürte die Enge des Rücksitzes und die Kälte des Leders, das sich unter seinen Händen spannte. Der Motor des Wagens brummte monoton. Im Inneren des Wagens roch es nach Rauch. Der Duftbaum mit Vanillegeschmack am Rückspiegel hatte keine Chance. Goldberg blickte durch das getönte Fenster und sah, wie die Gebäude und Straßen immer weniger wurden. Sie verließen die Stadt. Wohin sie fuhren, wusste er nicht.

»Wo solls hingehn?« Seine Stimme klang fester, als er sich fühlte. Sein Herz schlug schneller, wenn er die beiden Männer vorne musterte. Der Fahrer, ein grobschlächtiger Kerl mit einer breiten Narbe am Hals, sagte kein Wort. Der Beifahrer drehte den Kopf leicht zur Seite, aber er vermied Goldbergs Blick.

»Fahren wir weit?«, versuchte es Goldberg erneut.

Er bekam keine klare Antwort. Stattdessen antwortete der Beifahrer mit einem kurzen Grunzen. »Was ist schon weit.«

Er wollte wissen, wer hinter dieser Sache hier steckte. Goldberg hatte im Laufe der Jahre das eine oder andere zwielichtige Geschäft abgewickelt. Er wusste, dass solche Aktionen selten ohne Grund passierten. In der Regel saß er dabei jedoch nicht auf der Rückbank, sondern war derjenige, der die Fäden in der Hand hielt.

»Wer hat Sie geschickt?« Jetzt klang Goldbergs Stimme schärfer. Der Beifahrer lachte leise, als hätte Goldberg gerade einen Witz erzählt. »Mach dir nicht so viele Sorgen,

Goldberg. Alles läuft nach Plan.« Die Antwort war so vage, dass sie nur noch mehr Fragen aufwarf.

»Welcher Plan?« Goldbergs Geduld schwand. Er lehnte sich nach vorn, versuchte, die Spannung in der Luft zu durchdringen. »Was wollen Sie von mir?«

Er bekam keine Antwort. Der Fahrer drückte stärker aufs Gaspedal und der Wagen beschleunigte. Goldberg spürte, wie sich sein Magen verkrampfte. Er hasste es, die Kontrolle zu verlieren. Doch genau das war jetzt der Fall – er war ihnen ausgeliefert. Wer immer *sie* auch waren.

Er ließ sich in den Sitz zurücksinken und versuchte, ruhig zu bleiben. Er hatte nicht vor, sich einfach kampflos seinem Schicksal zu ergeben. Er musste nachdenken, und vor allem musste er einen Weg finden, wie er sich aus dieser Situation befreien konnte – bevor es zu spät war.

MORNING HAS BROKEN

Minkin zog sich leidlich an, sucht eine Apotheke auf und nahm drei Aspirin. Schüttete ein isotonisches Getränk darauf und ging dann in den Frühstücksraum des *Hotels Krone* in Tettnang. Er starrte in seine Kaffeetasse. Seine Augen waren von der Nacht zuvor verquollen, und er fühlte sich wie ein Wrack. Der Duft von frisch gebrühtem Kaffee und gebratenem Speck lag schwer in der Luft, doch Minkin hatte keinen Appetit. Mit einem Seufzer nahm er einen Schluck des heißen Getränks und sah sich um. Der Kaffee brachte Minkin zurück zu den Lebenden. Realität war eine Illusion, die durch den Mangel an Bier hervorgerufen wurde. Genau dort war er jetzt angekommen.

Am Tisch neben ihm saßen zwei Männer in den späten Dreißigern, beide mit einem lebhaften Funkeln in den Augen und einem unüberhörbaren Schweizer Akzent. Sie redeten über die örtlichen Biersorten, Minkin konnte sich nicht länger zurückhalten. Das war sein Thema.

»Wenn ihr wirklich was Gutes probieren wollt, müsst ihr das Pils von der Brauerei hier probieren«, warf Minkin ein, wobei seine Stimme rau klang. Die beiden Schweizer, die sich als Urs und Reto vorgestellt hatten, blickten auf und lächelten breit.

»Wir sind ganz Ohr!«, sagte Urs. Sein Interesse war echt.

»Die Brauerei hier in Tettnang verwendet nur die heimischen Hopfensorten. Das Pils ist ein unfiltriertes Bier. Schön trüb, üppige Krone. Würzig, aber nicht zu bitter, sauberer Abgang«, begann Minkin zu erklären und bemerkte, wie die beiden Männer ihm zuhörten. Es war eine der wenigen Sachen in seinem Leben, bei denen er mitreden konnte. »Ihr könnt die Leidenschaft der Brauer schmecken.«

Reto nickte zustimmend. »Das klingt fantastisch. Werden wir nach dem Flug testen.«

»Flug?«, fragte Minkin.

»Wir sind auf einer Tour durch die Region und machen hier Station, bevor wir zu einem kleinen Regionalflughafen in der Nähe fahren. Wir nehmen dort Flugstunden, um unsere Lizenzen nicht zu verlieren.«

Minkin hob eine Augenbraue. »Flugstunden? Und wo liegt dieser Flugplatz?«

»Nicht weit von hier, ein kleiner, aber feiner Platz«, erklärte Urs. »Dort steht eine Antonov, ein beeindruckendes Flugzeug.«

»Ist nicht meine Welt.«

»Die Antonov An-2, auch bekannt als *Annushka*, ist ein sowjetisch entwickeltes Doppeldecker-Flugzeug, das seinen Erstflug im Jahr 1947 hatte. Es wurde von Oleg Antonov entworfen. Ein robustes Flugzeug. Die An-2 ist eines der größten einmotorigen Doppeldecker-Flugzeuge, die jemals gebaut wurden. Hast du Lust, einen Rundflug zu machen? Willst du mitkommen?«

Minkin schluckte hart. Ein Flugzeug besteigen? Das war ungefähr das Letzte, was er tun wollte. Allein der Gedanke daran ließ seinen Magen sich umdrehen. Er hasste das Fliegen, hatte Flugangst. Die Erde zu verlassen, war ihm nicht geheuer.

»Eher nicht.«

Reto nickte begeistert. »Du verpasst etwas. Sie ist eine tolle Maschine. Robust, für den Betrieb in extremen Umgebungen und auf unvorbereiteten Flugplätzen geeignet. Weit verbreitet für landwirtschaftliche Arbeiten. Kann bis zu zwölf Passagiere transportieren. Brandbekämpfung, medizinische Evakuierung und sogar als Busch-Flugzeug in abgelegenen Regionen wird das Baby eingesetzt.«

Die beiden hatten ernsthaft Feuer für das Fliegen. Minkin zwang sich zu einem schwachen Lächeln. »Fliegen ist nicht wirklich mein Ding.«

Urs klopfte ihm freundschaftlich auf die Schulter. »Komm schon! Wir beißen nicht, und der Flug wird dir sicher gefallen.«

Minkin lachte nervös. »Vielleicht ein anderes Mal.«

Was garantiert nie der Fall sein würde. Das wussten beide Seiten.

»Wenn du deine Meinung änderst, lass es uns wissen!«

Minkin nickte abwesend, seine Gedanken waren bereits woanders. Er war müde, die Nacht war kurz. Während die beiden Schweizer weiter über ihre Flugstunden plauderten, verabschiedete er sich. Er hatte Schlaf nachzuholen und ging hoch in sein Zimmer.

Am frühen Nachmittag stand Minkin wieder auf. Ein Teil der Erinnerungen des gestrigen Abends kehrte zurück. War leider nicht der brauchbare Teil. Irgendetwas an einer Stelle seines Gehirns flüsterte ihm zu, dass er am Abend im *Flieger* etwas erfahren hatte von den beiden Genossen. Etwas mit einer veritablen Wichtigkeit für seinen Fall. Minkin kam nur nicht darauf, was es war, das er vergessen hatte. Der menschliche Kurzzeitspeicher hatte ohnehin nur eine begrenzte Kapazität. Wenn man dann noch ordentlich Wodka draufkippte, war Schicht im Schacht. Minkin lehnte sich zurück, starrte zur Decke und ließ seine Gedanken schweifen. Alkohol, dachte er. Dieses uralte Gebräu, das Menschen seit Jahrtausenden begleitet. Die ersten Hinweise aufs Bierbrauen gingen auf das alte Mesopotamien um etwa 5.000 vor Christus zurück. Dort haben die Sumerer ein Getränk hergestellt, das als eine Art Vorläufer des heutigen Biers gilt. Archäologische Funde deuten darauf hin, dass die Menschen damals bereits fermentierte Getränke aus Korn herstellten. Hat sicher Kopfschmerzen verursacht. Minkin spürte immer noch den dumpfen Druck in seinem Kopf, das unruhige Gefühl in seinem Magen. Der Wodka von gestern Abend hatte ihm die Nacht geraubt. Aber es war nicht nur die Müdigkeit, die ihn beschäftigte. Es war dieses seltsame Gefühl, dass er etwas Wichtiges vergessen hatte. Minkin ging zum Fernseher. Schnappte sich die Fernbedienung und drückte wahllos darauf herum wie ein Irrer, bis er endlich ein Bild hatte. Technik und Minkin, naja. Gab Sachen, die er noch besser beherrschte.

Minkin setzte sich auf den Rand seines Bettes. Im Fernsehen lief eine Ratgebersendung, die aus einem Küchenstudio aufgezeichnet wurde. Mit Backrezepten und Alltagstipps. Wie man das Zuhause schöner machen konnte. Mit einer Steingutschale aus Modelliermasse für den Wohnzimmertisch. Minkin schlief bereits nach den ersten Minuten ein. Die Rundfunkgebühren waren bestens angelegt. Am späten Nachmittag wachte er auf. Minkin setzte sich auf die Bettkante, rieb sich die Schläfen und dachte über den Wodka nach, den er am Vorabend getrunken hatte. Alkohol – ein zweischneidiges Schwert. Einerseits lockerte er die Zunge, löste Spannungen, brachte einen Moment des Vergessens, machte das Leben leichter, die Gespräche flüssiger und die Probleme schienen für einen Moment in den Hintergrund zu treten. Die Unsicherheiten, das Misstrauen schien zu schmelzen, sobald der Alkohol floss. Er erinnerte sich an Abende, an denen das Lachen laut war, die Gedanken wirr und unbeschwert. Aber Minkin wusste auch um die Schattenseiten. Der Teufel hatte den Schnaps gemacht. Der Kater am nächsten Tag, die verschwommenen Erinnerungen. Wie oft hatte er Dinge vergessen, die wichtig waren? War es das wert? Der menschliche Geist war nicht dafür gemacht, Unmengen von Alkohol zu verarbeiten. Irgendwann kam der Punkt, an dem man nicht mehr nur redete, sondern Dinge sagte, die man besser für sich behalten hätte. Das Gedächtnis, ohnehin schon ein zerbrechlicher Speicher, zerfiel unter dem Einfluss des Alkohols. Die Details verschwammen, die Fakten wurden unscharf. Und genau das war gestern passiert. Er seufzte und erhob sich langsam. Trotz all seiner Gedanken wusste er, dass er den Konsum von gestern bereuen würde, nicht nur wegen des Katers.

WARTEN IN DER *WALDKLAUSE*

Der Tettnang-Aufenthalt war Geschichte. Passé. *Gone Baby Gone.* Minkin hatte sich wieder auf den Weg nach Stuttgart gemacht. Hier unten konnte er im Moment nichts mehr tun. Erreicht hatte Minkin genau genommen nichts. Was diesmal keinen störte. Die Hopfenpflanzen sahen nicht gut aus, das nicht. Aber hey, das hier war das Land von Bayer und BASF, irgendein Mittelchen hatten die garantiert im Giftschrank, um die Ernte zu retten. Selbst, wenn Tettnang mal ein schlechtes Erntejahr haben sollte. Es gab die Hallertau. Die Holledau, wie die Einheimischen es nannten. Das größte zusammenhängende Hopfenanbaugebiet der Welt. Mehr als ein Drittel des weltweit verarbeiteten Hopfens wurde dort produziert. Würde also keiner am Bierdurst umkommen müssen, dachte Minkin.

Wie falsch er dabei lag.

Minkin hatte sich für den Tag seiner Rückkehr mit Goldberg verabredet. *Erwartet mein Kommen, beim ersten Licht des fünften Tages! Bei Sonnenaufgang schaut nach Osten.* Richtung Botnanger Sattel. So hatte Minkin sich angekündigt. Verstand Goldberg nicht. Kulturell fehlte ihm einiges. Er kannte *Der Herr der Ringe: Die zwei Türme* nicht. Cop Schneider war ebenfalls eingeladen zu dem Treffen. Hätte Minkin stutzig machen sollen. Cop Schneider kam mehr über die Physis. Ein Kriminaler aus Stuttgart, Freiberg. Hatte es vom einfachen Streifenpolizisten zum Kommissar gebracht. Wodurch? Er hatte vor ein paar Jahren am Stuttgarter Ostendplatz einen Unschuldigen erschossen, der mit einer Schreckschusswaffe vorm REWE herumfuchtelte und es offensichtlich drauf anlegte, sich eine Kugel einzufangen. Was er prompt auch tat. *Suicide by cops*. Cop Schneider kam mit einem Disziplinarverfahren und einer Verwarnung davon. Und einem Schaden. Der bestand darin, dass er sich seither nur noch mit Cop Schneider anreden ließ. Also, wenn das mal keine veritable Berufskrankheit war, was dann? Cop Schneider war immer kurz davor, die Dienstmarke zu verlieren. Half Goldberg gelegentlich aus, wenn Geberqualitäten gefragt waren.

Minkin hatte keinen blassen Schimmer, in welcher Ecke der Stadt Goldberg den Kerl aufgelesen hatte. Aus Goldberg schlau zu werden, war ein Ding der Unmöglichkeit. Okay, Minkin hatte es bis dato auch nicht versucht. Woran das lag? Es interessierte ihn vermutlich nicht sonderlich. Goldberg war seit mehr als acht Jahren Minkins Partner. Nicht wie Yin und Yang. Eher wie Simon & Garfunkel. Nach der Trennung. Partner in unbehaglicher, widerstrebender Allianz. Goldberg tauchte immer wieder bei Minkin auf, um ihn mit Jobs zu beauftragen, die offenbar kein anderer haben wollte. Hatte immer was mit Bier zu tun, das war das einzig Gute daran. Goldberg war der Spiritus Rector. Goldberg gehörte praktisch zum Gründungsmythos von Minkins privater Ermittlerkarriere. Was Goldberg machte, womit er sein Geld verdiente, ob er eine Familie hatte – Minkin hatte keine Ahnung. Minkin erinnerte sich vage, dass er sich zu Beginn einmal als Juwelier ausgegeben hatte. Konnte stimmen. Konnte aber genauso gut falsch sein. Würde sich für Minkin bald die Gelegenheit bieten, das genauer herauszufinden.

Minkin stieg in den 91er Bus nach Botnang. Durchquerte das Feuerbacher Tal. War jedes Mal aufs Neue überrascht, wie grün es hier war. Ein naherholungstechnisch voll erschlossenes Grün. Ein gentrifiziertes Grün. Trotzdem hatte es eine beruhigende Wirkung auf den menschlichen Geist. Minkin war kein großer Spaziergänger. Das Feuerbacher Tal und den angrenzenden Kräherwald mochte er. Hier prallten Natur und Moderne aufeinander. Wortwörtlich. Pferdeäpfel markierten die Fahrradschnellwege durch den Wald. Die Pferde hatten Konkurrenz bekommen. E-Bikes und Lastenräder, die mit beeindruckendem Tempo die engen Pfade entlang rasten. Beladen mit einer Mischung aus Biokiste und Kleinkind für den nahegelegenen Montessori-Kindergarten. Kein Klingeln, keine Vorwarnung, nur ein leises Elektrosurren, bevor man mit einem eleganten Ausfallschritt den Rädern und der Pferdekacke auswich. Die Fahrer dieser Vehikel, gewandet in hautengen Lycra-Outfits oder im nachhaltigen Wollpullover, waren entschlossen, die Welt zu retten. Im Sommer herrschte auf den Waldwegen dieser einmalige Geruch. Eine unverwechselbare Kombination aus Pferdehaufen, aufgewirbeltem Staub und dem Bremsenabrieb eines überladenen Lastenrads. Das Feuerbacher Tal war ein echter Geheimtipp für alle, die Natur nicht zu sauber, nicht zu ruhig und nicht zu romantisch mochten. Genau mein Fall, dachte Minkin. Er stieg an der Lindpaintner aus.

Minkin nahm am Tresen der *Waldklause* Platz. War gegen fünf am Nachmittag. Die Abendschicht lief langsam in der *Waldklause* ein. Sissi begrüßte Minkin knapp und begann, ein Herrenpils zu zapfen. War der Vorteil einer Stammkneipe, man konnte viel reden, musste es aber nicht. Sissi hatte sich leidlich von einem Schlaganfall erholt. War sichtlich gealtert. Aber der alte Scheißer war nicht totzukriegen. Drohte damit, die Kneipe zu verkaufen, in den Ruhestand zu gehen. Mochte was dran sein. Genauso gut könnte er hier in seiner Kneipe sterben. Wie ein alter Cowboy, der sich am

Abend auf einer Weide unter einem Baum mit Blick auf die Rocky Mountains zum Schlafen hinlegt und am nächsten Morgen einfach nicht mehr aufwacht.

Cop Schneider begrüßte Minkin: »Du siehst gut aus.«

»Gut?« Wollte Cop Schneider ihn verarschen?

»Besser als beim letzten Mal.«

War kein Hexenwerk. Cop Schneider hatte Minkin in einem Neoprenanzug halb ersoffen und durchgefroren aus dem Max-Eyth-See gefischt und in einen zitronengelben Trainingsanzug der Marke Kappa gesteckt. War folglich nicht sonderlich schwer, besser auszusehen.

»Wie ist es dir ergangen?«, fragte Cop Schneider.

»Geht so.«

»Ich habe von der Sache in Bamberg gehört.«

»Was genau hast du gehört?«

»Das mit dem toten Jungen, tut mir leid.«

»Der Junge ist ertrunken«, sagte Minkin. »Gibt 'ne Menge Menschen, die mir die Schuld dafür gaben. Die Mutter des Jungen, seine Freundin. Um nur mal die beiden wichtigsten Vertreter zu nennen.«

Cop Schneider sah in an. Fast schon empathisch. So ziemlich der letzte Wesenszug, den Minkin bei Cop Schneider erwartet hätte.

»Macht es dir zu schaffen?«

Saudumme Frage. »Was glaubst du denn? Ich wache auf und fühle mich schuldig. Ich gehe schlafen und fühle mich schuldig. Über das Dazwischen will ich gar nicht reden.«

Cop Schneider machte eine Pause, lechzte einen großen Schluck aus dem Kristall.

»Schuldgefühle sind okay, Minkin.«

War das denn jetzt? Hatte Cop Schneider ein Achtsamkeitstraining absolviert?

»Schwacher Trost.«

»Trost? Vergiss es, Minkin. Kannst du von mir nicht erwarten.«

Hatte doch kein Achtsamkeitstraining hinter sich gebracht. Wäre auch crazy gewesen.

»Wo dann?«

»Trost findest du überall oder nirgends. Suche es dir aus.«

Was ein Kalenderspruch, dachte Minkin.

Cop Schneider sah Minkin mit seinen glasigen Augen an.

»Ich habe damals diesen Burschen erschossen im Stuttgarter Osten. Er war Anfang zwanzig. Auf Droge. Er hat mit einer Waffe rumgefuchtelt. Sah echt aus. Ich war im Recht.« Cop Schneider macht eine Pause. »Meinst du, mir geht es deshalb besser mit der Sache?«

Minkin sah Cop Schneider an. Ganz schön sentimental!

»Wie hast du weitergemacht?«

Cop Schneider ließ sich Zeit mit der Antwort, sagte dann: »So gut es eben geht – in einem Drama.«

»Klingt nicht einfach.«

»Einfach, Minkin, das ist es nicht. Die Möglichkeit des Tragischen lauert hinter jedem Baum an der Landstraße. Aber du weißt, was man über uns Cops sagt?«

Minkin schüttelte den Kopf.

»Wenn es einfach wäre, dann könnte es jeder machen.«

Mann, das klang wie ein Spruch, den Bruce Willis in seinen besten Zeiten hätte raushauen können. Minkin war das hier schon zu viel an Nähe mit Cop Schneider. Er würde gleich das Heulen anfangen. Wechselte deshalb fluchtartig das Thema.

»Goldberg, wo steckt der eigentlich?«

»Keine Ahnung.«

Minkin sah auf den verdorrten Ficus-Baum in der *Waldklause*. Der Rauch hatte ihm über die Jahre zugesetzt. Oder ihn konserviert. »Was sollen wir tun?«

»Warten auf Goldberg. *Warten wir es ab, was er uns zu sagen hat.*«

»Wird er uns etwas sagen?«

»Du hast mit ihm gesprochen, Minkin. Was wollte er von dir?«

Minkin dachte nach, antwortete: »Na ja. Eigentlich nichts Konkretes. Es war eher eine Bitte.«

»Was hast du geantwortet?«, fragte Cop Schneider.

»Ich könne nichts versprechen. Muss man sehen. Nichts über's Knie brechen.«

War Minkins Credo. Der Kern der Handlung bestand bei Minkin aus Nichthandeln.

»*Leuchtet ein.*«

»Eben«, sagte Minkin.

»Zumindest scheint es so.«

»Definitiv.«

»Und was ist unsere Rolle in diesem Fall?«, fragte Cop Schneider.

»Unsere Rolle, Cop Schneider?«

»Ja.«

Minkin antwortete: »Wie immer, Cop Schneider, Bittsteller!«

»Bittsteller? Hast du Sie noch alle, Minkin?«

»Bittsteller, mit der Hoffnung auf Erlösung.«

»Erlösung? Gibt es die?«, fragte Cop Schneider lachend.

»Wenn nicht, wäre alles für 'n Arsch«, sagte Minkin.

»Wenn es das nicht ohnehin ist. *Hast du die Bibel gelesen?*«, fragte Cop Schneider.

Minkin nickte. »Mehr, als mir lieb ist, auch wenn das in einem anderen Leben war.«

»Gibt diese Geschichte in einem der Evangelien.«

»Welche genau jetzt? Das Ding steckt voller Geschichten.«

»Du erinnerst dich. *Mit dem Erlöser wurden zwei Verbrecher gekreuzigt.*«

»Dunkel, ja. Und?«

»Eine der beiden hatte Glück, er wurde erlöst.«

»*Wovon erlöst?*«

»*Von der Hölle, schätze ich*«, antwortete Cop Schneider.

»Und der andere? Was ist mit ihm passiert? Mit dem, der verdammt wurde?«

»Er musste weiterleben.«

Puh, das wog schwer.

Sissi war inzwischen dazugekommen. Hatte den beiden zugehört, fragte: »Was ist das für ein absurdes Theater bei euch! Ihr seid weder Samuel noch Beckett. Wollt ihr einen Ouzo?«

Scheiß der Hund drauf, dachte Minkin. »Heute nehm' ich einen, Sissi.«

Cop Schneider nickte ebenfalls. Sissi brachte zwei Ouzo und verscheuchte das existenzielle Dilemma für einen Moment. Es war manchmal ganz einfach. Wir brauchen das Momentum und in den kleinen Momenten den Moment auf unserer Seite. Wenn wir beide Halbzeiten gewinnen, kann alles passieren, wenn das Quäntchen Glück dazu kommt. Thomas Tuchel mochte als Bayerntrainer gescheitert sein, als Philosoph performte er in seiner eigenen Liga.

Goldberg tauchte an dem Abend nicht mehr auf. Was mit jedem Ouzo auch unwichtiger wurde.

Kurz vor zehn wandte sich Minkin zum Gehen. Verabschiedete sich von Cop Schneider.

»Wir sollten nach Goldberg sehen!«

»Was?«, fragte Minkin halb erstaunt.

»Nach ihm sehen! Ist ungewöhnlich, dass er nicht erscheint.«

Minkin wollte nach Hause.

»Ich finde den ganzen Kerl ungewöhnlich. Außerdem weiß ich nicht, wo er wohnt.«

»Ich schon.«

»Du weißt, wo Goldberg wohnt?«

Minkin war überrascht.

»Ja.«

»Schön für dich. Ich bin raus. Ich bin müde und voll, ich will nach Hause, mich ’ne Runde ablegen, solltest du auch tun. *Der Morgen ist klüger als der Abend.*« Zitat stammte aus einem Film, den Minkin als Kind gerne schaute und der jedes Jahr um Weihnachten aufs Neue im linearen Fernsehen lief. Stammte aus *Drei Haselnüsse für Aschenbrödel.*

»Okay, dann lass uns morgen hinfahren. Ich hole dich ab. Sagen wir um fünf.«

»Ich hoffe, du meinst nachmittags?«

»Wirst du schon sehen.«

BERLIN, LANDWIRTSCHAFTSMINISTERIUM, MORNING BRIEFING

TOP5 der Besprechung im Bundesministerium für Ernährung und Landwirtschaft war die neu auftretende Krankheit der Hopfenbestände in Tettnang. Eine Dienststelle aus Baden-Württemberg hatte Alarm geschlagen.

»Was sagen die Kollegen?«, fragte der Minister in die Runde.

Der zuständige Abteilungsleiter, Guntram Meier, erläuterte die Situation. Knapp, wie es seine Art war.

»Die Hopfenbestände in Tettnang sind von einem Virus oder Pilz befallen. Ein Team von unseren Spezialisten ist vor Ort. Sie sagen, es sieht nicht gut aus.«

»Heißt?«

»Bisher gibt es noch keine Erkenntnisse, um was für eine Krankheit es sich handelt.«

Der Minister kratzte sich am Kopf, sollte suggerieren, dass er nachdachte. Wen wollte er damit beeindrucken?

»Wird die Sache da unten ein Problem für uns?«

»Für die Bauern, ja. Für uns … eher nicht.«

Der Minister sah seinen Abteilungsleiter an.

»Lesen Sie Zeitung, Meier?«

Meier nickte.

»Wenn es für die Bauern zum Problem wird, dann wird es zu unserem Problem, zu meinem Problem!«

Guntram Meier war anderer Meinung.

»Nun ja, Herr Minister. Generell mag das stimmen, aber dafür ist das Thema wohl zu klein. In Deutschland gibt es insgesamt gerade einmal etwa 1.000 Hopfenanbau-Betriebe und eine Anbaufläche von circa 20.000 Hektar. Das ist eine Nische, eine Sonderkultur. Im Anbaugebiet Tettnang in Baden-Württemberg gibt es gerade einmal um die 120 Betriebe, die bauen auf circa 1.500 Hektar Hopfen an. Keine Riesensache.« In der Regel folgte der Minister der Einschätzung seines Abteilungsleiters. Was sich nicht in Wählerstimmen messen ließ, war irrelevant.

Der Minister war diesmal jedoch nicht restlos überzeugt. Die Republik hatte ein Jahr der Bauernproteste hinter sich. Die Proteste der Bauern richteten sich gegen den Abbau von Steuervergünstigungen und Subventionen. In Straßenblockaden und anderen Aktionen kam aber auch genereller Unmut über die Regierung zum Ausdruck. Die Regierung machte Zugeständnisse, doch die reichten den Landwirten nicht.

»Sie erinnern sich an die Bauernproteste, Meier. Um was es dabei ging, war sekundär. Die Bürger hatten überwiegend Verständnis für die Proteste. Was haben wir gelernt daraus?«

War eine rhetorische Frage. Der Minister würde es uns in all seiner Weisheit gleich erklären, dachte Meier.

»Es wäre nicht sonderlich schlau, die Bauern zu ignorieren. Das hier hat Sprengkraft, Meier. Noch dazu in meinem Heimatland. Lassen Sie uns also zumindest so tun, als ob uns ihr Anliegen interessiert.«

Der Abteilungsleiter nickte, obwohl er anderer Meinung war.

»Das Übliche?«

»*Same procedure as every year, James.* Wir machen eine Pressekonferenz, sagen Soforthilfen zu, gründen eine Task

Force, benennen einen Sonderbeauftragten, der ganze Zinnober.«

»Besuchstermin in der Gegend da unten?«

»Auf jeden Fall, lassen Sie uns ein paar schöne Bilder produzieren, der Minister mit ernstem Gesichtsausdruck in einer Hopfenplantage. Die Leute werden es lieben. Und organisieren Sie noch einen Termin beim VfB. Die Aufnahmen mit Fanschal im Stadion sind immer für eine Menge Klicks auf Social Media gut.«

»Wir organisieren das, Herr Minister.«

Meier war in den späten Fünfzigern. Ein gemütlicher Mann, trug meistens abgetragene, dunkelblaue Anzüge, die irgendwann mal modisch gewesen waren. Grauer Bürstenhaarschnitt. Das Auffälligste war die Brille. Kleine, ovale Gläser, goldenes Metall, braune Kunststoffbügel. Erinnerte optisch an Hans-Georg Maaßen. Politik interessierte ihn allerdings nicht die Bohne. Er war seit mehr als zwei Jahrzehnten Abteilungsleiter im Ministerium. Ihm war es egal, wer unter ihm Minister oder Ministerin war. Die kamen und gingen. Meier hatte noch ein paar Jahre bis zur Pensionierung. Da würde ihn auch der anatolische Schwabe aus Bad Urach nicht mehr aus der Fassung bringen.

AUSGEFLOGEN

Am nächsten Morgen stand Minkin spät auf. Das heißt, Mittag war bereits durch. Minkin konnte am Abend davor lange nicht einschlafen. Der Geist des toten Jungen spukte ihm im Kopf herum wie ein Gespenst. War alles wie immer. Minkin verspürte Hunger. Öffnete den Kühlschrank. Darin befand sich ein angebrochener Orangensaft, ein Stück ranzige Butter und ein Eiersalat. Minkin hatte keine Erinnerung, wann er sich den Salat gekauft hatte. Öffnete die Packung. Überraschung! Roch nach alten Eiern. Minkin fand, dass es keine gute Idee wäre, den Salat zu essen. Er ging zur Kaffeemaschine. Erwog, sie in Gang zu setzen. Was sich jedes Mal gefährlich anhörte. Die Maschine röchelte wie ein ertrinkender Wal. Minkin hatte ohnehin kein Kaffeepulver mehr im Haus. Alles Weitere erübrigte sich.

Minkin zog sich an und ging runter vor die Haustüre, zur Stuttgarter Straße. Dann rechts die Straße hoch. Gab dort den Bäcker *Trölsch*. Wo es einen *Trölsch* gab, war die Backwelt noch nicht verloren. Minkin liebte die Hörnchen. Er orderte einen Kaffee und eines der Gebäckstückchen. Schmeckte fantastisch. Minkin war mit Cop Schneider verabredet. Wollten nach Goldberg sehen, der gestern nicht erschienen war. Ungewöhnlich für Goldberg. Minkin hatte noch einen Nachmittag totzuschlagen. Sollte die Zeit nutzen, um den Kühlschrank aufzufüllen. Wer wusste, für was das gut sein würde.

Gab eine kurze Phase in Minkins Leben, da hatte sich die Bachmann um so was gekümmert. Kühlschrank füllen,

Housekeeping. Die Bachmann war vorübergehend bei Minkin untergeschlüpft, nachdem sie sich von ihrem Kerl getrennt hatte. Besser gesagt, er sie verlassen hatte. War nicht Minkins Entscheidung, dass die Bachmann bei ihm einzog. Entscheidungen wurden ohnehin überbewertet. Man glaubte, man könne den Lauf der Dinge beeinflussen. War Unsinn. Der große Baumeister hatte den Plan schon längst im Kasten. Man musste nur warten, bis er die Einzelteile zu einem längst vorherbestimmten Ganzen zusammenfügte. Minkins Bude war in der Ära Bachmann in einem Top-Zustand gewesen. Sie machte ihm ordentlich Beine. Essensvorräte waren immer aufgefüllt. Bad gereinigt. Boden gefegt. Der ganze Luxus eben. Minkin war die Sache mit der Bachmann ein wenig zu eng geworden. Es kam zu einem ziemlichen Missverständnis. Ging um eine andere Frau, mit der Minkin definitiv nichts hatte. Für die Bachmann hatte das Wenige allerdings gereicht. Hatte sich aus dem Staub gemacht. Minkin fand das im Grunde gut. Er hatte wieder seine Ruhe. Irgendeine Regung sagte ihm jedoch, dass nicht alles daran furchtbar gewesen war, mit einer Frau die Wohnung zu teilen. Selbst, wenn es die Bachmann war. Diesen Gedanken fand Minkin fremd, *strange*, wie die Jugend sagte.

Nachdem Minkin den Kaffee geleert hatte, überquerte er die Stuttgarter Straße und ging zu dem kleinen italienischen Laden. *Piccolo e fino.* Minkin war in Sachen Lebensmittel nicht sonderlich ambitioniert. Den Laden mochte er. Ließ sich dort hin und wieder ein Panino mit Schinken und Käse belegen. Minkin liebte den fein geschnittenen Prosciutto Cotto und das helle, knusprige Brötchen mit Maismehl. Minkin packte ein paar Sachen zusammen, Spaghetti, grünes Pesto, paar Mandarinen, salziges Gebäck und eine Tüte San Carlo Chips. Damit sollte man über den Winter kommen. Minkin machte sich auf den Nachhauseweg. Im Treppenhaus lief er der Vermieterin über den Weg. Begegnungen, die Minkin auf Teufel komm raus, zu vermeiden suchte. Die Vermieterin hatte Minkin auf dem Kieker. Behielt ihn misstrauisch im Auge. Immer mit dem Ziel, ihm ein Fehlverhalten zu unterstellen oder ihn zu schikanieren. Hatte sich damals geändert mit dem Einzug der Bachmann. Die beiden verstanden sich prächtig. Die Vermieterin und die Bachmann. Mit dem Auszug der Bachmann war die Uhr wieder auf null gestellt worden. Plus noch mehr Vorwürfe.

»So, der Herr Graf, kann man wach sein?« Kam mit diesem spöttischen Unterton. Von oben herab. Obwohl die Vermieterin einen Kopf kleiner war als Minkin.

»Schon eine ganze Weile, war schon Einkäufe erledigen.«

Wie sich das anhörte. Einkäufe erledigen! Als Nächstes würde er sagen: »Ich war shoppen, bei Breuninger.« Gings noch?

»Und des Fräulein Bachmann, wie geht es dem? Ist so ein sauberes Mädchen, kein Wunder, dass die auf und davon ist.«

Das dachte Minkin auch. Nichts wie weg! »Tja, muss dann mal, noch Termine.«

»Sie? Termine. In der Wirtschaft nehme ich an.«

Gegen später auf jeden Fall. Ausflug in die Wirtschaft hatte Minkin aufm Zettel. Minkin ließ es trotzdem oder gerade deswegen unkommentiert und stahl sich davon. War froh, als er die Wohnungstüre hinter sich geschlossen hatte.

Gegen fünf tauchte Cop Schneider bei Minkin auf. Er klingelte an der Haustür. Sagte durch die Sprechanlage: »Beweg deinen Arsch hier runter!«

Klare Ansage. Seine gestrige Empathie war wie weggeblasen.

»Bin gleich da.«

Minkin hatte sich nicht die Mühe gemacht, die Schuhe auszuziehen, als er die Wohnung betrat. Er war startklar und machte sich auf den Weg nach unten. Cop Schneider stand mit seinem Mustang GT direkt vor der Haustür im Halteverbot. Lässig an den Wagen gelehnt mit einer Kippe im Maul. 1a James-Dean-Pose.

»Bereit?«

»Wann immer du es bist, Cop Schneider!« Klang wie eine verflossene Wahlwerbung der Grünen. *Bereit, weil ihr es seid.* Was eine Mistformel!

»Dann los!«

Minkin nahm im Wagen Platz, Cop Schneider ließ den Motor jaulen. Das Auto machte einen Satz auf die Straße. Die Passanten auf dem Gehsteig sprangen beiseite und schüttelten den Kopf. Cop Schneider zeigte ihnen den Mittelfinger. So war er also heute drauf. Kann heiter werden!, dachte Minkin. Cop Schneider steuerte den Mustang hoch in Richtung Pragsattel, von dort wieder hinab in den Talkessel. Vorbei am Hauptbahnhof in Richtung Staatsgalerie. Weiter den Berg hoch Richtung Stuttgarter Osten auf die Gänsheide. Vorbei am Regierungssitz, der Villa Reitzenstein.

Klassisch am Hang lagen hier oben viele alte Bürgerhäuser. Auf der einen Seite sah man den Fernsehturm, auf der anderen Seite schweift der Blick runter aufs Stadtzentrum. In der zweiten Hälfte des 19. Jahrhunderts bauten sich vermögende Stuttgarter hier oben repräsentative Stadtvillen. Die Gänsheide wurde damals zum angesagten Wohngebiet der Reichen und Schönen. Industrielle, Geldadel, Künstler und Mäzene haben dort ihre Spuren hinterlassen. Hier also residierte Goldberg. Passte zu ihm. Die Gegend sah nach altem Geld aus. Nach Menschen, die ihr Vermögen über mehrere Generationen vererbt bekommen hatten. Die in ein sicheres finanzielles Netz hineingeboren wurden und die dies vermutlich auch an ihre Kinder weitergeben würden.

Cop Schneider parkte den Mustang in der Einfahrt einer der Stadtvillen.

»Hier ist es.«

»Nicht übel«, sagte Minkin.

Cop Schneider stieg aus und ging Richtung Haustüre. Minkin folgte ihm. Cop Schneider drückte die Klingel. Nichts rührte sich im Inneren der Villa.

»Komm!«, forderte er Minkin auf.

Minkin folgte Cop Schneider um das Haus herum auf einem Kiesweg, der von Bäumen gesäumt war. Minkin tippte auf Zedern, hatte jedoch keine Ahnung, ob die dem Klima hier überhaupt gewachsen waren. Das Haus ging schon fast in Richtung Palast. Alles daran schrie: Wohlstand! Ein bisschen heruntergekommen hie und da. Ging als Patina durch. Jedenfalls mit einer Bausubstanz, die heutzutage ihresgleichen suchte.

Cop Schneider bückte sich und griff nach einem Schlüssel, der sich unter einem Blumenkübel befand. Ernsthaft? Welcher Einbrecher sollte nicht auf diese originelle Idee kommen? Gehörte vermutlich zu den Top 3 der unsichersten Verstecke für Hausschlüssel. Minkin und Cop Schneider gingen wieder nach vorne zur Haupteingangstüre aus schwerem Eichenholz. Cop Schneider gab Minkin den Schlüssel.

»Hier, mach auf!«

»Warum ich?«

»Wenn eine Sprengfalle deponiert ist, dann erwischt es dich als Erstes.«

Meinte er nicht ernst? Oder doch? Minkin drehte den Schlüssel zweimal und öffnete dann vorsichtig die Tür. Es passierte nichts. Noch mal Glück gehabt! Minkin ging ins Haus und stand in einer Art Empfangshalle. Der Raum war riesig und bestückt mit Möbeln aus der Gründerzeit. Sahen so aus, als wurden sie lange nicht benutzt.

Cop Schneider verschwand in einem Raum, der sich links von der Empfangshalle befand. Minkin folgte ihm. Das hier war die Küche. So ziemlich das Gegenteil von Gründerzeit. Die Firma bulthaup hatte hier ganze Arbeit geleistet. Wenn es denn bulthaup war. Das war der einzige Hersteller, der Minkin für so was in den Sinn kam. Er war vermutlich der bekannteste aller Luxusküchen-Hersteller. Minimalistisch und ohne Schnörkel. Die Küche war auf das Wesentliche reduziert. Sah man von der blütenweißen Kochinsel in der Mitte der Küche ab. Kam Minkin deutlich zu prahlerisch vor. Was ihm als Erstes auffiel, war die Pfanne auf dem Kochfeld mit zwei gebratenen Spiegeleiern. Sahen aus, als stünden die hier schon eine Weile. Auf der Arbeitsplatte stand ein Toaster mit zwei verkohlten Scheiben Toast. Cop Schneider schnappte sich die Scheiben, belegte sie mit dem Spiegelei, ging zum Kühlschrank, griff nach der Ketchupflasche und packte reichlich davon auf das kalte, verkohlte Sandwich.

»Nicht dein Ernst?«

»Glaubst du denn! Ich habe seit gestern früh nichts gegessen!« Er verschlang das Sandwich mit drei Bissen.

Minkin war beeindruckt.

»Was sagt uns das hier?«, fragte Cop Schneider.

»Dass du tatsächlich Hunger hattest.«

»Was noch, Watson?« Watson? Sollte wohl eine Anspielung auf den Assistenten des Meisterdetektivs Sherlock Holmes sein. Verstand nur heute kaum mehr jemand.

»Weiß nicht, du bist der Cop.«

»Goldberg hat sich das Frühstück gemacht und hatte offenbar keine Zeit mehr, es zu genießen. Dem Geschmack nach zu urteilen, liegt das Spiegelei schon ein paar Tage hier in der Pfanne. Das sieht Goldberg nicht ähnlich. Sieht danach aus, als ob er schnell verschwinden musste.«

Darauf konnte man auch ohne Polizeiausbildung kommen.

»Er ist nicht zum Treffpunkt erschienen, hat sich nicht gemeldet«, fuhr Cop Schneider fort.

»Vielleicht musste er verschwinden?«

»Dann hätte er die Küche aufgeräumt. Er ist ein Pedant.«

»Was denkst du?«

»Wenn es nicht so schräg klingen würde, könnte man meinen, er wurde entführt.«

»Entführt? Nicht dein Ernst!«

»Eigentlich nicht, aber fällt dir was Plausibleres ein?«

Tat es nicht, das hier sah in der Tat alles andere als nach dem Goldberg aus, den Minkin kannte.

»Sollten wir zur Polizei?«, fragte Minkin verunsichert.

»Ich bin die Polizei, Minkin!«

Das war keine Antwort.

»Das heißt?«

»Ich höre mich erst mal um, sehen, was ich herausbekomme. Goldberg kann nicht einfach von der Bildfläche verschwinden, dazu ist er zu …« Cop Schneider zögerte es hinaus.

»Zu was?«

»Zu präsent.«

Jetzt wohl nicht mehr, dachte Minkin.

IM SÜDEN NICHTS NEUES

Guntram Meier, der zuständige Abteilungsleiter aus dem Bundesministerium für Ernährung und Landwirtschaft, wählte die Handynummer von Truman, dem Leiter der Außenstelle in Baden-Württemberg.

Truman erkannte die Nummer und drückte den Anruf weg. Wusste, dass das nichts bringen würde. Im Moment stand er mitten in einem Hopfenfeld vor den Toren Tettnangs. Der Anblick war deprimierend. Mehr als die Hälfte der Pflanzen zeigten Symptome. Der Anrufer ließ nicht locker. Beim dritten Versuch ging Truman ans Telefon.

»Gehen Sie gefälligst ran, wenn das Ministerium anruft!«

Meier war ein unfreundliches Arschloch. Vermutlich war er das nicht immer. Buckelte nach oben, trat nach unten. Sein Boss machte ihm die Hölle heiß. Der Minister hatte was gut zu machen bei den Landwirten. Und wie man hörte, wollte er noch was werden hier im Süden, wollte den ollen Kretschmann beerben. Große Fußstapfen. Der Mann war eine Ikone.

»Was haben Sie für mich, Truman?«

Nichts, dachte Truman.

»Schwierig.«

»Geht es noch genauer?«

»Wir sind zunächst davon ausgegangen, es würde sich um eine Art falschen Mehltau handeln. Peronospora viticola.«

»Was ist das für eine Krankheit?«

»Eine Pilzkrankheit. Der Pilz befällt Triebspitzen, Blätter, Dolden. Alles, was er kriegen kann.«

»Wie äußert er sich?«

»Die ersten Symptome eines Befalls sind gelbliche, kreisförmige Flecken an der Blattoberseite. Sie können häufig an jungen Blättern beobachtet werden. Werden als Ölfleck bezeichnet. An der Blattunterseite entsteht bei feuchter Witterung ein dichter, weißer Pilzrasen. Der besteht aus Sporangien, Sporen. Wenn die Blätter befallen sind, zeigen sie zunehmend größere, rötlich-braune Nekrosen und fallen frühzeitig ab.«

»Und? Mit was für Folgen?«

»Agent Orange.«

Meier verstand offenbar nicht, worauf Truman hinauswollte.

»Eine schwere Infektion kann zu einer kompletten Entlaubung führen. Befallene Triebspitzen verdicken sich, rollen sich ein, werden schließlich braun und sterben ab. Junge Triebe sind besonders anfällig. Früh infizierte Pflanzen werden braun und verkümmern.«

»Klingt übel.«

»Ist es.«

»Sie sagten, Sie sind davon ausgegangen, es handelt sich um falschen Mehltau?«

»Nun ja, die Symptome deuten sehr stark darauf hin …«

»Aber?«

»Wir haben den Pilz untersucht, keine Übereinstimmung zu den bekannten Pilzarten. Und die Bedingungen passen nicht. Seit Wochen ist es trocken, auch nachts kühlt es kaum ab. Keine Witterung, die den falschen Mehltau begünstigt. Trotzdem breitet er sich rasend schnell im ganzen Anbaugebiet aus. Als ob ihn jemand mit der Gießkanne überall gleichmäßig verteilt hätte.«

Guntram Meier, der zuständige Abteilungsleiter aus dem Bundesministerium für Ernährung und Landwirtschaft, dachte nach.

»Sie wissen, was Sie da gerade sagen, Truman?«

Truman antwortete kurz: »Ja.« Fügte hinzu: »Ich bin Wissenschaftler, ich beschreibe lediglich. Und was wir hier sehen, ist ungewöhnlich. Passt nicht zu dem, was wir kennen, fügt sich in kein Schema ein.«

»Sie sagen, der komplette Hopfenbestand ist infiziert?«

»Ja, ein globaler Killer, könnte man sagen.«

»Mit was für einem Schaden müssten wir rechnen? Welcher Grad der Zerstörung?«

Truman musste nicht lange nachdenken.

»Totalschaden. Und das ist nicht alles …«

»Was denn noch?«

»Die Hallertau, meldet, dass die dortigen Pflanzen inzwischen ebenfalls befallen sind.«

Die Halltertau lag im Herzen Bayerns, zentral zwischen München, Ingolstadt, Regensburg und Landshut. Seit Jahrhunderten wurde dort der Hopfen angebaut und kultiviert.

»Die Hallertau ist infiziert?«

»Ja.«

»Wie um alles in der Welt kann das sein?«

»Es kann gar nicht sein. So etwas hatten wir noch nie in der Geschichte des Hopfenanbaus.«

»Und was ist ihre Erklärung?«

Truman holte aus: »Der Pilz, den wir hier beschreiben, ist ein evolutiv sehr alter Organismus, der sich ursprünglich im aquatischen Milieu entwickelt hat. Der falsche Mehltau, oder kurz *Pero*, für Peronospora, wie die Hopfenpflanzer den Pilz nennen, gedeiht unter natürlichen Bedingungen vor allem bei schwülwarmem Klima. Hier hat jemand jedoch eine trockenheits-resistente Variante in einem Genlabor erzeugt.«

»Geht so was?«, fragte Guntram Meier nach.

»Eine plausible Erklärung wäre die Integration einer Reihe von Genen, die für die Synthese von Sporopollenin, einem äußerst widerstandsfähigen Biopolymer, verantwortlich sind. Sporopollenin ist bei Pflanzen Bestandteil von Sporen, etwa bei Moospflanzen oder Farnen. Oder Pollen bei Blühpflanzen. Die Gene dazu könnten aus der Modellpflanze Arabidopsis thaliana stammen, einer Art *Labormaus* der Pflanzenforschung und dann ins Pero-Genom eingebracht worden sein.«

Meier verstand kein Wort. Er war Ministerialbeamter.

»Ich muss die Details nicht verstehen, Truman. Sagen Sie mir nur, ob man so etwas Bösartiges tatsächlich entwickeln kann?«

»Nun ja, mit genügend Zeit und Personal, ja. Um solch einen Pilz tatsächlich zu entwickeln, wäre ich mit zwei Doktorandinnen wohl mindestens drei Jahre lang beschäftigt. Danach noch einmal zwei bis drei Jahre für die Feldtests, um die gewünschte Pathogenese zu etablieren, die Entstehung und Entwicklung der Krankheit.«

»Was tun wir dagegen, ich meine, haben wir eine Waffe?«

»Nein. Wir haben keinen großen Werkzeugkasten. Hopfen ist eine Sonderkultur. Für die Industrie nicht interessant. Steckt nicht viel in die Forschung, entsprechend wenig Pflanzenschutz gibt es in dem Bereich. Zu alledem wissen wir nicht einmal, was die Ursache des Pilzbefalls ist.«

»Was schlagen Sie vor?«, fragte Meier merklich verunsichert.

»Wenn wir den Erreger finden, den Ursprung, die Quelle, dann haben wir eine Chance. Theoretisch könnte jemand, der den Pilz entwickelt hat, auch ein Gegenmittel designen – insbesondere, wenn ihm die relevanten Gene und deren Sequenzen bereits bekannt sind, sodass er nicht erst aufwendig sequenzieren müsste. Mit diesem Wissen und einigen Experimenten könnte man sogenannte exogene oder Spray-RNAs entwickeln.

Bei einem Pilz – oder genauer gesagt einem Oomyceten, wie der falsche Mehltau klassifiziert wird – wäre das durchaus denkbar. Das Ziel solcher RNAs wäre, spezifisch eine der mRNAs der eingebauten Sporopollenin-Gene zu binden und sie so zum Abbau zu markieren. Diese RNA-Interferenz-Technologie könnte gezielt die Genprodukte zerstören, ohne dass andere Organismen betroffen wären. Da Oomyceten keine differenzierte Haut oder andere schützende Hüllen besitzen, könnten sie solche RNAs leicht aufnehmen. Ohne die durch Sporopollenin verstärkte Schutzschicht würde der Pilz schnell austrocknen und absterben. Ideen in Richtung RNA-basierter Forschung haben tatsächlich viel von den Entwicklungen in der Corona-Zeit profitiert, insbesondere durch die Fortschritte bei RNA-Design und -Anwendung. Kurz gesagt, ja, jemand, der den Pilz entwickelt hat, könnte dazu auch das Gegenmittel designen.«

Meier ließ ein gequältes Stöhnen verlauten. »Dann findet den Ursprung, den Bauplan!«

»Mit Verlaub, wir sind Wissenschaftler, keine Detektive.«

»Wie viel Zeit bleibt uns?«

»Achtzehn Tage.«

»Warum genau achtzehn Tage?«, fragte Meier nach.

»Achtzehn ist eine schöne Zahl, trifft die Zeitspanne bei der anhaltenden trocken-warmen Witterung nach unseren Prognosen mehr oder weniger ziemlich genau. Und es ist wie in *Armageddon.*«

»Armageddon?«

»Sie kennen den Film mit Bruce Willis nicht? Einer der Top-10-Filme, die jemals gedreht wurden.«

»Nein, kenne ich nicht!«

Truman schüttelte den Kopf. »Was haben Sie in Ihrer Jugend gemacht, Meier? Achtzehn Tage ist die Zeitspanne, die der NASA bleibt, um den Asteroiden zu erreichen, ein Loch zu bohren und eine nukleare Sprengladung zu platzieren, um die drohende Kollision des Asteroiden mit der Erde abzuwenden. Der Countdown läuft.«

»Und das hier ist für Sie vergleichbar, Truman?«

»Nein, Meier, das hier ist größer.«

Truman hatte einen seltsamen Humor, dachte Meier.

»Was sollen wir tun?«

»Wir müssen die Quelle finden, dann haben wir eine Chance, die Ausbreitung zu stoppen.«

Meier dachte nach, sagte dann: »Okay, Truman. Das Ministerium weiß, wie man Krisen managed. Wir brauchen Spezialisten, ein Berater-Team, wir stellen eine Taskforce im Ministerium zusammen.«

Truman hatte Zweifel: »Weiß nicht, eine Taskforce, das ist vermutlich so ziemlich das Letzte, was uns hilft. Wir brauchen keine Beamten, keine Berater. Wir brauchen etwas anderes. Das hier ist anders. Und wir haben nicht viel Zeit. Wir werden uns nicht an die bürokratischen Regeln halten können, wenn wir Erfolg haben wollen.«

Truman lag vermutlich richtig, dachte Meier. »Haben Sie eine Idee?«

»Vielleicht, ich höre mich um.«

»Machen Sie schnell, Truman! Geben Sie uns einen Grund, warum wir Ihre Außenstelle weiterhin finanzieren sollten. Ich unterrichte den Minister und mache mich mit meinen Mitarbeitern sofort an die Arbeit.«

Du Vollidiot!, dachte Truman. Dann war die Sache gelaufen. Ein Ministerialer, der sich mit seinen Beamten sofort an die Arbeit machte. Konnte nur in die Hose gehen. Nein, was sie hier unten im Süden brauchten, war eine andere Art von Hilfe. Jemand, der die Sache unorthodox anging. Sich nicht an die Regeln hielt, geschweige denn, die Regeln kannte. Truman hatte eine vage Ahnung, wer das sein könnte. Er musste mit Wim sprechen. Er kannte Wim aus seiner gemeinsamen Studienzeit. Brillanter Wissenschaftler, zumindest, wenn er nüchtern war. Er arbeitete an der Uni in Vaihingen in irgendeinem Labor. Forschte an Werkstoffen. Eine gotteslästerliche Verschwendung von Talent. Wim wohnte im Stuttgarter Westen. Bei einem der letzten Treffen im *Laternchen* hatte Wim zwischen dem fünften und siebten Bier den Namen eines Privatermittlers erwähnt, für den er gerade eine Madonnenfigur angefertigt hatte. Ein Freund von ihm. Etwas in der Art. Ein schräger Vogel. Zu allem fähig und zu nichts zu gebrauchen, so hatte sich Wim ausgedrückt. Einer, der gerade deshalb Lösungen fand. Truman kam ums Verrecken nicht auf den Namen des Kerls. Er wählte Wims Nummer.

»Wim, ich bin es, Truman.«

»Truman.«

»Wo erwische ich dich gerade?«

»Bei der Arbeit, ich bin im Labor.«

»Ich störe nicht bei was Wichtigem, oder?«

»Ich bediene einen 3-D-Drucker. Es geht gerade so.«

Ein Jammer, dachte Truman, du solltest einen Lehrstuhl haben. In Harvard forschen, aber nicht in Vaihingen vor einem 3-D-Drucker stehen.

»Hör mal, du hast mir von deinem Kumpel erzählt, dem Privatermittler, wie hieß der noch mal?«

»Minkin? Was willst du von ihm?«

»Ich bin in Tettnang unten. Und wir haben ein Problem mit den Hopfenbeständen.« Truman schilderte Wim die Situation in kurzen Worten. »Wir sind auf der Suche nach jemandem, der uns bei der Fahndung nach dem Erreger helfen könnte. Einen Privatermittler. Unorthodox.«

»Was wollt ihr mit einem Privatermittler?«

»Wir haben den Verdacht, dass hier jemand nachgeholfen hat, den Hopfenanbau torpedieren will und die Pflanzen gezielt infiziert hat.«

»Wie kommt ihr darauf?«

»Die Krankheit kann sich unmöglich in dieser Geschwindigkeit verbreiten.«

»Verstehe.« Wim dachte nach. »Nun ja, er ist nicht ganz so, wie du dir einen Privatermittler vorstellst.«

»Wim, ich habe keine Vorstellung von einem Privatermittler. Außer von *Kommissar Rex* und den *Drei Fragezeichen*. Aber die würden hier kaum von Nutzen sein. Du sagtest, dieser Minkin findet Lösungen. Und er macht in Bier?«

Wim zögerte. »Minkin ist ein wenig aus der Spur. Hat eine spitze Zunge. Er ist nicht sonderlich zuverlässig. Und was du wissen solltest, er trinkt hin und wieder zu viel.«

Na bravo, dachte Truman. Willkommen im Team. »Aber ich schätze, er könnte der Richtige sein«, sagte Wim. Ich schreibe dir eine SMS mit seiner Nummer. »SMS?«, sagte Truman. »Was kommt als Nächstes? Ein Telefax? Danke dir, Wim. Wir sollten bald mal wieder ins *Laternchen* auf ein Naturtrübes.«

»Klar, melde dich, wenn du wieder zurück bist.«

»Auf jeden Fall.«

Kurz nachdem Truman die Nummer von Minkin per SMS erhalten hatte, rief er bei ihm an.

Minkin ließ es klingeln. An die zehn Mal. Er telefonierte nicht gern. Der Anrufer war hartnäckig. Musste wichtig sein. Vor allen Dingen nervte das Klingeln. Minkin hatte noch nicht herausgefunden, wie er den Ton abstellen konnte. War eine teuflische Maschine, die Siemens da entwickelt hatte.

Minkin ging endlich ran. »Ja.«

»Spreche ich mit Minkin?«

»Wer will das wissen?«

»Mein Name ist Truman, ich arbeite für das Bundeslandwirtschaftsministerium.«

»Schön für Sie, dann sind meine Steuergelder ja sinnvoll angelegt«, sagte Minkin.

Wim hatte Truman gewarnt vor Minkins scharfer Zunge.

»Wir sind auf der Suche nach Unterstützung.«

»Dann suchen Sie mal schön weiter, Landwirtschaft ist nicht mein Kerngebiet. Viel Erfolg!«

»Warten Sie, Minkin. Es geht nicht um Landwirtschaft im engeren Sinne.«

»Sondern?«

»Es geht um Hopfen.«

»Hopfen?« Jetzt war Minkin auf Sendung. »Um was genau?«

»Die Kurzform ist, die Hopfenpflanzen sind von einem Pilz befallen. Von einer neuen Krankheit. Und wir haben keine passende Medizin dafür.«

Die gleiche Geschichte, wegen der ihn Goldberg nach Tettnang geschickt hatte. Seltsamer Zufall.

»Und warum habt ihr keine Medizin?«

»Wir kennen die Quelle nicht. Haben wir die Quelle, haben wir eine Chance.«

»Und wenn nicht?«

»Dann sieht es übel aus.«

»Wie: übel?«

»Armageddon. Das Jüngste Gericht für die Hopfenbestände.«

Gottverdammte Scheiße, da war er, Minkins John McClane-Moment, auf den er ein Leben lang gewartet hatte.

»Warum ich?«

»Wim hat Sie empfohlen. Ist ein alter Studienkollege von mir.«

»Wim? Er hat mich empfohlen. Wie das?«

»Er sagte über Sie, Sie seien ein wenig aus der Spur. Haben eine spitze Zunge. Sind nicht sonderlich zuverlässig. Und trinken zu viel.«

»Das hat er über mich gesagt?«

»Ja.«

»Idiot!«

»Aber er hat auch gesagt, Sie sind vermutlich genau der Richtige für diesen Job. Wenn es einer hinbekommt, dann Minkin.«

Wim, der alte Scheißkerl, hatte was gut bei ihm, dachte Minkin. Wusste nur noch nicht, ob es eine Ohrfeige war oder eine Flatrate in der *Waldklause*.

»Wann soll es losgehen?«

»Jede Stunde zählt. Können Sie nach Tettnang kommen? Wir sind hier unten und untersuchen den Bestand.«

Tettnang, dachte Minkin. *Und täglich grüßt das Murmeltier.* Kam er doch gerade her! Goldberg hatte ihn dort runtergeschickt. Aber Goldberg hatte mit dem Ministerium nichts zu tun. Minkin war in mehrerlei Hinsicht verwirrt. Das Bundesministerium für Landwirtschaft bat ihn um Hilfe. Das konnte nur ein Witz sein! Und wie um alles in der Welt hing das mit Goldberg zusammen? Was hatte Goldberg mit der Sache in Tettnang zu tun? Das waren zwei nebeneinander laufende Handlungsstränge in ein und derselben Geschichte. Zwei Fäden, ineinander verwoben. Minkin war gespannt, wie sie zusammenpassten. Ob er sie entwirren konnte.

»Hören Sie, wie war noch mal Ihr Name?«

»Truman.«

Nicht wahr, dachte Minkin. So hieß der Leiter der NASA in Armageddon. Wurde immer aberwitziger.

»Wer zahlt mich?«

»Das Ministerium.«

»Sie haben ein Budget für so was?«

Truman lachte. »Die Regierung gibt jedes Jahr Hunderte von Millionen für externe Berater aus. Sie hat ein paar Hundert Millionen für die Pkw-Maut in den Sand gesetzt und vierzig Millionen für Radwege in Peru ausgegeben. Da sollte Ihr Honorar drin sein.«

»Und das ist offiziell? Was ich da mache?«

»Hochoffiziell! Sie werden der Sonderbeauftragte der Bundesregierung für den Hopfennotstand.«

Jetzt war Minkin dran mit Lachen.

»Sie verarschen mich doch? Wer spielt mir diesen Streich? Der abgetauchte Goldberg?«

Truman erwiderte mit fester Stimme, das Lachen war verschwunden: »Ich kenne keinen Goldberg. Und es ist mir verdammt ernst. Wollen Sie den Job? Und wenn ja, wann können Sie hier unten sein?«

Musste Minkin nicht lange überlegen. Er war nicht mehr jung und brauchte das Geld. Der Job würde ihn vielleicht sogar davon abhalten, andauernd an den toten Jungen in der Regnitz zu denken.

»Ich nehme den nächsten Zug.«

»Gut, suchen Sie was zum Übernachten, könnte dauern hier unten.«

»Kein Problem, *ich hab' noch einen Koffer in Berlin.*«

»Hä?« Truman hatte Mühe mit der Anspielung auf Marlene Dietrich.

»Ich habe ein Zimmer in Tettnang. Ich melde mich, wenn ich unten bin.«

Minkin fuhr mit der U-Bahn zum Hauptbahnhof. Minkin war, wie die meisten Deutschen, ein ausgewiesener Bahnskeptiker. Den Fahrplan der Bahn betrachtete der erfahrene Bahnreisende als unverbindliche Abfahrtsempfehlung mit

Gleisvorschlag. Heute stand der Interregio zur geplanten Abfahrtszeit am vorgesehenen Gleis. Warum? Irgendetwas war granatenmäßig schiefgelaufen. Die Stimme aus dem Zuglautsprecher begrüßte die Fahrgäste und bedankte sich dafür, dass man die Deutsche Bahn gewählt hatte. Wen sollte man sonst wählen? Jim Knopf und der Polarexpress fuhren nicht auf der Strecke zum Bodensee. Der Zug verließ den Bahnhof Stuttgart auf die Minute genau und machte auf der Strecke ein paar Minuten gut. Wie immer das ging.

In Friedrichshafen angekommen, versuchte sich der Lokführer als Comedian. »Werte Reisende, wir sind fünf Minuten früher am Zielort. Wenn Sie möchten, lasse ich die Türen noch ein paar Minuten geschlossen, nur damit wir unseren Ruf nicht ruinieren.« Minkin fand den Joke okay, aber der Lokführer machte das ja nur nebenberuflich, das mit der Comedy. Insofern wollte Minkin nicht überkritisch sein. Gegen Pocher und Konsorten war das schon Champions-League-Niveau, was der Lokführer lieferte.

BOTANISCHE VERSE

Running Up That Hill (A Deal with God)

Kate Bush

Minkin schaffte den Bus nach Tettnang. Er war um kurz nach sechzehn Uhr in der *Krone* und checkte dort innerhalb von wenigen Tagen zum zweiten Mal ein. Danach rief Minkin bei Truman an.

»Ich bin hier in Tettnang.«

»Das ging schnell. Ich bin überrascht.«

»*Wenn mein Land mich braucht, bin ich bereit.*« Minkin hatte das bei Toni Kroos aufgeschnappt, der nach zweieinhalb Jahren Pause wieder in die Nationalmannschaft zurückgekehrt war für die EM im eigenen Land. Klar, Toni, Fußball hatte durchaus eine gewisse Bedeutung. *Es gibt Leute, die denken, Fußball sei eine Frage von Leben und Tod. Ich mag diese Einstellung nicht. Ich kann Ihnen versichern, dass es noch sehr viel ernster ist.* Stammt von Bill Shankly, dem ehemaligen Trainer des FC Liverpool. Aber hier unten in Tettnang ging es nicht um Fußball, hier ging es um etwas Größeres. Es ging um das Überleben des Bieres in der bewährten Form. Es ging um das Ende der Welt, wie wir sie kennen.

»Wo treffen wir uns?«

»Kommen Sie zum Hopfengut No. 20.«

»Wie erkenne ich Sie?«

»Weiße Schutzanzüge, wir stehen im Hopfenfeld.«

Szenario kam Minkin allzu bekannt vor. Minkin hoffte nur, dass Truman nicht der unfreundliche Arsch war, der ihn vor zwei Tagen aus dem Hopfenfeld verjagt hatte. Oder vielleicht wollte er das gerade, dass es Truman war.

Eine halbe Stunde später stand Minkin auf dem Hopfengut und entdeckte die Truppe in den Schutzanzügen. Taten anscheinend den ganzen Tag nichts anderes, als den Hopfen beim Wachsen und Sterben zu beobachten. So einen easy Job müsste man haben, dachte Minkin.

Der große Typ im Schutzanzug, der Minkin vor zwei Tagen des Feldes verwiesen hatte, sah Minkin zuerst.

»Sie schon wieder, Sie haben doch schon mal hier herumgelungert. Machen Sie, dass Sie verschwinden.«

»Entscheiden Sie sich mal, was Sie wollen?«

»Was meinen Sie?«

Minkin genoss seine Antwort: »Ich bin Minkin.«

Trumans Kinnlade fiel auf Höhe der Kniescheibe.

»Und Sie sind Truman, richtig?«

»Oh!«

»Ja. Verdammte Kacke, das trifft es. Oh!«, sagte Minkin.

Truman brauchte einen Augenblick. Sagte dann: »Schätze, wir beide hatten einen schlechten Start.«

»Das ist alles, was Ihnen einfällt?« Minkin ließ ihn noch nicht vom Haken.

Truman suchte nach einer Entschuldigung: »War bei Klopp am Anfang in Liverpool auch so. *Give Peace A Chance!*«

Schlagfertig war er, dieser Truman. Wer Klopp, Liverpool und die Beatles legal in einem Satz unterbrachte, der könnte nicht völlig versaut sein, dachte Minkin. Sagte deshalb: »An mir soll es nicht scheitern, Truman.«

»Gut«, sagte Truman und reichte ihm die Hand. »Das ist Rose und das hier ist Kinky, sie arbeiten mit mir. Und jetzt erklären Sie mir, was um alles in der Welt Sie vor zwei Tagen hier gemacht haben?«

Minkin erzählte ihm von Goldberg, dass er ihn hier runter nach Tettnang geschickt hatte. Zu einer Aufklärungsmission, wie er es nannte. Er hatte Wind bekommen von der Hopfenplage. Bat Minkin, sich umzusehen. Nicht mehr.

»Und wer ist dieser Goldberg?«

»Kennen Sie *Drei Engel für Charlie*?«

Truman nickte.

»Er ist Charlie. Auftraggeber, Strippenzieher, reich, taucht nicht allzu oft auf. Und wenn, dann mit Aufträgen, die etwas mit Bier zu tun haben.«

Truman dachte nach. »Er muss gute Quellen haben.«

»Wieso?«

»Die Hopfenplage ist noch geheim. Mehr oder weniger. Wir halten das noch unter Verschluss. Haben gestern erst das Ministerium informiert. Die Presse weiß es noch nicht.«

»Goldberg ist gut vernetzt.«

»Vernetzt?«, fragte Truman nach. »Scheint mir fast ein wenig untertrieben. Was genau macht dieser Goldberg?«

»Habe ich ihn noch nie gefragt. Ist mir auch egal.«

»Ist Ihnen egal?«

»Ja, Mann, schätze mal, er ist Privatier. Kohle ist genug vorhanden.«

Truman gab sich damit nicht zufrieden.

»Bisschen mehr sollten wir schon haben über ihn. Ich würde gerne mit ihm sprechen.«

»Das ist gerade schwierig«, sagte Minkin.

»Warum? Hat er kein Telefon?«

»Er ist verschwunden.«

»Was meinen Sie damit?«

»*Gone Baby Gone*.«

»Sie wissen nicht, wohin?«

»Nein, er meldet sich bei mir nicht ab.«

Minkin dachte nach, inwieweit er Truman trauen konnte. Entschied sich dafür, ihm zu erzählen, was er wusste.

»Wir haben auf Goldberg gewartet und er ist nicht erschienen. Das ist ungewöhnlich für ihn.«

»Was glauben Sie, wo er steckt?«

»Wir denken, jemand hat ihn entführt.«

»Entführt? Wieso das denn?«

»Es ist nicht seine Art, einfach zu verschwinden, nicht zum Treffpunkt zu erscheinen. Wir waren bei ihm zu Hause. Sah aus, als ob er plötzlich verschwunden wäre.«

»Vielleicht gibt es einen Zusammenhang zwischen seinem Verschwinden und dem hier.«

»Hören Sie, Truman, was immer Sie da andeuten, Goldberg hat damit nichts zu tun. Er steht auf der richtigen Seite des Tresens.« Dachte Minkin zumindest bisher. Wenn er da mal nicht gehörig falsch lag.

»Hoffen wir es.«

»Was machen Ihre Untersuchungen hier bei den Pflanzen?«, fragte Minkin.

Inzwischen hatte sich Rose zu ihnen begeben. Sie sagte: »Wir stehen immer noch da, wo wir am Anfang standen.«

»Sie wissen also nichts!«

»Exakt.«

»Nicht gut, oder?«

»Gar nicht gut.«

»Wir haben zunächst eine Art Mehltau vermutet, es passt vom Krankheitsbild. Das ist auch das Einzige. Die Bauern hier haben alles richtig gemacht, Standortwahl, Sortenwahl. Haben die robusten Sorten gewählt. Sie haben die Rebenbasis zur besseren Belüftung entlaubt, die zahlreichen Bodentriebe entfernt. Moderat mit Stickstoff gedüngt. Den Wildhopfen in der Umgebung gerodet. Im Grunde alles wie aus dem Lehrbuch. Man kann es auf natürliche Art nicht erklären.«

»Und Sie haben Ahnung von der Pflanze?«, fragte Minkin nach.

Rose pfückte eine Hopfendolde, zeigte sie Minkin. »Das hier, Minkin, ist Hopfen – eine der ältesten Kulturpflanzen in Europa. Botanisch gehört er zu den Hanfgewächsen.«

»Das erklärt vielleicht, warum die Pflanze so vielseitig ist.«

Rose lächelte ihn an: »Genau. Aber anstatt für Fasern oder andere Dinge angebaut zu werden, wird Hopfen fast ausschließlich wegen der Bitterstoffe und Aromen kultiviert, die für das Bierbrauen essenziell sind. Das weißt du sicher schon – im Lupulin, diesen kleinen gelben Körnchen, stecken die ätherischen Öle und Bitterstoffe drin. Für den Geschmack ist hauptsächlich das Lupulin verantwortlich. Ätherische Öle, Eiweiß, Mineralstoffe – und vor allem Bitterstoffe, die fürs Bierbrauen von großer Bedeutung sind, sind hier drin. Die Öle beeinflussen vor allem das Aroma und den Geruch. Die Bitterstoffe sorgen im Brauprozess für die Bitterkeit des Bieres, für einen stabilen Schaum und haben auch konservierende Wirkung. Machen das Bier haltbarer.«

Minkin nickte.

»In den letzten Jahren hat sich viel getan«, fuhr Rose fort. »Besonders in der Craftbier-Szene. Da experimentieren Brauer mit neuen Hopfensorten, um fruchtige oder exotische Aromen ins Bier zu bringen.«

Davon hatte Minkin gehört, Sorten wie *Citra* oder *Mosaic*. Gaben diesen modernen Bieren den tropischen Kick. War nicht Minkins Fall. Musste man aber anerkennen.

»Diese Sorten wurden speziell gezüchtet, um Aromen von Zitrusfrüchten, Beeren oder Honig ins Bier zu bringen.

Geben dem Bier ganz neue Geschmacksdimensionen. Geht nicht um Bitterkeit, sondern um ein komplexes Aromenspiel.«

Truman mischte sich ein: »Das war lange Zeit nicht so. Früher hat man fast nur traditionelle Bitterhopfen wie *Hallertauer* oder *Tettnanger* verwendet. Heutzutage hat sich das Ganze internationalisiert.«

»Globalisierung, überall!«, sagte Minkin.

Rose lachte: »Ja, so könnte man es nennen. Aber das bringt auch Herausforderungen mit sich. Der Hopfen ist eine empfindliche Pflanze. Er ist anfällig für Krankheiten und Schädlinge, was den Anbau schwierig macht.«

»Was genau bedroht die Pflanzen?«

Rose antwortete: »Vor allem der Echte Mehltau, ein Pilz, der die Blätter angreift, und Blattläuse, die die Säfte aus den Pflanzen saugen. Wenn diese Schädlinge nicht rechtzeitig bekämpft werden, können sie die ganze Ernte ruinieren.«

Truman ergänzte: »Ein einziger Pilzbefall kann den Ertrag massiv schmälern. Deshalb ist der Hopfenanbau immer ein Wettlauf gegen die Natur. Oder mit der Natur. Wie man es nimmt.«

»Das erklärt, warum der Markt so anfällig ist, wenn die Ernte schlecht ausfällt.«

»Wird der Hopfen knapp, gehen die Preise rapide in die Höhe.«

»Genau«, sagte Rose. »Besonders in den letzten Jahren, wo das Klima immer unberechenbarer wird. Hitze, Trockenheit oder Starkregen setzen den Pflanzen mächtig zu. Deshalb wird intensiv daran geforscht, neue Sorten zu züchten, die widerstandsfähiger sind – aber das ist ein langer Prozess.«

Minkin fragte nach: »Man kann nicht nur den Geschmack, sondern auch die Widerstandskraft züchten?«

»Besonders die Craftbier-Szene will beides: Intensive Aromen und eine robuste Pflanze, die den klimatischen und biologischen Herausforderungen standhält. Eigentlich ist der Tettnanger Hopfen eine robuste Pflanze. Lässt sich nicht so leicht unterkriegen.«

Minkin hätte der jungen Frau im weißen Schutzanzug mit dem völlig zutreffenden Namen Rose noch stundenlang bei ihren landwirtschaftlichen Ausführungen, ihren botanischen Versen, zuhören können. Hatte eine Stimme wie die junge Kate Bush. Minkin war jedenfalls jetzt schon bereit, für dieses Mädchen den Hügel hochzulaufen, um irgendeinen Deal mit Gott zu machen.

Es war Truman, der Minkins romantische Fantasie jäh unterbrach. »Die einzige logische Erklärung ist, dass jemand nachgeholfen hat.«

»Sie meinen, jemand hat die ganzen Pflanzen krank gemacht?«

Truman nickte.

»Geht so was?«

»Wir verfolgen die Theorie, dass jemand im Labor einen Krankheitserreger entwickelt und großflächig über den Feldern ausgebracht hat. Mit den nötigen Mitteln bei günstigen Bedingungen wäre das kein Hexenwerk, sagte Kinky.« Er deutete mit einer Kopfbewegung zu einem Mann, der wenige Meter abseits stand und rauchte.

Kein Hexenwerk, dachte Minkin, nein, wenn das stimmen sollte mit der Hopfensabotage, dann wäre es Satanswerk. Hätte Luzifer seine dreckigen, roten Klauen persönlich im Spiel. War das ein Problem für Minkin? Seit der Sache mit Abbé Jean konnte ihn kaum mehr was beeindrucken. Der Kerl hatte die Wehrmacht im Zweiten Weltkrieg in der Normandie im Alleingang erledigt. Mit einer miesen Biersabotageaktion. Man musste jederzeit überall mit allem rechnen.

»Sie kennen sich damit aus, Kinky?«

Kinky war ein ledriger Typ, den man kaum schätzen konnte. Er sah aus wie in den schlechten Fünfzigern, hatte aber auch in den passablen Sechzigern sein können. Fettiges, strähniges Haar, das ihm ins Gesicht hing. Kantiges, zerfurchtes Gesicht, Kippe im Maul. Trug eine Baseballkappe der LA Dodgers. Kinky sah Minkin nicht mal an, als er schnoddrig antwortete:

»Worauf du einen lassen kannst!«

Kinky drehte sich um und verschwand in der Hopfenplantage.

Truman grinste. »Kinky redet nicht viel. Sie hören also besser zu, wenn er was sagt.«

»Versuche daran zu denken. Was macht er bei Ihnen, dieser Kinky?«

»Alles Mögliche«, antwortete Truman. »Er kümmert sich vor allem um die Logistik. Transportiert unsere Sachen bei den Außeneinsätzen. Kinky war Agrarflieger, bevor er bei uns angeheuert hat. Er kann alles fahren und fliegen, was zwei oder mehr Räder hat.«

»Was ist ein Agrarflieger?«

»Der Agrarflug beschäftigt sich mit der Schädlingsbekämpfung, wobei Insektizide vom Flugzeug aus versprüht werden. Oder mit der Ausbringung von Flüssigdüngung und der Aussaat. Besonders die Kalkung der durch den sauren Regen stark angegriffenen Wälder mittels Hubschrauber und Agrarflugzeugen hat in den letzten Jahren in Deutschland an Bedeutung gewonnen. Gibt eine Menge Einsatzgebiete. Durch Bildflug mit Infrarotkameras lassen sich Luftbilder machen, die Waldschäden dokumentieren. Man kann die Ausmaße eines Hochwassers erfassen, aber auch Wildschäden oder Erosion in Kornfeldern erkennen.«

Machte Sinn, was Truman sagte. Aber Minkin war skeptisch.

»Okay, aber Pflanzenschutz ausbringen mit dem Flugzeug, schätze mal, das ist in der Republik nicht gerne gesehen?«

»Richtig. In Westeuropa ist Pflanzenschutz mittels Flugzeugen eher unüblich, da erhebliche Umwelt- und Kollateralschäden mit verursacht werden. Speziell in Gegenden mit viel Wind ist es nahezu unmöglich, nur die gewünschten Flächen aus dem Flugzeug heraus zu besprühen. Egal, wie niedrig geflogen wird. Abgesehen davon kommen die dichte Besiedlung und die relativ kleinen Ackerflächen und Überlandleitungen dem Agrarflug hier auch nicht gerade entgegen. In den Ländern des ehemaligen Ostblocks und in den USA ist diese Art der Behandlung von landwirtschaftlichen Flächen gängige Praxis. Kinky kommt aus der DDR, hat dort das Fliegen gelernt und war danach auf der ganzen Welt unterwegs. Seit fünf Jahren ist er bei uns. Hat die Fliegerei an den Nagel gehängt. Hat was an der Lunge.«

»Sie haben die Vermutung, dass jemand mit dem Flugzeug die Hopfenfelder mit einem Pilz infiziert hat?«

»Es ist eine Hypothese, ja. Eine natürliche Verbreitung auf der Fläche in dieser Geschwindigkeit können wir im Grunde ausschließen. Hinzu kommt die Hallertau, dort haben sie das gleiche Phänomen. Diese Koinzidenz ist unmöglich.«

Koinzidenz war ein beeindruckendes Fremdwort, das Minkin nur allzu gerne in seinem Wortschatz haben würde. Auch wenn er wenig Gelegenheit hatte, es aktiv einzusetzen.

»Was genau erwarten Sie von mir?«

»Finden Sie diejenigen, die das hier verursacht haben. Wenn wir wissen, was sie hier versprüht haben, können wir es stoppen.«

»Waren Sie bei der Polizei?«

»Wir haben es nicht an die große Glocke gehängt. Wir wollten Unruhen vermeiden. Stellen Sie sich vor, was passiert, wenn die Menschen erfahren, dass es bald kein Bier mehr gibt, wie wir es kennen.«

Minkin pfiff durch die Zähne, malte sich das Szenario bildhaft aus: »Massenpanik, Hamsterkäufe, Plünderungen, Chaos auf den Straßen, die Regierung wird gestürzt …«

Truman holte ihn wieder runter. »Nun, das vielleicht nicht ganz, aber es wird etwas mit unserer Gesellschaft machen. Und es wird nichts Gutes sein.«

»Haben Sie eine Idee, wo ich anfangen soll mit Suchen?«

Inzwischen war Kinky wieder aus der Plantage zurückgekehrt, ohne dass Minkin ihn bemerkt hätte. »Wenn wir von einem Agrarflugzeug ausgehen, muss es hier in der Nähe irgendwo gestartet sein.«

»Gibt einen Flughafen in Friedrichshafen«, sagte Truman.

Kinky war skeptisch: »Ein Verkehrsflughafen, weiß nicht, zu viel los dort.«

»'ne bessere Idee?«, fragte Truman.

»Ein kleiner Landeplatz. Mit einer kleinen Maschine, die für so was geeignet ist. Danach sollten wir suchen.«

Minkin dachte an die beiden Schweizer aus seinem Hotel, aus der *Krone* in Tettnang. Urs und Reto. Die Namen kannst du dir nicht ausdenken.

»Ich habe vielleicht eine Idee.«

»Du? Bis du jetzt Luftfahrtexperte?«, fragte Kinky mit reichlich Spott im Ton.

Minkin ignorierte es.

»Gibt einen kleinen Regionalflughafen. Ungefähr 60 Kilometer von hier. Dort steht eine Antonov, die *Annushka*. Ein robuster Doppeldecker russischer Bauart, häufig eingesetzt für landwirtschaftliche Arbeiten wie Sprühflüge.«

Kinky pfiff einigermaßen beeindruckt durch die Zähne. »Nicht schlecht, Herr Specht. Und woher weißt du das?«

»Ich habe meine Quellen, du deine, Gringo.«

Bam! Minkin wollte dabei klingen wie ein knallharter New Yorker Cop. Und für den Moment kauften Kinky, Truman und Rose es ihm ab.

»Okay, Cowboy, dann leg mal los. Nichts wie hin!«

»Ich muss nur herausbekommen, wie ich dort hinkomme mit den Öffis.«

Ein Cowboy der mit dem Bus unterwegs war. Die Fassade hielt nur kurz.

»Mit Bus und Bahn? Hast du kein Auto?«, fragte Kinky.

»Das auch, aber vor allem keinen Führerschein.«

»Mit den Öffentlichen Verkehrsmitteln brauchst du eine Ewigkeit dahin.«

»Die Tür zur Ewigkeit schließt sich nie.«

»Was?«

»Stammt von Søren Kierkegaard, sagt dir nichts, nehme ich an.«

»Nein. Und was bedeutet das?«, fragte Kinky nach.

»Die Ewigkeit ist im Grunde nichts anderes wie eine gute Kneipe, die ihre Türen immer offen hat, an 365 Tagen im Jahr.« Die *Waldklause* kam dem Konzept der Ewigkeit ziemlich nahe.

Truman wandte sich an Kinky. »Schluss mit dem Gelaber, ihr habt einen Job zu erledigen. Du wirst ihn fahren, ist vermutlich ganz gut, wenn du dabei bist.«

Worauf Minkin keinen Bock hatte, war eine Überlandfahrt mit dem griesgrämigen Kinky. Aber er hatte keine andere Option.

»Dann los, wir haben keine Zeit zu verlieren!«

Minkin und Kinky gingen zum Parkplatz vor dem Hopfengut. Dort hatte Kinky seinen Wagen geparkt. Einen alten hellblauen Lada Niva.

IM LADA NIVA

Die Sonne hing wie ein bleierner Ball am Himmel über dem Hopfengut, als Minkin und Kinky sich in den knarrenden Sitzen des alten Lada Niva zwängten. Kinky fuhr los. Die erste halbe Stunde sagte er kein Wort. Die Stimmung im Wagen war so dick und undurchdringlich wie der Nebel, der sich im Herbst über die Wiesen von Oberschwaben legt.

Minkin starrte aus dem Fenster. Kinky wollte die Schweigenummer offenbar durchziehen. Sein Gesicht war eine undurchdringliche, furchige Maske aus Misstrauen, er war für Minkin ein Rätsel. Die beiden Männer teilten eine gemeinsame Mission, okay. Abgesehen davon waren sie so weit voneinander entfernt wie die Pole eines Magneten. Sie mochten einander nicht, aber brauchten einander. Ihr Ziel war der Regionalflughafen, von dem vermutlich ein Agrarflugzeug gestartet war, um seine tödliche Fracht über die unschuldigen Hopfenfelder von Tettnang zu versprühen. Der Gedanke an die verwelkenden Träume der Hopfenbauern und die bevorstehende Katastrophe für die Biertrinker bereitete Minkin ernsthaft Sorge.

Minkin brach das Schweigen als Erster. »Wie lange dauert es mit einer kleinen Propellermaschine, um von dem Flughafen nach Tettnang zu fliegen?«, murmelte Minkin.

Kinky antwortete nicht sofort, sein Blick blieb starr auf die Straße gerichtet. »Etwa fünfzehn Minuten«, brummte er schließlich.

»Und für das Versprühen der Flüssigkeit?«

Wieder zögerte er die Antwort hinaus. »Kommt auf viele Faktoren an. Fluggeschwindigkeit, Windverhältnisse. Schätze, in wenigen Stunden könnte man eine Menge Schaden anrichten.«

Mehr war nicht aus ihm herauszubekommen für den Moment. Den Rest der Fahrt über schwieg er. Nach einer knappen Stunde erreichten sie den kleinen Flughafen. Minkin und Kinky stiegen aus dem Wagen. In der Ferne hörte man das leise Surren eines Propellermotors. In diesem Moment hatte Minkin das Gefühl, dass sie hier richtig waren.

»Wer ist hier für die Starts und Landungen verantwortlich?«, fragte Minkin, der von Flughäfen in ungefähr so viel Ahnung hatte wie Robert Habeck vom Heizungsbau.

»An einem kleinen Regionalflughafen wird die Zuständigkeit für Starts und Landungen in der Regel von der Flughafenverwaltung geregelt. Sie ist verantwortlich für die allgemeine Organisation des Flugbetriebs, einschließlich der Koordination von Starts und Landungen, der Zuweisung von Start- und Landebahnen, der Überwachung der Flugaktivitäten und was sonst so anfällt.«

»Dann nichts wie hin!«

AIRPORT

Die Sonne stand bereits tief über dem Regionalflughafen, als Minkin und Kinky sich dem Gebäude der Flughafenverwaltung näherten. Es waren nur wenige Menschen unterwegs. Kein Vergleich mit den großen Verkehrsflughäfen und ihrer permanenten Hektik. Dauerte nicht lange, bis die beiden das Büro der Flughafenverwaltung gefunden hatten. Minkin klopfte.

»Ja.«

Minkin und Kinky traten ein. Das Büro im Stil der 90er-Jahre strahlte eine Atmosphäre von Nostalgie und Retro-Chic aus. Die Ausstattung in warmen Brauntönen erinnerte an eine vergangene Ära. Die Wände waren in einem gedämpften Beige gestrichen. Ein massiver Schreibtisch aus poliertem Eichenholz stand im Zentrum des Raumes, umgeben von einem Ensemble aus passenden Büroschränken und Regalen, die mit Aktenordnern und Bürobedarf gefüllt waren. Auf dem Schreibtisch thronte ein klobiger Computermonitor, flankiert von einem Stapel Papier und einem klassischen Tischtelefon mit Tasten. Die Sitzgelegenheiten waren im ebenfalls im braunen Stil gehalten, mit gepolsterten Bürostühlen in einem dunklen Lederimitat und einem rustikalen Couchtisch aus dunklem Holz, auf dem sich stapelweise Zeitschriften türmten. Willkommen in den Siebzigern, in Helmut Schmidts Arbeitszimmer. Es fehlte nur der Mariacron auf der Anrichte und die Derrick-Szenerie wäre perfekt gewesen.

An den Wänden hingen gerahmte Poster und Bilder von alten Flugobjekten, die eine nostalgische Erinnerung an vergangene Zeiten hervorriefen. Erinnerte an eine Ära, in der die Welt noch ein wenig langsamer und unbeschwerter zu sein schien. Der Mann hinter dem Schreibtisch musterte Minkin und Kinky. Konnte sich keinen Reim auf die beiden machen.

»Was kann ich für Sie tun?«

»Mein Name ist Minkin.«

»Sollte mir das etwas sagen?«

»Ich bin Privatermittler.«

»Privatermittler?«, fragte der Mann sichtlich erstaunt.

»Privatermittler und Sonderbeauftragter des Bundeslandwirtschaftsministeriums.« Diesen Auftritt wollte sich Minkin nicht entgehen lassen. Machte ihn mächtig stolz. Kinky, der hinter Minkin stand, quittierte das mit einem sarkastischen Lachen. Minkin ließ sich nicht verunsichern. Zumindest ließ er es sich nicht anmerken.

»Wir untersuchen eine Sache, bei der Sie uns behilflich sein könnten. Das Ganze ist allerdings streng geheim.«

»Geheim?«

Minkin wollte es theatralisch machen. Wollte klingen wie der Chef der NASA, der Bruce Willis gerade erklärt, dass ein Komet in der Größe von Texas auf die Erde zurast.

»Geheim, ja. Es gibt nur eine Handvoll Menschen auf der Erde, die darüber Bescheid wissen. Sind Sie der Chef des Flughafens?«

»Ja.« Der Mann erhob sich von seinem Schreibtischstuhl. »Weißkopf, mein Name. Ich bin der Leiter des Flughafens.«

Der Chef des Flughafens erinnerte mehr an einen überdimensionierten Gartenzwerg als an einen ernstzunehmenden Manager eines Flughafens. Sein Gesicht, das von einer unnatürlichen Bräune gezeichnet war und von einem kräftigen Schnurrbart umrahmt wurde, umstrahlte eine Aura von Selbstgefälligkeit. Deplatzierter Selbstgefälligkeit. Seine

Kleidung war eine einzige krude Farbexplosion. Ein zu enger Anzug in einem grellen Grün, dazu eine Krawatte mit einem Muster, das einem Betrunkenen beim Malen eingefallen sein könnte. Einem richtig Betrunkenen. Einem Kandinsky auf Speed.

Minkin trat näher an den Flughafenchef heran, schaffte damit eine fast konspirative Atmosphäre. Dann erläuterte er dem Flughafenchef, was für ein Drama sich gerade in den Hopfenfeldern von Tettnang abspielte.

»Die Hopfenseuche in Tettnang stellt eine enorme Bedrohung für die örtlichen Hopfenbauern dar. Eine bislang unbekannte Krankheit hat die Bestände befallen. Ein Team von Spezialisten vor Ort untersucht den Befall, doch bisher konnte die Ursache nicht festgestellt werden. Die betroffene Fläche und die Anzahl der Hopfenbetriebe in Tettnang sind klein, aber wir fürchten, das hier ist nur der Anfang.«

Weißkopf zeigte sich beeindruckt.

»Wie kann ich dabei helfen?«

»Wir sind auf der Suche nach einem Sprühflugzeug, das von hier aus gestartet sein könnte.

»Wir haben dazu ein paar Fragen an Sie«, sagte Minkin.

»Nur zu, nur zu, ich bin hier der Chef, ich weiß alles, was hier vor sich geht auf meinem Gelände.« Weißkopf versuchte, seine Nervosität hinter einem dünnen Schleier aus Arroganz zu verbergen. »Fragen Sie ruhig«, sagte er mit einem falschen Lächeln.

»Können Sie uns sagen, ob hier in den letzten zwei Wochen ein Agrarflugzeug nach Tettnang gestartet ist?«

Weißkopf zögerte einen Moment, bevor er antwortete. Antwort war so vorhersehbar wie der nächste Streifen mit Adam Sandler. »Nein, hier ist kein Agrarflugzeug gestartet.« Seine Hände zitterten ganz leicht, und sein Blick huschte nervös über die verlassene Start- und Landebahn draußen.

Minkin ließ nicht locker. »Wollen Sie nicht nachsehen? In Ihren Aufzeichnungen über die Starts und Landungen?«

»Hören Sie, Minkin.« Weißkopf baute seine eins siebzig in voller Länge vor Minkin auf. »Das hier, unser Airport, das alles muss für Sie sicher beeindruckend sein, aber wir sind ein kleiner Regionalflughafen. Solche Sachen habe ich im Kopf. Wir sind auf dem Teppich geblieben, auch wenn wir regelmäßig abheben.«

Aua, was ein schlechtes Wortspiel. Weißkopf, der alte Komiker. Hatte sicher lange für den Spruch geübt.

Kinky trat jetzt näher an Weißkopf heran. Sein Gesicht war eine undurchdringliche, zerfurchte Maske aus Misstrauen. Seine Stimme war ruhig, ihre Entschlossenheit unüberhörbar. »Sind Sie sich da ganz sicher? Wir suchen ein kleines Sprühflugzeug, eine Cessna 88, eine Piper Pawnee. Etwas in der Art haben Sie doch sicher hier?«

Weißkopf war schnell mit der Anwort. »Nein, haben wir nicht, der Einsatz von Flugzeugen in der Landwirtschaft spielt bei uns im Allgemeinen keine Rolle.«

Mochte stimmen, im Allgemeinen. Aber hier ging es um etwas sehr Spezielles.

»Was dagegen, wenn wir uns auf dem Gelände etwas umsehen?«

Weißkopf vermied es, Kinkys Blick zu begegnen. »Aus Sicherheitsgründen kann ich das nicht genehmigen. Das werden Sie verstehen. Aber ich kann Ihnen versichern«, schob er hastig hinterher, »hier würden Sie nichts finden.«

Minkin und Kinky tauschten einen skeptischen Blick aus. Zeit für einen weiteren Derrick-Klassiker. *Er weiß mehr als er sagt*, dachten beide unisono. Und sie würden keine Ruhe geben, bis sie herausgefunden hatten, was es war. Sie verabschiedeten sich von Weißkopf und machten sich auf den Weg zum Lada.

»Was jetzt?«

»Wir müssen da rein, sehen, ob es eine Maschine gibt, die dafür geeignet ist«, sagte Kinky.

»Hast du nicht gehört, er lässt uns da nicht rein!«

»Wir kommen heute Nacht wieder.«

Minkin war nicht wohl bei dem Gedanken. »Wie willst du da reinkommen?«

»Lass das mein Problem sein!«

WEISSKOPFS WARNUNG

Kurz nachdem Minkin und Kinky das Büro verlassen hatten, wählte der Flughafenchef eine Handynummer.

»Hier spricht Weißkopf, der Flughafenchef! Was zur Hölle haben Sie getan, Iwanov?«

»Herr Weißkopf. Schön, von Ihnen zu hören. Wie kann ich Ihnen helfen?«

»Wie Sie mir helfen können? Ich sage Ihnen, wie Sie mir helfen können! Sie sind mit Ihrer verdammten Yakovlev von meinem Flughafen gestartet, um Pflanzenschutzmittel auszubringen. Aber was haben Sie stattdessen getan? Haben Sie was mit der Sache in Tettnang zu tun? Haben Sie Pflanzenvernichtungsmittel über den Hopfenfeldern von Tettnang versprüht?«

»Das ist eine interessante Aussage. Wie kommen Sie darauf?«

»Ich hatte Besuch von einem Privatermittler, Minkin. Hat sich als Sonderbeauftragter der Regierung ausgegeben. Hat mich eingeweiht, was in Tettnang los ist. Dass jemand den Hopfen vergiftet hat.«

Das Gegenüber ließ sich Zeit mit der Antwort.

»Sie müssen verstehen, Herr Weißkopf, ich bin nur ein Pilot. Ich fliege, was mir gesagt wird. Was ich transportiere, ist nicht mein Problem.«

Weißkopf war außer sich: »Nicht Ihr Problem?! Nicht Ihr verdammtes Problem? Die Bauern werden Sie verfluchen! Und wenn Sie rausbekommen, dass ich Ihnen die Starterlaubnis erteilt habe, bin ich am Ende.«

Iwanov sagte: »Nun, soweit wird es sicher nicht kommen.«

»Woher wollen Sie das wissen?«

»Die Organisation wird sich darum kümmern. Wir verfolgen die gleichen Interessen.«

»Was heißt kümmern?«

»Wie gesagt, ich bin nur der Bote des Pakets, für den Inhalt bin ich nicht verantwortlich. Die Entscheidungen treffen andere.«

»Die Entscheidungen treffen andere? Und wer sind diese *anderen*? Wer steckt dahinter?«

»Ich bin nur ein kleines Rädchen im Getriebe.«

»Sie können verdammt noch mal eine ganze Menge für mich tun, Iwanov! Sie können dafür sorgen, dass hier niemand rumschnüffelt!«

»Wir kümmern uns um das Problem.«

»Das hoffe, ich, Iwanov!«

»Sonst?«

»Fliegen Sie und Ihr Flugzeug auf.«

Weißkopf knallte den Hörer auf das Telefon.

HANGAR-GAMES

Minkin und Kinky hatten den Abend schweigend im Lada in der Nähe des Flughafens verbracht. In einer Tankstelle hatten sie sich mit Proviant versorgt. Wasser, Kaffee, durchgeweichte, belegte Brötchen vom Vortag.

Minkin war eingeschlafen. Gegen 2 Uhr nachts wurde er von Kinky unsanft mit einem Rütteln geweckt.

»Wir sind da.«

Minkin war noch nicht ganz bei sich.

»Wo sind wir?«

»Am Flughafen.«

Minkin hatte nicht mitbekommen, das Kinky mit dem Lada zum Flughafen gefahren war. Der Flughafenhangar war in eine undurchdringliche Dunkelheit gehüllt, während Minkin und Kinky ausstiegen und sich lautlos durch die Nacht bewegten. Ihre Schritte waren gedämpft, ihre Sinne gespannt wie die Saiten einer Geige.

Der Flughafenhangar ragte wie ein schlafender Riese vor ihnen auf, seine massiven Tore waren verschlossen, die Fenster dunkel. Minkin war aufgeregt. Er machte so einen Quatsch nicht allzu oft. In einen Flughafen einbrechen? Ging es noch? War er jetzt James Bond?

»Wie kommen wir auf das Gelände?«, fragte Minkin mit gedämpfter Stimme.

Kinky zog einen großen Seitenschneider aus seinem Rucksack und schnitt aus dem Maschendrahtzaun, der das Gelände umgab, ein Loch. Kaum größer als einen Quadratmeter. Beide schlüpften hindurch und gingen zu einer

Seitentür des Hangars. Mit geschickten Fingern manipulierte Kinky das Schloss an der Türe des Hangars. Minkin und Kinky traten vorsichtig ein. Ein schwaches Licht drang durch die Fenster. Kinky suchte mit einer Stabtaschenlampe das Innere des Gebäudes ab. Dauerte nicht lange, bis Kinky fand, was er suchte.

Leise sagte er zu Minkin: »Das ist das Baby. Es ist nicht die Antonov, von der du gesprochen hast, das hier ist für einen solchen Job sogar noch besser geeignet.«

Tatsächlich, da stand die Maschine im Schein der Taschenlampe, fast majestätisch: eine Jakovlev. Ein Flugzeug aus russischer Produktion. Kinky war sich sofort sicher, dass es das passende Flugzeug war. Er kannte es. Hatte damit seine ersten Einsätze auf den Feldern der DDR geflogen.

Minkin trat einen Schritt näher an die Maschine heran. Übersah dabei einen großen Kanister, der unter der Maschine stand und stieß mit dem Fuß dagegen. Der Kanister prallte auf den Betonboden. Machte einen Höllenlärm.

Kinky zischelte leise in seine Richtung: »Pass auf, du Vollidiot!«

Beleidigung war unnötig.

Minkin wusste, dass er Mist gebaut hatte. Er blieb wie angewurzelt stehen. Dauerte vielleicht eine Minute. Minkin war gerade dabei, die Muskeln wieder zu entspannen, als urplötzlich ein Geräusch die Stille der Nacht durchzuckte. Das Klirren von Stiefeln auf Beton. Das hektische Rufen von Sicherheitspersonal. Der Strahl von Taschenlampen durchsuchte den Hangar. Sie waren entdeckt worden! Panik ergriff Minkin und Kinky. Sie drehten sich um, stürzten aus dem Hangar. Ihre Flucht war nicht unbemerkt geblieben. Sie hörten den bellenden Hund des Sicherheitsdienstes, der ihnen auf den Fersen war. Minkin hatte Flugangst,

Platzangst, Aquaphobie. Am meisten Angst hatte er jedoch vor Hunden. Minkins Herz raste im Takt seiner hastigen Schritte. Sie rannten über das Flughafengelände, immer weiter, immer schneller, Richtung Zaun, während der Hund näherkam und das Taschenlampenlicht eines Sicherheitsmannes ihre Schatten verfolgte.

Plötzlich, aus dem Nichts, kam der Zaun in Sicht, ein Metallungetüm, drei Meter hoch, das ihre Flucht zu vereiteln drohte. Verdammt, sie waren an der falschen Stelle! Das Loch war verschwunden. Minkin und Kinky hatten keine Zeit, um zu zögern. Mit verzweifelter Kraft krallten sie sich in die Maschen des Zaunes und kletterten nach oben, während der Hund knurrend an ihren Fersen heraufsprang. Minkin hatte den ersten Höhenmeter geschafft.

Kinky war bereits oben. »Nimm meine Hand!«

Dann spürte Minkin einen scharfen Schmerz in seinem rechten Fuß. Er stieß einen unterdrückten Schrei aus. Der Hund hatte seine Zähne in Minkins Fleisch gegraben. Trotz des Schmerzes griff Minkin nach Kinkys Hand, der zog ihn vollends nach oben und über den Zaun.

»Los, weiter!«

»Der scheiß Köter hat mich erwischt, Mann.«

»Darum kümmern wir uns später. Los, komm!«

Das pure Adrenalin pulsierte in Minkins Adern. Sein Herz schlug schnell. Der Puls raste. Endlich erreichten sie den Lada, der am Straßenrand in der Dunkelheit parkte. Sie sprangen hinein. Kinky drehte den Zündschlüssel, gab Gas. Der Motor heulte auf und sie rasten davon. Die Nacht verschluckte sie mit ihrer düsteren Umarmung. Während sie sich durch die Dunkelheit schlängelten, wusste Minkin verdammt genau, warum er zeitlebens eine Abneigung gegen Hunde hatte. Dann übermannte ihn der Schmerz und er wurde ohnmächtig.

Minkin war eine halbe Stunde weg gewesen. Kinky hatte den Wagen auf einen abgelegenen Waldparkplatz gesteuert und die Lichter ausgeschaltet. Als Minkin aufwachte, stöhnte er laut vor Schmerz. Sofort war die Erinnerung daran, dass der Wachhund ihn gebissen hatte, als er versuchte, über den hohen Zaun des Flughafengeländes zu klettern, zurück.

»Endlich ausgeschlafen, der Herr …«

Idiot!, dachte Minkin. »Ich hab' saumäßige Schmerzen.«

»Wir müssen deine Wunde notdürftig verarzten.«

Kinky holte eine Flasche Wodka aus dem Handschuhfach des Ladas und einen Verbandskasten aus dem Kofferraum. »Hier, trink das, Minkin. Vielleicht kannst du den Schmerz damit betäuben und aufhören mit deinem Dramaqueen-Gehabe.«

Minkin nahm die Flasche Wodka mit einem undankbaren Grunzen entgegen und spülte einen Schluck hinunter. Kinky begann, mit dem Wodka die Wunde zu desinfizieren und anschließend zu verbinden. Die Bisswunde an Minkins Fuß war ein grausames Kunstwerk aus roher, tierischer Gewalt. Eine Reihe von tiefen, blutenden Löchern zierten sein Fleisch, als ob die Zähne des Hundes mit gnadenloser Präzision zugeschnappt hätten. Dunkles, zähes Blut sickerte aus den Wunden. Die Haut um die Bissstellen herum war bereits geschwollen und gerötet, ein Zeichen für die Entzündung, der Minkins Fuß durchzog. Minkin zischte vor Schmerz, aber der Alkohol tat seinen Job. Immerhin etwas. Das hier war ein weiterer John McClane-Moment. Es war wie damals im Nakatomi Plaza Tower, als Bruce Willis barfuß über die Glasscherben rennt. Im Grunde war das hier die oberschwäbische Version davon. Also reiß dich gefälligst am Riemen, Minkin!

»Danke, Kinky.«

Kinky schnaubte und startete den Motor des Wagens. »Die Luft ist rein. Das alles war deine Schuld, Minkin. Ein Gutes hat die Sache immerhin. Wir wissen jetzt, dass sie von hier aus gestartet sind. Jetzt müssen wir nur noch wissen, wer und womit«, ergänzte Kinky höhnisch.

Die Nacht kämpfte bereits mit dem Tageslicht, als der alte Lada durch die Straßen Oberschwabens rollte. Die Sterne funkelten noch schwach am Himmel, während Minkin und Kinky nebeneinandersaßen. Minkin starrte aus dem Fenster und beobachtete die vorbeiziehende Landschaft, während Kinky schweigend das Steuer hielt. Die Lichter in den kleinen Dörfern und Bauernhöfen schwanden gerade oder begannen zu verlöschen. Das wusste man nicht so genau.

»Hier ist dein Hotel, Minkin«, sagte er und wies auf das Gebäude am Bärenplatz in Tettnang. Minkin knurrte eine Antwort und stieg aus dem Wagen, seine Füße schwer von der Anstrengung der Nacht. Er ignorierte Kinkys abschätzigen Blick und machte sich auf den Weg zum Eingang des Hotels.

Bevor er jedoch verschwand, hielt Kinky ihn zurück und drückte ihm eine Schachtel Pillen in die Hand. »Nimm das!«, murmelte er. »Du wirst es brauchen. Geh vorsichtig damit um. Nimm nur eine und trink was dazu. Aber kein Bier. Die Dinger haben es in sich.«

»Was sind das für Pillen?«

»Es sind heute deine besten Freunde.«

Minkin warf einen skeptischen Blick auf die Schachtel, bevor er sie in seine Tasche steckte. Ohne ein weiteres Wort wandte er sich ab und humpelte in Richtung des Hotels, während der Lada mit quietschenden Reifen davonfuhr und in der Dunkelheit verschwand.

Im Zimmer angekommen, ließ sich Minkin auf das Bett fallen und starrte an die Decke, während er über die

Ereignisse der Nacht nachdachte. Die Schmerzen in seinem Fuß pochten unerbittlich. Er nahm eine der Pillen aus der Schachtel und schluckte sie trocken hinunter. Dann schlief er ein.

PROTOKOLL EINES EINBRUCHS

Am nächsten Morgen tauchte Kinky gegen zehn auf dem Hopfengut auf. Truman und seine Mitarbeiterin, Rose, befanden sich bereits in der Plantage.

»Kinky, du bist spät dran!«

»Kam erst gegen Morgen ins Bett.«

»Hat es sich gelohnt?«, fragte Truman.

Kinky trat näher an Truman heran. »Die Vermutung war richtig. Jemand ist tatsächlich mit einem Sprühflugzeug von dem Regionalflughafen gestartet, um die Hopfenfelder zu besprühen.«

»Woher weißt du das?«

»Vom Flughafenchef.«

»Er hat euch das erzählt?«

»Wichtiger war, was er verschwiegen hat.«

Kinky erzählte Truman, was vorgefallen war in der vergangenen Nacht. Bis hin zu Minkins Begegnung mit dem Wachhund.

Truman war noch nicht vollständig überzeugt. »Okay, aber das ist noch kein Beweis.«

»Der Flughafenchef hat uns angelogen, was das Sprühflugzeug angeht. Er hat Dreck am Stecken.«

Ganz schön orgineller Satz.

Rose trat zu Truman heran: »Kinky hat recht, das ist die wahrscheinlichste Erklärung. Abgesehen davon haben wir nichts anderes.«

Truman nickte. »Eine Idee, wer dahintersteckt?«

Rose sah Kinky fragend an.

Kinky seufzte und fuhr sich durch sein fettiges Haar. »Nein, aber wir werden es herausfinden, Truman.«

»Kann Minkin dabei behilflich sein?«

»Er stellt sich an wie ein Volltrottel. Ich halte ihn für unfähig.« Kinky legte eine Kunstpause ein. »Vielleicht ist das aber sein Talent in dieser Sache.«

Rose erkundigte sich nach Minkin: »Er wurde von einem Hund gebissen, sagtest du?«

Kinky nickte. »Ja, ein Hundebiss, nichts Großes.«

Rose machte sich Sorgen: »Er sollte das trotzdem von einem Arzt anschauen lassen.«

»Ich habe die Wunde notdürftig versorgt. Er liegt in seinem Hotel und erholt sich.«

Truman nickte verständnisvoll. »Er soll sich ausruhen. Wir werden ihn später brauchen. Gib ihm noch zwei, drei Stunden, dann fahr ihn zum Arzt und kommt danach hierher.«

WELCHE WUNDE?

Kinky stand vor dem *Hotel Krone*, als Minkin mit einem leicht hinkenden Gang aus der Eingangstür trat. Sein Gesichtsausdruck verriet eine Mischung aus Unbehagen und Schmerzen.

»Na, Minkin, bereit für die Amputation?«, sagte Kinky mit spöttischem Unterton.

Minkin verzog das Gesicht. Hatte keinen passenden Kommentar parat.

Kinky öffnete die Tür seines Ladas und deutete auf den Beifahrersitz. »Komm schon, steig ein! Bin gespannt, was du denen im Krankenhaus für eine Geschichte auftischst.«

Minkin seufzte und ließ sich auf den Beifahrersitz fallen. Kinky startete den Motor und fuhr los, während Minkin aus dem Fenster sah und sie die Straßen von Tettnang passierten.

Die Fahrt zum Krankenhaus verlief größtenteils schweigend. Minkin versuchte, seine Schmerzen zu ignorieren.

Als sie am Krankenhaus ankamen, half Kinky Minkin beim Aussteigen und begleitete ihn zur Ambulanz. Dort wurde Minkins Wunde professionell versorgt. Der Arzt stellte keine näheren Fragen und versicherte ihm, dass alles in Ordnung sei, solange er den Fuß ein paar Tage ruhig hielt. Was garantiert nicht funktionieren würde. Nachdem sie das Krankenhaus verlassen hatten, kehrten sie zum Lada zurück. Tettnang, das malerische Städtchen, strahlte eine angenehme, schläfrige Gelassenheit aus. Nichts ahnend von der Katastrophe, die der Stadt und ihren Hopfenbauern bevorstand.

»Wie gefällt dir Tettnang, Minkin?«, fragte Kinky, während er eine scharfe Kurve nahm.

Minkin lehnte sich im Sitz zurück und betrachtete die vorbeiziehenden Häuser und Geschäfte. Die Innenstadt von Tettnang hatte einen fast dörflichen Charakter. Sie war geprägt von historischen Gebäuden, eine Mischung aus traditionellem und modernem Flair. Das Herzstück der Stadt war der Tettnanger Marktplatz, der von Fachwerkhäusern und kleineren Geschäften gesäumt wird. Der innerstädtische Handel schien noch intakt zu sein. Markant lag das barocke Schloss oberhalb der Stadt auf einem Hügel und wachte über sie. Von dort aus hatte man vermutlich einen ziemlichen Blick auf den Bodensee und die Alpen.

»Schöne Stadt, allerdings wäre sie noch schöner ohne Hundebiss.«

Kinky lachte spöttisch. »Die Geschichte taugt zum Actionheld des Jahres-Award. Stolpert über einen Kanister, scheucht das Sicherheitspersonal auf und lässt sich vom Wachhund auf der Flucht in den Fuß beißen. Fast wie in einem schlechten Film.«

Minkin rollte mit den Augen. »Ich bin sicher, die Zuschauer würden das extrem lustig finden.«

Die Fahrt durch Tettnang vom Krankenhaus zum Hopfengut verging schnell. Kinky parkte den Lada vor dem Eingangstor. Sie stiegen aus, um Truman und Rose zu treffen. Minkin humpelte eine Spur zu theatralisch. Truman und Rose standen bereits vor dem Hauptgebäude und winkten ihnen zu, als sie näherkamen.

»Schön, dass ihr es doch noch geschafft habt!«, rief Truman voller Ironie.

Kinky grinste. »Wir sind zurück und bereit, den Hopfen zu retten. Mit einem echten Draufgänger im Team. Die

Straßenköter in Tettnang sollten sich warm anziehen. Der Mann hier ist ganz schlecht zu sprechen auf Hunde.«

Minkin war jetzt ernsthaft angepisst. »Jetzt ist aber auch mal gut, Kinky. Der Joke wird nicht besser beim dritten Mal.«

Rose kam auf Minkin zu. Fragte mitfühlend: »Wie geht es dir? Was macht die Wunde?«

Tat höllisch weh.

Minkin wollte nicht als das Weichei rüberkommen, das er war. Er sagte: »Welche Wunde?« Grinste dabei.

Rose grinste zurück.

Wenn da mal nichts funkt, weiß ich auch nicht, dachte Minkin. Selbst Kinky schaffte es für den Augenblick, seinen beißenden Spott zurückzuhalten.

»Ihr habt das Flugzeug gefunden«, sagte Truman. »Das ist ein Anfang. Jetzt müsst ihr nur noch den Piloten dazu finden.«

»Die Starts und Landungen müssen doch sicher in einem Protokoll festgehalten werden«, sagte Minkin.

»Der Flughafenchef wird aber kaum so dumm sein, dass er das dokumentiert hat«, erwiderte Truman.

»Es ist das Flugzeug«, sagte Kinky.

»Was meinst du damit?«, fragte Rose nach.

»Die Jakovlev ist ein Mehrzweckflugzeug, das in der Sowjetunion entwickelt wurde. Die Dinger werden schon lange nicht mehr hergestellt. Die Jak diente für die verschiedensten Aufgabenbereiche. Unter anderem als Agrarflugzeug. Ich bin die Flugzeuge früher geflogen. In der sowjetisch besetzten Zone, in der DDR.«

»Ein russisches Sprühflugzeug?«

»Ja, und zwar eines aus dem Museum. Ich habe so ein Flugzeug in Jahrzehnten nicht mehr gesehen. Die Flieger sind längst ausgemustert. Bis auf ein paar Exemplare, die in

Afrika oder Südamerika noch im Einsatz sind. Aber hier in Europa? Scheint mir ausgeschlossen.«

Die ganze Zeit über dachte Minkin darüber nach, welche Information von dem Abend mit den beiden Russen verschüttgegangen war. Jetzt fiel der Groschen. Zwischen dem sechsten und achten Bier – wer zählt schon bei der Menge – prahlte Vladi mit seinen Flugkünsten. Hatte das Fliegen beim Militär gelernt. In der russischen Luftwaffe.

Minkin hatte nicht nachgefragt, warum er nicht mehr beim Militär geblieben war. War ihm egal, je weniger Minkin davon wusste, desto besser, dachte er. Vladi konnte alles sein. Ein bösartiger Schlächter, der auf Befehl tötete. Oder ein Arbeiter, der am liebsten mit seinen Kumpels einen trinken geht. Oder beides gleichzeitig.

BISSCHEN VIEL IWAN AUF EINMAL

Die Neonlichter flackerten in den dunklen Gassen der Stuttgarter Altstadt, während Cop Schneider die üblichen Etablissements durchkämmte, auf der Suche nach irgendeinem Hinweis, der sie zu Goldberg führen könnte. Die Nacht schwieg, gab genauso wenig Antworten preis wie seine üblichen Informanten.

Cop Schneider wusste nicht viel über Goldbergs Geschäfte. Hin und wieder holte Cop Schneider Goldberg von seinen Terminen im Amüsierviertel ab. Cop Schneider fragte nicht nach. Musste er auch nicht. Goldbergs zufriedener Gesichtsausdruck sprach Bände. Lediglich von einem der Mädchen hatte Cop Schneider einen Hinweis bekommen. Roxy. Sie schuldete ihm einen Gefallen. Sie hatte nicht gerne Schulden bei der Polizei.

Als Cop Schneider nach seiner Tour in die heruntergekommene Wohnung in Freiberg zurückkehrte, rief er Minkin an.

»Was hast du herausgefunden?«, fragte Minkin knapp. Er war angespannt.

Cop Schneider schüttelte langsam den Kopf, während er sich schwer in einen abgewetzten Wohnzimmersessel sinken ließ und sich einen Whisky eingoss.

»Goldberg ist wie vom Erdboden verschluckt. Eines der Mädchen hat ihn vor drei, vier Tagen gesehen. In einer Bar in der Altstadt. Er war nicht allein. Ein Typ war bei ihm.«

»Mit wem war er da?«

»Glaubst du, er hat dem Mädchen seinen Ausweis gezeigt?«

Dumme Frage von Minkin.

»Sie sprachen Russisch miteinander.«

»Seit wann spricht Goldberg Russisch?«

»Du weißt verdammt wenig über Goldberg, scheint mir.«

Da lag Cop Schneider richtig.

»Vielleicht hat sein Verschwinden mit seiner Vergangenheit zu tun.«

»Was ist Goldbergs Vergangenheit?«

Cop Schneider seufzte schwer und starrte in das trübe Licht der Lampe über ihm.

»Goldberg stammt aus einer alten Nürnberger Hopfendynastie«, erklärte Cop Schneider. »Die Familie hatte unter den Nazis alles verloren. Nach dem Krieg hat es die Familie geschafft, als Hopfenhändler in Osteuropa und Russland wieder Fuß zu fassen. Goldberg hat da nach wie vor seine Aktien drin. Altes Geld, alte Verbindungen. Vielleicht hat er sich dort mit den falschen Leuten eingelassen, einen Deckel nicht bezahlt.«

Minkin runzelte die Stirn, während er über diese Informationen nachdachte. »Eine Spur nach Russland«, murmelte er mehr zu sich selbst als zu Cop Schneider.

»Es ist nicht viel, wir werden sehen, was wir damit anfangen.«

»Ich schätze mal nichts Gutes.«

Schneider nahm einen weiteren großen Schluck Whisky. »Das hier ist keines deiner sonstigen Pilsbarabenteuer. Es könnte gefährlich werden, Minkin.«

War er nicht gewohnt. Minkin betrachtete seinen bandagierten Fuß. Lachte trocken. »Nichts Neues für uns, oder?« Sollte klingen wie Dirty Harry. Klang bei Minkin aber nach dem *Kaufhaus Cop*.

»Was hast du rausgefunden, Minkin?«

Minkin fasste die Ereignisse der letzten Tage zusammen. Dass sie in einem Hangar eines kleinen Regionalflughafens das Sprühflugzeug gefunden hatten, mit dem man vermutlich die Hopfenfelder infiziert hatte.

»Eine russische Maschine, sagtest du, Minkin?«, fragte Cop Schneider nach.

»Ja.«

»Goldberg wurde mit einem Russen gesehen.«

»Es gibt noch etwas«, ergänzte Minkin. »An meinem ersten Abend hier in Tettnang habe ich in der Kneipe zwei Russen kennengelernt, arbeiten als Saisonarbeiter in der Landwirtschaft.«

»Bisschen viel Iwan auf einmal.«

»Kann Zufall sein.«

»Zufälle, Minkin, sind so selten wie ein guter Salat Neptun auf der Schwäbischen Alb.«

Verstand Minkin nicht. Er kannte keinen Salat Neptun.

»Weißt du, wo du die beiden findest?«

»Im *Flieger*, vermutlich.«

»Auf dem Flug nach Russland?«

»*Flieger* ist der Name der Kneipe.«

»Ist die am Flughafen?«

»Ehemalige Bahnhofschalterhalle.«

»Die spinnen, die Oberschwaben!«

Konnte man nicht widersprechen.

»Ich werde die beiden suchen.«

»Okay, aber tu mir einen Gefallen.«

»Welchen?«

»Pass auf dich auf, halte dich zurück, ich bin diesmal nicht dort, um dich rauszuhauen.« Cop Schneider machte sich einen Kopf um Minkin – wie woke war das denn?

FROM RUSSIA WITH LOVE

Moskau, Hauptsitz FSB

Kapitän Vitaliy Sobolev trat in das Büro seines Vorgesetzten ein, nicht ohne zu zögern. Er fühlte einen kalten Tropfen Schweiß, der entlang seiner Wirbelsäule runterlief. Er versuchte, seine Angst zu unterdücken, bevor er den Colonel Ievgueni Salmolenko begrüßte. Salmolenko war der Vize-Leiter der Abteilung Spionageabwehr im FSB, dem russischen Inlandsgeheimdienst. Er war ein harter Mann. Nicht nur Karrieren konnte er abrupt beenden. Es war ein grauer, kalter Tag in Moskau. Ein leichter Regen trübte die Morgenstunden und Sobolevs Stimmung.

»Kamerad Colonel, ich habe Ihnen eine Akte mitgebracht«, sagte Sobolev und übergab Salmolenko eine rote Mappe, die der Oberoffizier öffnete. Die Mappe war erschreckend dünn. Auf der ersten Seite stand ein Bild von Minkin, aufgenommen in der Bahn. Minkins Gesicht sah dabei einfach und ausdrucklos aus.

Salmolenko runzelte die Stirn. »Wer ist das, Kamerad Sobolev?«, frage er. Eine leichte Irritation war im Ton seiner Stimme zu spüren.

»Er heißt Minkin, das ist der Agent, den die Deutschen zur Ermittlung nach Tettnang geschickt haben. Wir haben die Information von unserem Genossen Iwanov gestern erhalten.«

»Kennen wir ihn?«

Sobolov schüttelte den Kopf. Er war nervös.

»Nein, wir wissen noch nicht allzu viel über ihn, aber dass wir wenig Informationen über ihn haben, verheißt nichts Gutes.«

Konnte man so sehen. War ambivalent. Konnte auch bedeuten, dass Sobolevs Abteilung die Informationsbeschaffung vergeigt hatte. Noch war Colonel Salmolenko guter Dinge. Vielleicht lag es an dem um dreißig Jahre jüngeren Escortgirl, dass ihm in der Nacht zuvor seine Virilität wieder hatte fühlen lassen.

»Was wissen Sie genau?«, fragte Salmolenko.

»Der Typ ist bisher unter dem Radar geflogen. In unserer Kontrollzone haben wir seine Spur nur in Aufnahmen in Pilsen, Tschechien, gefunden, wo er sich mehrmals im *U Salzmannů* aufgehalten hat. Wir denken, dass er dort einen Auftrag hatte, allerdings haben ihn die Kollegen dort nicht enttarnen können.«

Salmolenko ließ das auf sich wirken. »Dann muss er gut sein.«

»Er ist ein Einzelgänger, der keine Spuren hinterlässt. Er agiert äußerst vorsichtig. Wir haben seine Wohnung durchsucht. Nichts zu finden. Keine Dokumente, keine Waffen. Keine privaten Bilder an den Wänden. Kein Computer. Als ob er kein Leben hat.«

Salmolenko dachte nach: »Er versteht sich und seine Spuren gut zu verstecken.«

»Ja, das tut er.«

»Dann hat er ein anderes Versteck. Findet es!« Colonel Salmolenko war weder für seine Gnade noch für seine Geduld bekannt. »Habt ihr sein Smartphone gehackt?«

Sobolev schwitzte. »Er benutzt kein Smartphone. Er nutzt offenbar ein völlig veraltetes Handy, wofür wir keine Software haben. Von ihm gibt es keine Daten. Der Kerl ist ein digitaler Nomade.«

»Offline?«

»Wir haben Mikrofone in seiner Wohnung platziert, bisher ohne Ergebnisse. Wir haben seine Konten unter die Lupe genommen. Da passiert auch so gut wie nichts. Reizt seinen Dispo stets aus. Es gehen keine größeren Geldsummen ein. Wenn Sie mir eine Zusammenfassung erlauben: Ich denke, dieser Minkin ist ein Profi. Von der gewieftesten Sorte. Extrem unauffällig. Seine Unauffälligkeit ist geradezu auffällig.«

Colonel Salmolenko erschien besorgt. »Wir müssen an ihn ran. Identifizieren Sie seine Schwachstelle. Hat er Verwandtschaft? Eine Freundin? Geht er ins Bordell? Schnappen Sie sich die Frauen da, selbst die Besten unter uns machen Fehler. Nicht zuletzt in solchen Situationen.« Der Colonel wusste offensichtlich, worüber er sprach.

»Von einer Verwandtschaft keine Spur, Kamerad Colonel. Mutter und Vater beide tot. Keine Geschwister. Aber wir haben eine Frau identifiziert, mit der er eine Beziehung hatte. Sie heißt Bachmann. Die beiden haben eine Zeit lang zusammengelebt.«

Kapitän Sobolev war kurzfristig beruhigt, endlich etwas Handfestes ins Spiel bringen zu können. Dass die Phase, die Minkin und die Bachmann zusammengelebt hatten, nichts Ernstes war, war erst mal zweitrangig. »Wir haben Bilder von ihr in der Mappe, wenn Sie weiterblättern wollen …«

Colonel Salmolenko sah sich die Akte an. Die Bachmann beim Einkaufen, auf der Terrasse eines Cafés in der Stadt, eines unter der Dusche. Er schüttelte den Kopf. »Er mag ein guter Agent sein, sein Geschmack bei Frauen ist eigenwillig.«

Die Frau auf den Bildern war Ende dreißig. Sie war weder dick noch auffällig schlank. Sie war groß gewachsen. Ihr

Körperbau wirkte merkwürdig unförmig. Ihre Bewegungen hatten etwas Linkisches, als wäre sie sich ihrer Gliedmaßen nie ganz sicher. Ihre Schultern hingen ein wenig zu tief, ihre Beine waren einen Tick zu lang für ihren Rumpf, und ihre Hände schienen immer ein wenig fehl am Platz zu sein. So, als ob sie ständig überlegen müsste, wohin sie sie stecken sollte. Sie hatte es offenbar aufgeben, ihre braunen Locken zu bändigen, sie standen in alle Richtungen ab. Die Frau trug unförmige Röcke, die die Struktur ihres Körpers noch weiter verwischten, als ob sie unsichtbar sein wollte. Ihr Gesicht war unscheinbar, aber ihre Augen, tiefblau und beobachtend, verrieten eine gewisse Schärfe und Intelligenz. Die Bachmann war keine Frau mit einer offensichtlichen erotischen Ausstrahlung. Vielleicht war es ihre unbeholfene, leicht unsichere Art, die Minkin faszinierte. Es war nicht die klassische Schönheit, sondern eher eine unterschwellige Anziehungskraft, die möglicherweise aus ihrer Unvollkommenheit resultierte.

»Hat er noch Kontakt?«

»Nein, die Beziehung ist beendet. Kein Kontakt, soweit wir das sehen.«

Salmolenko fragte weiter: »Was weiß Minkin über unsere Operation Hopfensturm?«

»Er weiß, dass es unsere Leute waren, die das Flugzeug gesteuert haben. Und wie sie es gemacht haben.« Sobolev ließ das sacken und fuhr dann weiter. »Kamerad Colonel, es gibt noch etwas, was Sie bisher nicht wissen.« Er fügte eine rhetorische Pause hinzu. »Dieser Minkin ist seit Jahren in regelmäßigem Kontakt mit Goldberg!«

Davon war Salmolenko sichtlich überrascht »Sind Sie sich da sicher, Kamerad Kapitän?«

»Ja, Colonel.«

»Sie wissen, wer Goldberg ist, oder?«

Goldberg war für die Russen alles andere als ein Unbekannter, wenn auch auf eine völlig andere Art und Weise.

»Wir haben Goldberg aus dem Spiel genommen, vorerst, bis die Sache vorbei ist in Tettnang. Wir sind uns nicht sicher, auf wessen Seite er hier steht.«

»Goldberg hat unserem Land viel zu verdanken. Sein Reichtum gründet sich auf seine Verbindungen nach Russland. Er wird uns kaum in den Rücken fallen, Kamerad Colonel.«

»Sie wissen, die Menschen sind manchmal sentimental. Deshalb halten wir ihn fern von Minkin.«

Kapitän Sobolev nickte. »Soll ich Minkin eliminieren lassen, Kamerad Colonel?«

Colonel Salmolenko ließ sich Zeit, dachte nach. Dann sagte er: »Nein, noch nicht. Vielleicht können wir uns ihn zunutze machen. Aber Sie lassen ihn nicht mehr aus den Augen! Wissen wir, wo er ist?«

»Heute Nacht hat er sich Zutritt zum Hangar verschafft, in dem das Sprühflugzeug steht. Er wurde dabei verletzt. Ein Wachhund hat ihn gebissen.«

»Das ist eine Spur, überprüfen Sie die Krankenhäuser, die Arztpraxen in der Region, ob sich dort jemand mit einer Bissverletzung behandeln lassen hat.«

»Ja, Colonel.«

»Und setzen Genossin Nayk auf ihn an.«

»Die Spinne?«, fragte Sobolov verwundert nach. Das war in der Regel ein Todesurteil.

»Ja.«

»Wie ist der Auftrag?«

»Aus ihm heraussaugen, was er weiß. Für den Moment. Die Genossen in unserem Büro in Deutschland sollen mit Goldberg sprechen, fragen was er über Minkin und seine Pläne weiß. Schicken Sie Ilyushin.«

»Ja, ich werde es veranlassen.« Kapitän Vitaliy Sobolev verließ den Raum. Die Anspannung fiel von ihm ab. Was er befürchtet hatte, war nicht eingetreten. Nicht diesmal.

GO WEST

In der Hitze des Moskauer Sommers stieg Major Ilyushin die breite Steintreppe des russischen Geheimdienstgebäudes hinunter. Die Luft flimmerte über dem Asphalt. Die Sonne brannte schon am frühen Morgen gnadenlos auf die Stadt herab. Trotz der Hitze war seine Uniform tadellos, das Gesicht unbewegt.

Innerhalb einer Stunde saß Ilyushin in einem klimatisierten SUV aus deutscher Produktion, der ihn quer durch die Stadt zu einem Militärflughafen brachte. Sein Ziel war ein Ort, an dem Geheimnisse offenbart und anschließend sorgfältig verwahrt wurden. Der Ort lag Luftlinie circa 1.800 Kilometer westlich von Moskau. Ein versteckter Verhörkomplex in der Nähe von Leipzig.

Der Flug verlief ruhig. Während die Turbinen der Maschine brummten und Moskau unter ihm kleiner wurde, hielt er sich an eine Mappe, die ein Dossier enthielt mit der Aufschrift: *Streng vertraulich!* Unnötig. Denn was war nicht vertraulich in seiner Branche? Ab und zu durchblätterte er die Seiten. In seinem Kopf bereitete er die Schritte des bevorstehenden Verhörs vor.

Nach wenigen Stunden, in denen das Flugzeug durch die Wolken glitt, erreichte er Leipzig. Die Luft war anders als in seiner geliebten Heimat. Sie war wärmer und voller Gerüche des Hochsommers. Die Luft in Moskau im Sommer war nicht nur warm. Sie war schwer und voller Geschichte. Durchtränkt vom Staub der großen Alleen. Staub, der wie ein feiner Schleier über der Stadt lag. Manchmal roch es nach Teer, der in der Hitze des Asphalts brodelte, vermischt mit einem Hauch Sommerblüten, deren Duft sich wie ein nostalgisches Parfüm über den Smog legte. Die Wärme, die tagsüber zwischen den Sowjetbauten eingefangen wurde, wurde abends wieder in die Freiheit entlassen. Es fühlte sich an wie eine erdrückende Umarmung, als würde Mütterchen Russland seine Arme nie ganz lockern.

Auf dem Rollfeld in Leipzig wartete bereits ein dunkler Wagen mit getönten Scheiben. Ilyushin stieg ein. Der Wagen verließ den Flughafen. Die Landschaft änderte sich. Die geschäftige Umgebung des Flughafens wich den sanften Hügeln und den endlosen Feldern Sachsens, über denen die Sonne wie ein wachendes Auge stand. Die Fahrt führte ihn schließlich am Stadtrand in ein äußerlich verfallen wirkendes Industrieareal aus Ziegel und Stahl, das zwischen Bäumen auftauchte. Es war umgeben von stillgelegten Gleisen und maroden Gebäuden.

Das Auto hielt abrupt. Der Fahrer nickte wortlos und Ilyushin stieg aus, ließ den Blick über die Kulisse schweifen. Kaum hatte er das Gebäude betreten, fiel die Hitze von ihm ab. Die dicken Wände des Komplexes hielten den Sommer fern.

GOLDBERGS PROTEKTION

Die Tür zum Verhörraum schwang auf. Major Ilyushin betrat den Raum mit einem festen Ausdruck auf seinem Gesicht. Draußen war es heiß. Das Thermometer zeigte 30 Grad Celsius an. Im Raum war die Temperatur kurz über dem Gefrierpunkt. Der Verhörraum tief unter der Erde in einem Bunker war eine düstere Kammer. Die Wände waren aus rohem, kaltem Beton gegossen, deren graue Oberfläche von jahrzehntelangem Verfall und Feuchtigkeit gezeichnet war. Unzählige Risse und Wasserflecken durchzogen das Mauerwerk, als ob die Erde selbst versuchte, in diesen unheilvollen Raum einzudringen. Ein einziges, flackerndes Neonlicht hing von der niedrigen Decke, das seinen bleichen, sterilen Schein auf die wenigen spärlichen Möbel warf. In der Mitte des Raumes stand ein massiver Metalltisch, dessen Oberfläche kalt und unbarmherzig im scharfen Licht glänzte. Um den Tisch standen sich zwei Stühle gegenüber.

In einer Ecke des Raumes befand sich ein kleiner Lüftungsschacht, aus dem ein leises, monotones Brummen ertönte, das die bedrückende Stille nur verstärkte. Die Luft war abgestanden und roch nach Schimmel und altem Eisen, ein beißender Geruch, der sich in Goldbergs Nasenlöchern festsetzte.

Der Boden war mit schmutzigem, abgewetztem Linoleum bedeckt, dessen ursprüngliche Farbe längst dem tristen Grau gewichen war. Hier und da konnte man dunkle Flecken erkennen, deren Herkunft Goldberg lieber nicht hinterfragen wollte.

Ilyushins Augen bohrten sich in Goldberg, der am anderen Ende des Tisches saß.

»Goldberg«, begann Ilyushin ruhig. »Wie geht es Ihnen?«

Das ging Ilyushin am Arsch vorbei. Goldberg antwortete: »Im Rahmen der Umstände hier unten, akzeptabel.«

»Wir tun unser Bestes, um Ihnen die Protektion so angenehm wie möglich zu machen im Rahmen dessen, was wir hier noch leisten können.«

Protektion? Eine euphemistische Formulierung seines Aufenthaltes beim russischen Geheimdienst. Man hatte ihn hierher gebracht, in den ehemaligen Osten Deutschlands, wo der russische Geheimdienst offenbar immer noch über Liegenschaften verfügte. *Schutzgewahrsam* traf Goldbergs Aufenthalt eher. Wer auch immer hier vor wem geschützt werden sollte. Der Iwan war unvermittelt bei ihm aufgetaucht und hatte ihn gebeten, mitzukommen. Mit Nachdruck gebeten. Stante pede. Dem russischen Geheimdienst konnte man eine solche Aufforderung kaum abschlagen. Wäre verdammt unhöflich. Dumm wäre es auch. Abgesehen davon, machte es Goldbergs wirtschaftliches Engagement in Russland ihm schwer, nein zu sagen.

Goldberg entsprang einer Nürnberger Hopfenhändlerdynastie. Mit der Verordnung zur Ausschaltung der Juden aus dem deutschen Wirtschaftsleben verloren die zahlreichen jüdischen Hopfenhändler in Nürnberg 1939 die Grundlage für ihre Tätigkeit. Diese Firmen mussten im Dritten Reich verkauft oder aufgelöst werden, ihre Inhaber und Familien wurden von den Nationalsozialisten ins Exil getrieben, viele wurden ermordet. Goldbergs Familie floh vor den Nazis nach Russland. Vom Regen in die Traufe. Immerhin wurden sie dort nicht umgebracht. In die Tschuwaschische Republik, mit der Hauptstadt Tscheboksary an der Wolga. Eine wunderschöne Gegend. Sehr fruchtbar.

Eine ausgesprochene Spezialität Tschuwaschiens ist der Hopfenanbau, der in diesem Gebiet aufgrund der besonderen Klimabedingungen und des vorhandenen Bodens eine lange Tradition hat. Und der aktuell von den Restriktionen gegen Russland profitiert. Die Unterbrechung der Lieferkette, die Sanktionen wegen des Ukraine-Krieges und die Entscheidung einiger westlicher Firmen, ihre Lieferungen nach Russland einzustellen, haben den Zugang der russischen Brauereien zu europäischem Hopfen eingeschränkt. Deshalb greifen russische Brauereiunternehmen, die seither deutschen Hopfen verwendet haben, auf Hopfen aus der russischen Republik zurück. Tschuwaschische Hopfenpflanzer bauen jährlich rund zweitausend Tonnen Hopfen an, das ist fast die Gesamthopfenproduktion Russlands. Der Hopfen dort ist von außerordentlicher Qualität.

Das machte sich Goldbergs Familie zunutze. Sie stieg dort nach dem Zweiten Weltkrieg zu einem der großen Hopfenhändler auf. Goldbergs Vater kämpfte als einer von 500.000 Juden im Zweiten Weltkrieg in der Roten Armee. Er wurde für seine Tapferkeit ausgezeichnet. Das war vielleicht der Grund, warum er in der Sowjetunion bis zu seiner Auswanderung reüssierte. Goldberg hatte immer noch Aktien im Sowjethopfen. Offenbar schätzte man dort seine weltweiten exzellenten Verbindungen. Die bevorstehende Hopfenplage in Westeuropa war deshalb wirtschaftlich alles andere als nachteilig für Goldberg. Am Weltmarkt gab es in den vergangenen Jahren ein Überangebot an Hopfen. Der Bierausstoß in Europa, Asien und Nordamerika sank, die Folge waren sinkende Preise für Hopfen. Die künstliche Verknappung des Rohstoffes würde die Preise durch die Decke gehen lassen. Goldberg forcierte die Situation in Tettnang und in der Hallertau nicht, aber er wollte sich auch nicht darüber beschweren.

»Ich weiß Ihre Protektion zu schätzen, Herr Major.«

Goldberg war auf Konsens aus. Was blieb ihm auch anderes übrig.

»Wir bieten Ihnen Schutz.«

»Schutz vor wem?«

»Vor Ihnen selbst, in erster Linie. Wir wollen sichergehen, dass Sie nichts Unüberlegtes tun. Dass Sie nicht vergessen, auf welcher Seite des Spielfeldes Sie stehen.«

Goldberg atmete langsam ein, sein Blick blieb auf den leeren Punkt an der grauen Betonwand fixiert.

Es war nicht wirklich ein Dilemma, in dem er sich befand. Es kam auf die Sichtweise an. Es war eher eine Win-win-Situation. Es war Tanz. Ein Balanceakt. Und ich habe oft genug getanzt, um zu wissen, wann ich stillstehen muss und wann ich den nächsten Schritt gehen muss, dachte Goldberg. Seine Gedanken wanderten zurück zu den Märkten. Das Überangebot, die sinkenden Bierkonsummengen, überall wurden nur noch helle Lagerbiere gebraut, die weniger Hopfen benötigten. Die Preise verfielen. Vieles hatte gegen ihn gearbeitet in den letzten Jahren. Und nun? Nun drehte sich das Blatt. Alles, was ich tun muss, ist abwarten. Die Verknappung, die Panik, die Unruhen – all das würde ohne sein Zutun geschehen. Er würde da sein, bereit sein, wenn die Preise explodierten. Seine Aktien würden durch die Decke gehen. Er würde zum Big Player aufsteigen mit seinen Verbindungen, seinen Anteilen am Sowjethopfen. War das moralisch fragwürdig? Die Situation, in der er sich befand, war nicht neu für ihn, auch wenn sie sich anders anfühlte. Moral kam ihm selten in die Quere. Die drohende Hopfenkrise, die ihn in den Mittelpunkt rückte, ohne dass er der Verursacher war. Ich bin nicht derjenige, der das Rad ins Rollen gebracht hat. Warum sollte ich nicht davon profitieren?, dachte sich Goldberg.

Das Ganze erinnerte an die Waffenindustrie in Deutschland. Die großen Konzerne – Rheinmetall, Krauss-Maffei Wegmann, Heckler & Koch. Jahrelang wurden sie behandelt wie Aussätzige. Und jetzt? In Deutschland wurde keine Kugel abgefeuert, doch liefen ihre Produktionslinien auf Hochtouren. Sie lieferten Panzer, Munition und Luftabwehrsysteme. Neue Gewehre und Waffen wurden benötigt, was Unternehmen wie Heckler & Koch zusätzliche Aufträge bescherte. Ein neues Geschäftsfeld in einer alten Industrie. Sie haben den Krieg nicht angefangen, aber sie ernten die Früchte. Was sollte daran verwerflich sein? Es gab eine seltsame Symmetrie in der Art, wie die Dinge sich entwickelten. In einem Krieg, einem Konflikt, war es selten der Verursacher, der am meisten profitierte. Es waren die, die wussten, wie sie sich positionieren mussten in einer Krise. Die Waffenhersteller profitierten von der Zerstörung, die sie nicht verursacht hatten. Und ich? Ich profitiere von einer Naturkatastrophe, die ich nicht ausgelöst habe, dachte Goldberg.

Goldberg hatte die Hopfenplage in Westeuropa nicht forciert, genauso wenig wie die Rüstungsunternehmen den Krieg. Aber wenn die Felder verfaulen und die Preise steigen, werde ich derjenige sein, der bereitsteht. Es fühlte sich logisch an, als ob das Schicksal ihm diese Rolle zugedacht hätte. Er würde reagieren auf die Bedürfnisse einer krisengeschüttelten Brauwelt.

Er würde den Menschen helfen.

Ilyushin stellte weitere Fragen, aber Goldberg war gedanklich abgedriftet. Es ging einzig darum, wie man das Spiel spielte, wenn man einmal auf dem Spielfeld war. Er war bereit, die Gunst der Stunde zu nutzen. Goldberg wusste, dass Moral in der Braubranche ein Luxus war, den sich nur die Schwachen leisten konnten. Es ging ums Überleben.

Wer nicht stark genug war, um die Wellen zu reiten, der würde jämmerlich absaufen.

Das war nicht Goldbergs Plan.

Ilyushin holte ihn jäh wieder aus seiner Reflexion zurück. »Was können Sie uns über Ihre Verbindungen zu dem Privatermittler Minkin sagen?«

Goldberg verstand nicht ganz. Was hatte Minkin damit zu tun?

»Minkin? Wie kommen Sie auf ihn?«

Major Ilyushin trat näher an Goldberg heran. Der Mann schien keine Temperatur zu haben, eine solche Kälte ging von ihm aus. Wie ein Reptil, dessen Körpertemperatur sich an die Umgebung anpasste.

»Nun, Sie beide wurden zusammen gesehen, sie verbindet etwas. Eine Arbeitsbeziehung. Wir haben Berichte darüber, dass Sie in seine aktuellen Aktivitäten verwickelt sein könnten.«

Goldberg sah Ilyushin direkt in die Augen und seufzte. »Ich kenne Minkin. Ein Privatermittler, mit dem ich in der Vergangenheit zusammengearbeitet habe. Was er aktuell macht? Keine Ahnung.«

Ilyushin nickte, seine Miene blieb ungerührt. »Wir haben Informationen darüber erhalten, dass Minkin in diesem Fall ermittelt, der für uns alle von großer Bedeutung ist.«

»Was sollte das sein?«

»Die Spezialoperation Tettnang. Der Hopfensturm. Wir möchten sicherstellen, dass nichts und niemand diese Operation gefährdet. Das gilt für Sie und das gilt für Minkin.«

Goldberg lachte abfällig. »Ich kann Ihnen versichern, am ehesten gefährdet Minkin sich selbst.«

»Was macht Sie so sicher?«

Goldberg war ernsthaft amüsiert bei dem Gedanken, dass Minkin bei der Sache helfen sollte. »Ich kenne Minkin.

Seine Arbeit ist unzuverlässig, seine Methoden sind chaotisch. Und er trinkt. Er wird kaum ein ernsthaftes Problem für Ihre Aktivitäten darstellen.«

Ilyushin beugte sich leicht vor. Kam Goldberg unangenehm nahe. Goldberg konnte Ilyushins kalten Atem spüren. Er roch nach Minze und sagte trocken: »Vielleicht unterschätzen Sie ihn, Goldberg. Minkin hat eine gewisse Hartnäckigkeit, wie diese Berichte nahelegen. Sein unkonventioneller Ansatz hat ihn bisher überraschend oft ans Ziel geführt.«

Da war im Kern sogar etwas dran, dachte Goldberg.

»Er könnte eine Gefahr für uns darstellen, wenn er weiter bohrt, Goldberg.«

Goldberg zögerte einen Moment, bevor er antwortete. »Mag sein, Major. Er ist unorthodox, ja. Aber er ist allein, hat keine Unterstützung.« Goldberg wusste, wovon er sprach. Wenn er nicht hinter Minkin stand, ihn finanzierte, würde es kein anderer tun.

»Ich denke, es ist an der Zeit, dass Sie die Bedeutung von Minkins Rolle verstehen.«

»Rolle?« Goldberg hatte keinen blassen Schimmer. Wurde immer kryptischer das Ganze.

»Er ist kein einfacher Privatermittler mehr.«

Privatermittler, schon diese Berufsbezeichnung schien Goldberg übertrieben in Anbetracht der minkinesken Zufallserfolge.

»Was ist er dann, Ihrer Meinung nach?«

»Es geht nicht um meine Meinung, Goldberg. Nicht die Meinung hat mich in diese Position gebracht, in der ich hier bin. Es ist das, was ich weiß und was ich kann.«

Ilyushin ließ sich alles aus der Nase ziehen.

»Was wissen Sie?«

Goldberg war offenbar irritiert. Was wusste Ilyushin noch?

»Minkin ist der Sonderbeauftragte der Regierung für die Hopfenplage. Er hat alle möglichen Ressourcen und die Unterstützung der Regierung hinter sich.«

Goldberg lachte laut, schüttelte den Kopf.

»Das finden Sie lustig, Goldberg!«, sagte Ilyushin schneidig.

»Sonderbeauftragter? Ich bitte Sie, Herr Major, das ist ein Witz! Was soll das sein? Die suchen einen Trottel, dem sie die Sache in die Schuhe schieben können, wenn es schiefgeht. Und es wird schiefgehen, Minkin wird scheitern.«

Goldberg war sich sicher, dass das hier eindeutig zu groß für Minkin war. In jeder Hinsicht. Vor allen Dingen hatte Minkin keinen blassen Schimmer, mit wem er sich da anlegte.

»Wir wollen keine unangenehme Situation schaffen.« Ilyushin machte eine Pause. »Dieser Minkin weiß offenbar nicht, auf welchem Terrain er sich bewegt.«

»Nein, ganz sicher nicht.«

»Nun, wir werden eine Lösung für ihn finden.«

»Was meinen Sie?«

»Minkin kann nicht schwimmen.«

»Und?«

»Die Gefahr der Gewässer wird unterschätzt.«

Minkin und das Wasser waren keine Freunde, von Anbeginn an nicht. Und die Sache mit dem ertrunkenen Jungen in Bamberg hatte Minkin den Rest gegeben. Er gab sich die Schuld für den dessen Tod. Wenn man ehrlich war, dann war da sogar was dran.

»Zunächst werden wir Sie jedoch ein wenig beschäftigen, ablenken, Ihnen was zum Nachdenken geben, dann kümmern wir uns um Minkin.«

Goldberg nickte stumm. Ihm war unwohl bei dem Gedanken, dass der russische Geheimdienst Minkin auf dem

Schirm hatte. Er stand Minkin nicht sonderlich nahe. Minkin war das komplette Gegenteil von Goldberg. Er schuldete Minkin nichts. Es war eine reine Arbeitsbeziehung. Und Goldberg konnte es im Grunde egal sein, wie es um den Hopfen in Tettnang und den anderen Gebieten stand. Er würde davon profitieren, wenn die Ernte dort den Bach runterging. So oder so.

DIE BOMBE PLATZT

Guntram Meier, der zuständige Abteilungsleiter aus dem Bundesministerium für Ernährung und Landwirtschaft, hatte mehrmals versucht, Truman anzurufen. Truman ignorierte die Anrufe zunächst. Meier gab nicht auf. Truman ging schließlich ans Telefon.

»Was gibt es, Meier?«, fragte Truman, während er weiterhin die kranken Hopfenpflanzen inspizierte.

»Schalten Sie den Fernseher an!«

Truman war genervt von Meier. »Glauben Sie, ich sitze in meinem Hotelzimmer und habe Zeit, Fernsehen zu schauen?«, baffte er ihn an.

»Die Presse hat davon Wind bekommen. Die Kacke ist am Dampfen!«, erklärte Meier in aufgeregtem Ton.

Truman runzelte die Stirn. Die Presseberichterstattung war das Letzte, was sie gebrauchen konnten. »Was genau haben sie herausgefunden?«, fragte er besorgt.

»Die Nachrichten berichten über die Ausbreitung der Hopfenkrankheit. Sie haben Bilder von den infizierten Feldern, Interviews mit besorgten Landwirten. Es sieht nicht gut aus, Truman.«

Truman seufzte. Die Situation war bereits ernst genug, und jetzt würden die Medien die Aufmerksamkeit darauf lenken.

»Was sollen wir tun?«, fragte er, während er versuchte, einen klaren Kopf zu bewahren.

»Ich werde versuchen, die Medien und die Öffentlichkeit zu beruhigen und die Lage zu erklären«, antwortete Meier mit Nachdruck. »Wir müssen eine Pressekonferenz einberufen. Der Minister und der Sonderbeauftragte müssen an die Öffentlichkeit gehen, zeigen, dass wir aktiv an der Lösung des Problems arbeiten. Dass wir die Sache im Griff haben.«

»Das bringt uns etwas Zeit.«

»Ich werde die notwendigen Vorbereitungen treffen und sicherstellen, dass der Minister und der Sonderbeauftragte Bescheid wissen.«

Truman nickte erneut.

»Wir werden die beiden mit allem versorgen, was sie wissen müssen für die Pressekonferenz.«

Die beiden Männer verabschiedeten sich. Wussten, was zu tun war. Meier hatte Erfahrung als Krisenmanager. Vogelgrippe, Schweinepest, Corona. Aber das hier war ein anderes Kaliber. Meier wusste, dass die Pressekonferenz entscheidend sein würde, um das Vertrauen der Öffentlichkeit zu stärken, Panik einzudämmen. Sie mussten einen klaren Plan präsentieren, zeigen, dass sie die Situation unter Kontrolle hatten. Und das Ganze mit dem schwäbelnden Minister aus Bad Urach und einem notorischen Trunkenbold. Prost Mahlzeit, dachte Meier.

Meier machte einige Telefonate und entschied sich für das Haus der Wirtschaft in Stuttgart. Es befand sich im Herzen der Landeshauptstadt und verfügte über moderne Konferenzräume und Veranstaltungssäle, die für offizielle Regierungszwecke genutzt wurden. Das Haus der Wirtschaft war eine bekannte Adresse für geschäftliche und politische Veranstaltungen in der Region mit angemessener technischer Ausstattung und Kapazitäten für Medienvertreter. Der Termin wurde auf den Folgetag angesetzt.

Erneut rief Meier bei Truman an.

»Morgen Vormittag um 11 Uhr informieren wir die Presse. Der Minister wird um kurz vor 9 Uhr am Flughafen ankommen. Was ist mit diesem Minkin. Wisst ihr, wo er steckt?«

»Tja, das ist das Problem, er geht nicht an sein Telefon. Im Hotel ist er auch nicht.«

»Hat er sie noch alle?«

»Ganz sicher hat er die nicht.«

»Gibt es jemanden der weiß, wo er ist? Hat er eine Freundin?«

Truman dachte nach. »Wim hat eine Bachmann erwähnt. Mit der hat er eine Zeit lang zusammengewohnt.«

»Beschaff mir den Kontakt.«

»Gut, ich telefoniere mit Wim.«

Ein paar Minuten später hatte Truman den Namen und die Nummer der Bachmann und gab sie weiter an Meier.

Guntram Meier zog sein Handy aus der Tasche und wählte die Nummer der Bachmann. Nach einigen Klingeltönen hob sie endlich ab.

»Entschuldigen Sie die Störung, hier spricht Guntram Meier vom Bundesministerium für Ernährung und Landwirtschaft. Wir suchen Minkin.«

Ein überraschtes Seufzen war die Antwort: »Bundesministerium für Ernährung und Landwirtschaft. So so. Warum nicht gleich die CIA.«

»Bitte, ich verstehe nicht?«

»Was um alles in der Welt will ein Bundesministerium von Minkin?«

»Wir brauchen seine Hilfe. Haben Sie eine Ahnung, wo er sein könnte? Es ist dringend.«

»Verarschen Sie mich?«

»Nein, es ist mein voller Ernst. Wieso soll ich Sie, wie Sie das nennen, verarschen?«

»Niemand sucht Minkins Hilfe. Schon gar nicht dringend. Und wenn, dann wäre er ganz schön gefickt.«

An ihrem Vokabular würde diese Bachmann noch arbeiten müssen, dachte Guntram Meier. Die Bachmann war in Heilbronx aufgewachsen. Im Stadtviertel Hawaii. Das war der Spitzname eines Viertels im Heilbronner Stadtteil Neckargartach. Es liegt entlang des Neckars und war früher vor allem ein Industrie- und Arbeiterwohnviertel. Der Name *Hawaii* entstand wahrscheinlich in der Nachkriegszeit als scherzhafte Bezeichnung, weil das Viertel durch seine isolierte Lage zwischen Industriegebieten und dem Fluss etwas abgeschieden wirkte. Ähnlich wie die geografische Abgelegenheit der Inselgruppe Hawaii. Das Viertel hatte hie und da immer noch seinen rauen und industriellen Charakter. Den Ton konnte man der Bachmann deshalb kaum verübeln.

»Mag sein, Frau Bachmann, aber ich meine es ernst.«

»Was wollen Sie denn von dem Idioten?«, fragte die Frau, offensichtlich nicht erfreut über den Anruf. Klar, erst hatte er sie anscheinend mit Desiree betrogen, dann hatte er sie bei der Aktion in Bamberg benutzt. Konnte man nachvollziehen.

»Es ist wichtig. Wir brauchen ihn für eine dringende Angelegenheit. Er muss sich in Tettnang aufhalten, aber wir können ihn nicht erreichen und er muss morgen früh in Stuttgart sein für eine Pressekonferenz.«

»Was sollte das sein, wo Minkin eine Hilfe sein könnte?«, fragte die Bachmann spöttisch nach.

»Es geht um die Ausbreitung der Hopfenkrankheit in Tettnang. Sie haben sicher davon gehört.«

Hopfen? Okay, das war eines der beiden Themen, bei denen Minkin Bescheid wusste. Das andere war Malz.

»Das ist Minkin, immer in irgendeine Scheiße verwickelt. Ich weiß nicht, wo er ist, habe ewig nichts gehört. Am besten klappern sie alle Kneipen in Tettnang ab, irgendwo wird er sich dort herumtreiben.«

»Danke.«

»Und noch was.«

»Was?«

»Suchen Sie in den Etablissements, wo Sie normalerweise vorbeigehen würden, wo Sie sich nicht reintrauen. Was Ihnen schräg vorkommt.« Perfekte Definition von Schräggastro.

»Vielen Dank für Ihre Hilfe. Ich melde mich, wenn wir ihn gefunden haben.«

»Das ist mir komplett egal«, sagte die Bachmann und legte abrupt auf.

Meier steckte sein Handy zurück in die Tasche und atmete tief durch. Die Frau war ernsthaft angepisst. Die Suche nach Minkin würde Zeit kosten. Zeit, die sie nicht hatten. Aber sie hatten einen Anhaltspunkt.

Meier wählt Trumans Nummer.

»Und?«

»Ihr müsst die Kneipen in Tettnang abklappern, die Bachmann meint, er wird an irgendeinem Tresen abhängen.«

»Wie stellen Sie sich das vor?«

»So schwer ist das doch nicht, ihr schaut euch auf Google Maps die Kneipen in Tettnang an, fahrt an jeder vorbei …«

Meier legte auf. Idiot, dachte Truman, bin ich hier der Babysitter für Minkin? Ehrlich gesagt, ja, geht zumindest stark in diese Richtung.

IM SOMMER GERNE MAL EIN KRISTALL

Minkin saß in einer dunklen Ecke im *Flieger* in Tettnang, vor sich mehrere leere Biergläser. Aktuell hatte er ein Kristall in Arbeit. Ein perfekt serviertes Glas Farny Kristallweizen. Golden, fast durchsichtig, wie flüssiges Sonnenlicht im Glas. Winzige Bläschen suchten sich ihren Weg nach oben, sammelten sich dort zu einer schneeweißen Schaumkrone. Der erste Schluck war frisch und klar, mit einer feinen Balance aus milden Fruchtnoten und einem Hauch von Süße. Minkin lehnte sich zurück und betrachtete das Glas, ein Inbegriff des Sommers. Das Farny Kristallweizen war die Mutter aller Kristallweizen – so rein, so perfekt komponiert, dass es die Messlatte für jedes andere Kristall auf der Welt setzte. Und an einem heißen Sommertag ein perfektes Zwischenbier.

Zwei Stunden später betrat Ljudmila Popow die schummrige Kneipe und spürte den Duft von Bier und abgestandener Luft. Das flackernde Neonlicht über der Bar warf unruhige Schatten über die Gesichter der Gäste. Der *Flieger* war weit entfernt von den eleganten Salons und exklusiven Clubs, in denen sie üblicherweise ihre Missionen ausführte. Der Ort machte sie skeptisch. Was und wer sollte hier von Bedeutung sein?

Ihre Augen scannten den Raum, bis sie ihn entdeckte: Minkin, ihre Zielperson. Er saß an einem wackeligen Tisch in einer dunklen Ecke, ein Glas Wodka vor sich und ein betrunkener Ausdruck auf seinem Gesicht. Sein Hemd war schmutzig und zerknittert, und sein Blick war glasig.

Ljudmila zog eine Augenbraue hoch. Das hier war der Mann, den sie ausquetschen sollte? Er wirkte nicht wie jemand, der eine Gefahr für die Spezialoperation in Tettnang darstellen konnte.

Ljudmila setzte sich an die Bar und bestellte ein Mineralwasser. Während sie darauf wartete, überlegte sie, ob sie vielleicht in eine Falle geraten war. Aber die Befehle waren klar gewesen: Finde Minkin, finde heraus, was er weiß. Ein Auftrag, der ihr für ihre Fähigkeiten lächerlich einfach vorkam. Grenzte fast schon an eine Frechheit. Sie war *Nayk*. Nicht irgendeine Anfängerin frisch von der Akademie.

Sie beobachtete Minkin weiter aus dem Augenwinkel. Minkin hob sein Glas und prostete niemandem Besonderem zu. Er murmelte etwas, das im Lärm der Kneipe unterging. Ljudmila konnte sich ein zynisches Lächeln nicht verkneifen. Das sollte der Mann sein, der ihnen gefährlich werden konnte? Sie nahm einen Schluck ihres Wassers und entschied sich, den direkten Weg zu gehen. Mit geschmeidigen Bewegungen stand sie auf und ging zu Minkins Tisch. Er hob den Kopf, als sie näherkam, und sein müder Blick hellte sich ein wenig auf.

»Kann ich mich setzen?«, fragte sie mit kühler Stimme.

Minkin nickte, und sie setzte sich ihm gegenüber. »Ich bin Ljudmila«, sagte sie und sah ihm direkt in die Augen. »Was führt dich hierher?«

Er lachte, ein bitterer Klang, der von zu viel Alkohol getränkt war. »Vor allem das Bier«, antwortete er und hob sein Glas erneut.

Ljudmila wusste, dass dies eine lange Nacht werden würde. Aber sie war entschlossen, ihre Mission zu erfüllen, auch wenn sie dafür ein wenig Geduld und ein paar Gläser Wodka brauchte. Als *Die Spinne* hatte sie schon weitaus schwierigere Netze gesponnen.

»Wodka?«, fragte sie.

Minkin grinste betrunken. »Warum nicht? Noch ein letztes Glas, dann ziehen die Wolken Lederjacken an. Ich hole uns was, nicht weggehen, schöne Frau«, lallte Minkin und stand wackelig auf. In dem Moment öffnete sich die Tür des *Fliegers*. Die Gäste sahen sich kurz um und widmeten sich dann wieder ihren Getränken.

Rose und Kinky traten ein, ihre Augen suchend durch den Raum wandernd. Sie sahen Minkin sofort. Wer war die Frau? Roses Gesicht verhärtete sich, während Kinky nur den Kopf schüttelte.

»Da ist er!«, sagte Rose. »Los, Kinky!«

»Minkin!«, rief Kinky laut, als sie näherkamen. »Was zur Hölle machst du hier?«

Minkin drehte sich langsam um, sein Blick verschwommen. »Nach was sieht es aus für euch? Setzt euch, ich hole eine Runde.« Seine Aussprache kannte klarere Tage.

»Wir haben keine Zeit, um uns zu betrinken«, sagte Rose scharf. »Du musst mitkommen. Jetzt!«

Die osteuropäisch aussehende Frau stand auf und legte ihre Hand auf Minkins Arm. »Was wollen die von dir? Lass uns gehen, ich kenne einen besseren Ort zum Feiern.«

Rose trat einen Schritt näher, ihre Augen funkelten. Sah gefährlich aus. Konnte man fast Angst bekommen. »Er geht nirgendwohin! Er muss morgen früh arbeiten. Es wird schwer genug, ihn bis dahin wieder nüchtern zu bekommen.«

»Arbeiten?« Die Frau lachte kalt. »Dieser Mann hier? Schauen Sie ihn an!«

Kinky schob sich zwischen die Frau und Minkin, seine Hand fest auf Minkins Schulter. »Komm schon, Minkin. Du hast genug für heute.«

Minkin stieß ihn von sich weg. »Lass mich in Ruhe, es gibt kein genug für mich!«

»Was redest du?«

»Habt ihr Vergebung mitgebracht? Oder könnt ihr die Toten auferstehen lassen?«

Kinky und Rose hatten keinen Schimmer, worauf Minkin hinauswollte. Kannten nicht die Geschichte von dem toten Jungen in Bamberg. Die Last, die Minkin mit sich herumschleppte.

»Von den Toten aufzuerstehen, Minkin, nein. Keine Ahnung, wie das geht. Hat bisher nur einmal funktioniert. Und auch da war vermutlich viel Glück dabei.« Kinky packte Minkin am Arm und schob ihn Richtung Ausgang.

»Wir gehen jetzt. Dich bis morgen früh wieder auf die Beine zu bekommen, wird eine ähnliche Nummer wie das mit der Auferstehung von den Toten.«

Die Frau sah Kinky an, dann drehte sie sich um und verschwand ohne ein weiteres Wort.

Minkin konnte kaum auftreten, der Hund hatte seinen linken Fuß böse zugerichtet. Er humpelte, als Kinky ihn zur Tür führte. Das Gespräch zwischen Minkin, Rose und Kinky hatte Aufmerksamkeit erregt.

Die Spinne hatte sich unbemerkt aus dem Staub gemacht. Das war heute nicht ihr Moment, aber er würde kommen, ihr Moment. Manchmal dauerte es länger, ein Netz zu spinnen. Irgendwann ging ihr jeder ins Netz. Dann verschwand die Spinne in der Dunkelheit der Nacht.

Draußen in der kühlen Luft atmete Minkin tief durch und lehnte sich schwer gegen Kinky. »Ihr seid immer so verdammt ernst, Kinky. Ich bin hierhergekommen, um zu vergessen«, lallte Minkin vor sich hin.

»Vergessen kannst du morgen wieder«, sagte Rose und half Kinky dabei, Minkin ins Auto zu setzen. »Jetzt konzentrier' dich darauf, mir nicht den Lada vollzukotzen, hörst du!«

»Ich habe viele Schwächen, das Kotzen gehört nicht dazu«, murmelte Minkin und war sofort weggetreten.

»Wir müssen ihn irgendwohin bringen, wo er seinen Rausch ausschlafen kann«, sagte Kinky und startete den Motor. »Er muss bis morgen früh wieder fit sein!«

»Wir bringen ihn zu mir«, antwortete Rose, ihre Stimme entschlossen. »Zu viel hängt davon ab.«

Kinky war skeptisch. »Wenn du meinst.«

Die Fahrt war ruhig, nur das leise Summen des Motors und das gelegentliche Schnarchen von Minkin durchbrachen die Stille. Rose sah aus dem Fenster, die Lichter der vorbeiziehenden Stadt verschwommen vor ihren Augen. Sie musste einen Weg finden, Minkin rechtzeitig wieder auf die Beine zu bekommen. Die Pressekonferenz mit dem Minister war um 11 Uhr in Stuttgart. Abfahrt um 8 Uhr. Die Details konnten sie ihm unterwegs beibringen. Wichtig war, dass er nüchtern war und einigermaßen vertrauenserweckend rüberkam. Was selbst ausgeschlafen und ohne Kater bei Minkin kaum darstellbar war.

Kinky half Rose dabei, Minkin auf ihr Hotelzimmer zu bringen. Sie legten ihn in voller Montur auf das Sofa.

»Und du bist dir sicher?«

»Nein, aber wenn wir ihn alleine lassen, erstickt er vielleicht an seinem eigenen Erbrochenen.«

»Glaub ich nicht, er ist Profi. Eher geht er noch mal auf die Gasse.«

»Was genauso schlimm wäre.«

»Gut, morgen um 7.30 Uhr Frühstück. Wir fahren um 8 Uhr.«

PRESSEKONFERENZ, HAUS DER WIRTSCHAFT

Die Pressekonferenz im Haus der Wirtschaft war brechend voll. Journalisten der führenden Medien des Landes drängten sich in dem Saal, ihre Kameras und Mikrofone auf das Podium gerichtet. Der Bundeslandwirtschaftsminister saß neben Minkin, dem Sonderbeauftragten für die Hopfenplage. Die beiden Männer könnten unterschiedlicher nicht sein: Hier der erfahrene Politiker, immer bedacht darauf, mit vielen Worten wenig zu sagen. Minkin war im Grunde das Gegenteil, machte wenig Worte, kam dann aber auf den Punkt.

Sie hatten ihn mitten in der Nacht geweckt. Genau gesagt um 7 Uhr morgens. Er hatte hämmernde Kopfschmerzen, die Erinnerung an den Vorabend war verschwommen. Im Zimmer war Rose gestanden, Trumans Assistentin. Weiß der Teufel, wie das zustande kam.

»Geh duschen, dann treffen wir dich unten im Frühstücksraum. Du wirst neue Kleider brauchen. Hast du einen Anzug?«

»Einen Anzug?«

»Ja, du hast um 11 Uhr eine Pressekonferenz mit dem Minister. Wir bringen dir auf dem Weg nach Stuttgart die Details bei.«

Details, dachte Minkin, Details werden überschätzt.

»Hör mal, Rose, ich helfe ja gerne, wo ich kann, aber mir geht es heute Morgen nicht besonders gut …«

»Wer saufen kann, kann auch arbeiten.«

Ganz übler Kalenderspruch.

»Hast du einen Anzug dabei?«

»Sehe ich so aus, als ob ich mit Anzug reise?«

»In deiner Wohnung in Stuttgart?«

Gott ja, musste sie ihn daran erinnern, er hatte sich im vergangenen Jahr bei Fairkauf in Feuerbach einen schwarzen Anzug gekauft für die Beisetzung des Jungen in Bamberg. Sah scheiße aus, war den Umständen angemessen.

»In Stuttgart, ja, da hängt einer an der Garderobe.«

»Gut, wir lassen ihn holen. Hat jemand einen Schlüssel?«

»Die Vermieterin. Und die Bachmann müsste noch einen Schlüssel haben.«

»Ist das deine Ex?«, fragte Rose nach.

»Mein Ex? Das Gegenteil, Sie hat nur bei mir gewohnt.«

Rose dachte sich ihren Teil.

Unterwegs wurde Minkin mit einer Reihe von Floskeln gefüttert, die er sofort wieder vergaß.

Die Bachmann erwartete sie bereits am Eingang seiner Wohnung am Wilhelm-Geiger-Platz in Feuerbach.

»Hallo, Bachi, wie geht es dir?«, fragte Minkin peinlich berührt. Das letzte Aufeinandertreffen der beiden war nicht perfekt gelaufen. Wie überhaupt nur wenig perfekt gelaufen war zwischen den beiden.

»Besser als dir auf jeden Fall. Du siehst aus wie ausgekotzt«, sagte die Bachman reichlich angepisst.

»Danke dafür.«

»Und das beschreibt es noch freundlich«, schickte die Bachmann hinterher.

Schlechte Vibes zwischen den beiden. Ganz schlechte, dachte Rose.

»Mingi-Baby.« Wie Minkin das hasste, wenn die Bachmann ihn Mingi-Baby nannte. Wenn sie auf ihren Heilbronner Dialekt umchwenkte. Jener Kunstsprache, die sich aus dem Schwäbischen, dem Badischen und dem Fränkischen jeweils die schlechtesten Teile ausgesucht hatte. Was sie immer dann tat, wenn sie ihm auf den Sack gehen wollte. »Du bisch uff'm direkte Weg in die Höll', wenn du so weidermachst, Mingi-Baby. Hier isch dein Anzug. Wenn du des nächste mol Hilfe brauchst, frog oiner von deine Saufkumpels, aber lass mir mei Ruh!«

Die Bachmann machte sich aus dem Staub.

Auf direktem Weg in die Hölle. Unsinn. Minkin hatte Pläne für das Jenseits, klar. Die Hölle gehörte nicht dazu. Er glaubte von sich, er hätte ganz gute Karten da drüben bei dem, was er bisher geleistet hatte. Er hatte das Heilige Fass gefunden, den alten Abbé Jean gerettet und die bierweinende Madonna in Sicherheit gebracht. Okay, sein Lebenswandel war nicht perfekt. Und ob ihm das mit dem Jungen in Bamberg verziehen werden würde, wusste er auch nicht.

Was der Bachmann für Minkin vorschwebte, war:

Ausgewogene Ernährung.

Regelmäßige körperliche Aktivität.

Ausreichend Schlaf.

Moderater Alkoholkonsum.

Medizinische Vorsorgeuntersuchungen.

Gesunde soziale Beziehungen.

Körperhygiene.

Positives Denken und Selbstfürsorge.

Und Achtsamkeit. Vor allen Dingen Achtsamkeit.

Sag was drauf! Jeder hatte das Recht auf seine eigenen Wahnvorstellungen. Und an der Quinoa-Bowl zerbrachen dann die meisten Beziehungen. So war es auch bei der Bachi, noch bevor es überhaupt angefangen hatte. Die meisten Deutschen glauben, dass Herz-Kreislauf-Krankheiten die häufigste Todesursache sind. Das ist Unsinn. Mandelmilch, ich sage nur Mandelmilch.

Rose konnte sich eine Bemerkung nicht verkneifen: »Ganz schön giftig, deine Ex.«

»Sie ist nicht meine Ex, wie oft denn noch!«, sagte Minkin sichtlich genervt.

»Hat sich anders angehört, aber wenn du meinst«, sagte Rose schulterzuckend. Aus einem seltsamen und nicht nachvollziehbaren Grund mochte sie diesen Minkin. War nicht unfroh darüber, dass es zwischen Minkin und der Bachmann offenbar nicht mehr so gut lief.

Gegen 10 Uhr trafen Kinky, Rose und Minkin am Haus der Wirtschaft ein.

»Zieh dich um, wir müssen rein!«, sagte Kinky.

Minkin verschwand in einer der Toiletten im Untergeschoss. Ein paar Minuten später stand er in einem schwarzen Anzug vor Rose und Kinky.

Beide sahen sich an und schüttelten den Kopf. »Du siehst aus wie ein Totengräber in einem Splatterwestern.«

»Dann passt es ja. Ich bin bereit für das Trauerspiel.«

ALLES NIX KONKRETES

Wenige Minuten später wurde Minkin dem Minister und seinem Abteilungsleiter vorgestellt.

»Das ist der Sonderbeauftragte?«, fragte der Minister seinen Abteilungsleiter ungläubig und ernsthaft angewidert.

Meier nickte. Das erste, was Guntram Meier sagte: »Besorgt ihm einen neuen Anzug.«

»Für heute müssen wir nehmen, was da ist«, sagte Kinky.

Guntram Meier konnte es genauso wenig fassen wie der Minister. Aus welcher Gosse hatte Truman diesen Penner aufgetrieben? Sie würden Minkins Engagement sofort nach der Sache hier beenden. Der Kerl war schon optisch eine komplette Zumutung. Das verquollene Gesicht, umweht von einer Fahne. Dann dieser Anzug, sah aus wie aus der Pfandleihe.

Der Minister würde das schon hinbekommen. Er war ein abgewichster Profi. Und er hatte politisches Talent, dass musste Guntram Meier neidlos anerkennen. Mehr als alle seine Vorgängerinnen und Vorgänger zusammen. Solange dieser Vogel hier die Klappe hielt, konnte im Grunde wenig schiefgehen. Der Minister würde das schon reißen.

Nun ja, Meier kannte Minkin noch nicht. Hatte Rechnung ohne den Wirt gemacht.

»Sind Sie damit vertraut, wie so was abläuft hier?«, fragte der Minister.

Minkin zuckte mit den Schultern, sagte: »Die da unten stellen Fragen, wir antworten.«

»Sie haben also keine Ahnung. Dann überlassen Sie das Reden mir, Minkell. Sie antworten nur, wenn ich Ihnen das Wort erteile.«

»Minkin.«

»Was?

»Ich heiße Minkin.«

»Immerhin, Ihren Namen können Sie sich merken.«

War vielleicht nicht die beste Idee, einen unausgeschlafenen und schlecht gelaunten Minkin zu provozieren. Würde der Minister auch noch dahinterkommen.

Wenige Minuten später begann die Pressekonferenz. Minkin starrte müde und missmutig auf die versammelte Menge, während der Minister in seiner Einführungsrede routiniert über die Herausforderungen und Maßnahmen sprach, die die Situation mit sich brachte. Die Landwirtschaft allgemein, aber die kranken Hopfenpflanzen im Besonderen. Es waren die perfekten Floskeln, die er aneinanderreihte. Minkin nickte kurz ein dabei. Der Minister sprach über die moderne Landwirtschaft, innovative Technologien, wissenschaftliche Erkenntnisse. Nachhaltige Methoden, die genutzt wurden, um die Produktion landwirtschaftlicher Erzeugnisse zu optimieren. Schwadronierte darüber, die Effizienz zu steigern und die Nachhaltigkeit zu verbessern. Immer und überall würde die Nachhaltigkeit betont. Der Minister war sorgfältig darauf bedacht, niemanden zu verärgern und keine konkreten Aussagen zu machen.

Minkin rutschte auf seinem Stuhl hin und her, um nicht wieder einzuschlafen. Er war genervt von der ganzen Inszenierung. Vor allen Dingen war er müde. Und er hatte einen gewaltigen Kater. Er war alles andere als in der Stimmung für dieses diplomatische Gelaber.

Irgendjemand musste die Sache hier beschleunigen. Minkin hatte eine Idee.

»Nun, meine Damen und Herren«, sagte der Minister schließlich, »wir stehen vor einer ernsten Situation. Wir arbeiten gemeinsam mit den Experten intensiv daran, die Ursache für die Hopfenplage zu finden und eine Lösung zu erarbeiten.«

Eine Reporterin der *Süddeutschen Zeitung* meldete sich zu Wort. »Herr Minister, gibt es bereits Hinweise darauf, wer oder was für diese Plage verantwortlich ist?«

Der Minister räusperte sich, setzte zu einer minutenlangen weiteren vagen Antwort an. »Es gibt im Moment mehrere Richtungen, die wir verfolgen, Indizien, die wir zusammentragen, aber es ist noch viel zu früh, um hier eine qualifizierte Aussage zu machen. Alles nichts Konkretes.«

»Und Sie, was sagen Sie?«, wandte sich die Reporterin der *Süddeutschen Zeitung* direkt an Minkin. Der Minister sah ihn an, bedeutete ihm, die Klappe zu halten. Minkin zuckte mit den Schultern. Ließ sich Zeit mit der Antwort.

Kam von ganz unten.

»Der Russe«, sagte er knapp.

Ein Raunen ging durch den Raum. Die Kameras richteten sich auf Minkin.

Der Minister wurde blass, seine Augen weiteten sich.

»Minkin, so war doch Ihr Name, können Sie das näher erläutern? Was meinen Sie damit, der Russe?«, fragte einer der Journalisten nach.

Minkin nickte, griff nach einem Glas Wasser und nahm einen großen Schluck. »Na ja, wir denken, dass der Russe dahintersteckt.«

Der Raum war nun in aufgeregtes Gemurmel getaucht, Blitzlichter flackerten, und die Fragen prasselten von allen Seiten auf Minkin ein.

Der Minister versuchte, die Situation unter Kontrolle zu bringen. »Ich möchte betonen, dass dies nur eine von vielen Hypothesen ist. Wir arbeiten noch daran, alle Fakten zu überprüfen. Bitte, meine Damen und Herren, ziehen Sie keine voreiligen Schlüsse. Der Sonderbeauftragte hat hier eine private Meinung wiedergeben. Dies ist eine Spekulation, Minkell. Mehr ist es nicht.«

Minkin ließ sich Zeit und wandte sich dann direkt an den Minister. Seine Stimme war rau, seine Antwort knapp.

»Sicher, reine Spekulation.«

»Eben.« Sagte der Minister sichtbar erleichtert.

Bis Minkin ergänzte: »Außer einem Sprühflugzeug russischer Bauart, das wir im Hangar des Regionalflughafens gefunden haben und den leeren Kanistern daneben haben wir nichts. Abgesehen von dem Wachmann des Flughafens, der als vermisst gemeldet wird und einer Menge Russen, die sich in Tettnang rumtreiben.«

Der Saal war in Aufruhr. Minkin schien das Chaos zu genießen, trotz seines offensichtlichen Katers. Er lehnte sich zurück und verschränkte die Arme vor der Brust.

Unmittelbar danach beendete der Minister die Pressekonferenz. Er stürmte hinaus und zog Minkin in einen Nebenraum, Guntram Meier, Kinky und Rose folgten den beiden.

»Machen Sie die verdammte Tür zu!«, herrschte der Minister Kinky an. Er war außer sich. Sein Gesicht vor Wut gerötet. »Sind Sie wahnsinnig geworden?«, wandte er sich an Minkin. »Wie können Sie so einen Unsinn, so etwas Unüberlegtes vor der Presse sagen?«

Minkin zuckte mit den Schultern. »Sie wollten Antworten. Ich habe ihnen welche gegeben.« Minkins Worte waren kurz und scharf.

»Das waren keine Antworten, das waren Spekulationen! Wir haben keinerlei Beweise, das sind bloß Indizien! Sie haben uns alle in eine prekäre Lage gebracht. Ist Ihnen das verdammt noch mal klar? Das war Ihre erste und letzte Pressekonferenz, Sie sind gefeuert!«

Rose, die die Pressekonferenz hinter der Bühne beobachtet hatte, sprang Minkin zur Seite. »Mir hat es gefallen, er war gar nicht schlecht. Die Öffentlichkeit verdient es, die Wahrheit zu erfahren, auch wenn sie unangenehm ist.«

Der Minister funkelte sie an. »Das ist keine Wahrheit, das sind Vermutungen! Wir müssen vorsichtig sein, wie wir solche Informationen weitergeben.«

Rose blieb ruhig. »Manchmal muss man einen Versuchsballon steigen lassen, sehen, was passiert, wer wie darauf reagiert.«

Eben, dachte Minkin, eben. Und man musste einem Minister gelegentlich in den Arsch treten. Rose war eine ernsthafte Wucht. Endlich mal jemand, der es begriff mit der Chaostheorie. Schon der Flügelschlag eines Schmetterlings in Brasilien konnte in Texas einen Orkan auslösen. Der Schmetterlingseffekt war in all den Jahren der harten Ermittlungsarbeit immer noch der zuverlässigste Schraubenschlüssel in Minkins Werkzeugkoffer. Zugegeben, viel war da ohnehin nicht drin.

Der Minister schnaubte immer noch vor Wut, konnte aber nichts weiter entgegnen.

Minkin grinste nur müde und missmutig, während Kinky ihm auf die Schulter klopfte.

»Komm, Minkin! Lass uns einen Kaffee für dich besorgen.«

Minkin nickte wortkarg, und zusammen mit Kinky und Rose verließen sie den Raum. Der Minister und sein Abteilungsleiter Guntram Meier blieben zurück, um die Konsequenzen dieser alles andere als erwartbaren Pressekonferenz abzuwägen.

»Was glauben Sie? Wer könnte dahinterstecken?«

Guntram Meier dachte nach, wollte nicht vorschnell antworten. Das hatte er sich im Laufe der Jahre im Ministerium angewöhnt. Die schnelle Antwort war nicht immer die beste Antwort. »Die Chefs der deutschen Nachrichtendienste haben in jüngster Zeit mit ungewöhnlich dramatischen Worten vor Sabotage durch Russland in Deutschland gewarnt. Der Verfassungsschutzpräsident Thomas Haldenwang hat bei einer Bundestagsanhörung erklärt, man beobachte ein aggressives Agieren der russischen Nachrichtendienste. Sabotage und Spionage durch Moskaus Agenten und ihre Handlanger nähmen auch in Deutschland zu. Russland nimmt dabei die Gefährdung von Menschenleben in Kauf. Laut dem Chef des Bundesnachrichtendienstes hat Moskaus Bereitschaft zu verdeckten Maßnahmen ein bisher ungekanntes Niveau erreicht. Putin testet die roten Linien des Westens aus, wie weit er gehen kann. Eine weitere Verschärfung der Lage sei alles andere als unwahrscheinlich. Die Präsidentin des Militärischen Abschirmdienstes sagte, die Bundeswehr stehe im Fokus von Spionage und Sabotageaktivitäten bei kritischen Infrastrukturen.«

Der Minister nickte. »Verstehe. Und dieser Minkin, was halten Sie von ihm?«

»Ich glaube, dieser Minkin ist eine Katastrophe.«

»Eben«, nickte der Minister. »Deshalb habe ich ihn gefeuert.«

»Trotzdem sollten Sie das noch mal überdenken. Haben Sie die Journaille gesehen, ich denke, die wollen den Kerl wiedersehen.«

»Minkell?«

»Er heißt Minkin, Herr Minister.«

»Warum glauben Sie, dass die den Kerl wiedersehen wollen?«

»Nun ja, dieser Minkin ist ein Risiko, so oder so. Aber er hat der Presse geliefert. Er ist auf seine Art anders, ich will nicht sagen erfrischend, das würde es nicht treffen, aber er weicht auf jedem Fall von dem ab, was sie sonst so haben.«

»Das soll ein Vorteil sein?«

»Nun ja, ich fürchte, mit unserem üblichen Schema F kommen wir hier nicht weiter. Jetzt nicht mehr.«

»Was raten Sie mir?«

»Behalten Sie diesen Minkin, wenn es dumm läuft, schieben Sie es ihm in die Schuhe, wenn es gut läuft, dann verkaufen Sie Minkin als Ihre Idee.«

Der Minister dachte nach. »Und sein Aufzug?«

Guntram Meier dachte nach. »Lassen Sie ihn genau so. Dieser Minkin ist ein Freak, aber besser, es ist Ihr Freak. Besser, er spielt in Ihrem Team.«

Der Minister wog ab, was Guntram Meier ihm geraten hatte. Sagte dann: »Schätze, Sie haben recht, Meier. Sie haben mehr Erfahrung in diesem Ministerium, als ich sie jemals haben werde. Dann behalten wir den Freak, wie Sie ihn nennen.«

Das war noch etwas, was Guntram Meier an dem Minister schätzte. Er war nicht allzu dogmatisch, trotz seiner Parteizugehörigkeit. Er war nicht beratungsresistent. Er konnte es noch zu was bringen.

»Wir machen weiter mit dem Kerl, aber sorgen Sie dafür, dass Minkin das nächste Mal nüchtern und ausgeschlafen ist.«

Das war die nächste Fehleinschätzung des Ministers. Dass ein nüchterner und ausgeschlafener Minkin seinen Job besser machen würde – tztztz, was ein hirnverbrannter Quatsch!

Kinky und Rose fuhren direkt nach der Pressekonferenz zurück nach Tettnang. Minkin hatte in Stuttgart noch etwas zu erledigen. Er würde nachkommen. Heute, spätestens morgen. Musste das Ganze mal sortieren. *Das Spiel erst noch mal Paroli laufen lassen*, wie Horst Hrubesch das mal genannt hatte. Minkin hatte sich dazu mit dem Saarländer verabredet. Das war hilfreich, meistens.

SCHLESINGER INTERNATIONAL, STUTTGART

Das *Schlesinger* war eine gute Wahl für ein Treffen mit dem Saarländer. Lag direkt gegenüber vom Haus der Wirtschaft. Eine der letzten richtigen Kneipen in der Stuttgarter Innenstadt, in die man ernsthaft gehen konnte. Die Gaststätte war rustikal. Die Lampen über den Tischen verbreiteten ein warmes Licht. Im Grunde war es nicht mehr wie ein großer, offener Raum. Konnte ziemlich laut werden, wenn der Laden voll war. Vielleicht nichts für ein erstes Date, aber perfekt für die Fallbearbeitung mit dem Saarländer. Und für ein paar Getränke. Die Theke dominierte den Raum. Gab eine breite Auswahl an Zapfhähnen. Plus einen Bierkühlschrank sowohl mit lokalen als auch mit internationalen Sorten. Vor allen Dingen wusste das Personal, was es tat. War vom Fach.

Minkin ließ sich das Naturtrübe der Brauerei Blank empfehlen. Angeblich vitaminreich. Fast schon Medizin. Bestellte für den Saarländer eins mit. Sonst wurde er schnell wuschig, wenn es nichts zu Trinken gab.

Der Saarländer war Geschichtslehrer. Half ihm bei seinen aktuellen Fällen gelegentlich auf die Sprünge. Oder eben auch nicht. Der Dialekt des Saarländers war für Minkin nicht immer ganz einfach zu verstehen. Minkin war sich nicht sicher, ob der Saarländer aus der Pfalz, Rheinhessen oder eben wirklich dem Saarland kam. Klang für ihn alles gleich weich. Ein einziger dahinfließender Singsang, bei dem Laute wahllos hin- und hergeschoben und mitunter munter die Artikel vertauscht wurden. Die Entspanntheit jedenfalls war allen Dialekten gemeinsam zu eigen.

Minkin saß schon eine Weile am Tisch und hatte das erste Bier fast geleert, als der Saarländer endlich auftauchte.

»Ah, Minkin! Unn, wie iss et? Hann ich richdich geeerd am Telefon, du brauchschd Geschichtsnachhilfe?«, begrüßte ihn der Saarländer mit einem breiten Grinsen.

»So was in der Art«, murmelte Minkin, während er den Saarländer musterte.

»Ist dat lo mei Bier?« Der Saarländer deutete auf das Glas, das auf dem Tisch stand.

Minkin nickte.

»Ei, merci!«

Offenbar war der Saarländer vor Kurzem wieder in seiner alten Heimat gewesen. Immer, wenn er von dort kam, brachte er Neuigkeiten von Oskar Lafontaine und der jugendhaften Sahra sowie eine veritable Sprachstörung mit nach Stuttgart, die sich häufig erst nach Wochen legte.

»Ich habe 'nen Fall in Tettnang«, fiel Minkin unmittelbar mit der Tür ins Haus. »Sieht nach Hopfensabotage aus. Kannst du dir das vorstellen? Irgendwelche Vollidioten wollen die komplette Ernte vernichten.«

»Kumm geh fodd! Das do gebbds doch gar net. Und was haschd du domit se duhn?«

»Ich bin Sonderbeauftrager der Bundesregierung für den Hopfen.«

»Doa haschde de Kopp geschiddeld. Am Glas, oder watt?«

Minkin nickte.

»Idee, wer dahinner stechd?«

»Es gibt eine Spur. Die führt zum Russen. Aber ist vielleicht ein bissle weit hergeholt.«

Minkin war sich nicht sicher, was er preisgeben wollte.

Der Saarländer dachte nach und orderte zwei neue Unfiltrierte vom Blank. Der Vitamine wegen, da war der ganze Rotz noch drin.

»Pass uff, du! Hopfensabotage vom Iwan …, das iss unner Umständ gar nidd so abwegich.«

»Du meinst, so was ist denkbar? Hat das schon mal jemand gemacht?« Minkin schaute den Saarländer fragend an und nahm einen Schluck Bier.

Der Saarländer lehnte sich zurück: »Eijo, iwwerleh mol.« Dann schaute er Minkin eindringlich an. »Sabotage gabs schunn imma, und das net nur in Form von Sprengstoff.«

»Sprengstoff wäre mir fast lieber«, seufzte Minkin.

»Sprengstoff iss oldschool, Minkin, das iss neunzehndes Jahrhunnert.«

»Was meinst du?«

»Isch hann was fir disch. Das wär net das erschde Mol. Do war doch was mit denne Fransose während da Revolution … Die hann de Weinrebe sabodiert. Wollde die Bauern austrockne losse.« Er hielt inne und nahm einen weiteren Schluck Bier. »Unn dann, viel späder, die Iren, die hann sich gegen de Briten gewährt, indem se die Ernte vernichtet hann. So hann se dann die Briten underminiert. Hat deene Landbesitzern in England iwwerhaupt net gefall. Hybride Kriegsführung nennt man dat. Mit Ernteausfällen.«

»Gibt historische Vorbilder.«

Der Saarländer nickte eifrig. »Genau. Unn was mir grad noch in de Kopp kommd, der Pudin, der iss schon enn Fuchs, das hatt mer schunn eher denke kenne!«

Minkin hob eine Augenbraue. »Warum?«

»Ja, der Pudin! Das wees ma doch, iss enn Meisschder der hybriden Kriegsführung. Der schleust doch grad Flichdlinge iwwer Belarus in die EU. Will destabilisiere. Wenn der also Flichdlinge schicke kann, warum net aaach een paar

Sabodeure, die de Hopfa in Tettnang kaputt mache? Kritische Infrastruktur. Iwwerleh mol. Das is alles denkbar! Der Pudin, der iss scho een cleverer Fuchs. Net nur mit seiner Desinformation unn Propaganda, wo die ganzie Zeid Falschnachrichten verbreitet, um die Leid worres se mache!«

Minkin war noch skeptisch: »Aber was hat das mit Hopfensabotage zu tun?«

»Ich sahn mal so: Wenn de Pudin mit seiner hybriden Kriegsführung kummd, dann kann der aach uusa Hopfenfelder attackiere! Stell dir mol vor, der schickt enn paar von seine Leid noh Tettnang! Und wenn das nit lang, dann hamma noch Seiberangriffe! Do hackt der sich mit seim Computerzeich bei Karlsberg inn unn sabodierd unsaa Bier, dass des nur noch scheiße schmack! Das wär keen Wunner!«

In der Tat. Das wäre Stoff für eine Neuauflage der Landser-Hefte *Cyberkrieg im Hopfengau – die neue Front!* Die *Landser-Hefte* waren ein weit verbreitetes kulturelles Phänomen in Deutschland. Minkin erinnerte sich an die Hefte, an die Lektüre seiner Kindheit. Sie prägten das Bild des Landser, des einfachen deutschen Soldaten, in der Nachkriegsgesellschaft. Bis weit in die 1990er-Jahre. Heroisch, tapfer, voller Pflichtbewusstsein. Zeichneten ein verklärtes Bild vom Krieg, ignorierten die Gräueltaten, die damit einhergingen. Trugen zur Verbreitung der mitunter heroischen Sichtweise auf den Zweiten Weltkrieg vermutlich jedoch mehr bei als jeder Geschichtsunterricht.

Der Saarländer redete sich in Rage beim Ur-Pils aus Homburg: »Ja, unn wenn die Leid dann sahn, ’ei, das Bier do, das schmackd nit, das Karlsberch’, dann denkt jeder, wir könnde kään guddes Bier meh braue. So macht der uus all ferdisch! Das iss hybride Kriegsführung vom Feinschde, sahn ich dir!«

Minkin war langsam doch überzeugt: »Wird Zeit, dass wir was dagegen tun.«

»Ei jo, Minkin! Lass uss frohen, ob die hie enn Karlsberg hann im *Schlesinger*. Wer weiß, wie langet dat noch giwwd in der Form.«

Minkin lehnte sich in seinem Stuhl zurück und grinste. »War mir klar. Wenn man bei dir nach Hilfe sucht, kriegt man gleich die Weltverschwörung mitgeliefert.« Minkin fragte sich, wie es sein konnte, dass seine harmlose Ermittlung im schwäbischen Tettnang solche Ausmaße annahm. Gestartet war sie als reine Aufklärungsmission. Aber mit Leuten wie dem Saarländer an seiner Seite musste man mit dem Schlimmsten rechnen. Oder wie der Saarländer das ausdrückte: Alles iss meeglich!

PERLENBACHERTAUCHEN

Das Wasser des Bodensees lag ruhig vor ihnen, während die Segler ihr Boot etwas weiter in den See hinaussteuerten. Es war ein sonniger Nachmittag, und die Truppe genoss ihre Tour auf dem See. Die Stimmung war ausgelassen, das Bier floss in Strömen. Vor ein paar Jahren hatten sie sich im Suff ein neues Spiel ausgedacht: Perlenbachertauchen.

»Okay, Jungs, jetzt gehts los!«, rief der Typ, der auf dem Bug des Segelboots stand, eine Flasche Perlenbacher Gold in der Hand. »Ich werf' die Flasche, und du holst sie raus!« Er deutete auf seinen Kumpel, der neben ihm stand.

»Mach hinne, ich brauch Nachschub!«

Lachend schleuderte er die Flasche in hohem Bogen ins Wasser. Sie spritzte beim Eintauchen, drehte sich einmal unter der Oberfläche und begann dann langsam zu sinken. Ohne zu zögern, sprang sein Kumpel hinterher, das Wasser klatschend um ihn herum. Die anderen Jungs standen jubelnd am Rand des Bootes, riefen ihm anfeuernde Worte zu, während er nach unten tauchte.

Unter Wasser öffnete der Taucher die Augen und suchte nach der Flasche. Das Licht der Sonne brach sich in den Wellen, alles wirkte verzerrt, die Bewegungen schwerelos. Er tauchte tiefer und sah plötzlich etwas Dunkles, das nicht zur Flasche gehörte. Ein großer, unförmiger Gegenstand. Neugierig geworden, schwamm er darauf zu.

Als er näherkam, erkannte er, dass es kein harmloses Treibgut war. Es war ein Sack. Ein großer, schwerer Sack. Etwas ragte daraus hervor. Sein Herz begann schneller zu schlagen. Das, was er da sah, war eine Hand. Eine menschliche Hand, bleich und regungslos.

Panik schoss durch seinen Körper, und er stieß sich schnell von dem Sack ab, tauchte hektisch nach oben. Kaum hatte er die Wasseroberfläche durchbrochen, keuchte er laut und ruderte mit den Armen, um sich Richtung Boot zu bewegen.

»Was ist los?«, riefen die Jungs von oben.

»Da … da ist ein verdammter Sack … mit einer Leiche!« Der Taucher schnappte nach Luft, seine Augen weit aufgerissen. »Im Wasser … da unten ist eine Leiche!«

DIPLOMATISCHE SPANNUNGEN IM AUSSENMINISTERIUM

Die Nachmittagssonne tauchte das Büro der Außenministerin in ein warmes, goldenes Licht. Die Stimmung im Raum war angespannt. Die Außenministerin, deren Entschlossenheit ihre Jugendlichkeit Lügen strafte, saß hinter ihrem massiven Schreibtisch aus dunklem Holz. Sie trug wie immer ein elegantes und schlichtes Outfit, das ihre Rolle als seriöse Politikerin zum Audruck bringen sollte. Sie bevorzugte Hosenanzüge in gedeckten Farben wie Dunkelblau, Grau oder Schwarz, die perfekt auf ihre öffentlichen Auftritte und politischen Veranstaltungen abgestimmt waren. Ihre Blusen oder Oberteile waren meist in hellen oder pastelligen Farben gehalten, was einen freundlichen und zugänglichen Eindruck vermitteln sollte. Heute trug sie einen dunkelblauen Hosenanzug und eine schwarze Bluse. Bedeutete: Sie war vermutlich auf Krawall gebürstet.

Ihr gegenüber saß der russische Botschafter, seine Miene undurchdringlich, ein schwaches, fast überhebliches Lächeln auf den Lippen.

»Herr Botschafter, ich nehme an, Sie haben die Vorwürfe der gestrigen Pressekonferenz vernommen.«

Der Botschafter nickte.

»Was sagen Sie zu den Ereignissen in den deutschen Hopfenanbaugebieten?« Ihre Stimme war kühl und kontrolliert.

Der Botschafter nickte leicht, als ob er ihre Worte erwartete. »Frau Ministerin, ich versichere Ihnen, Russland hat nichts mit den Anschuldigungen zu tun. Diese Behauptungen, Russland würde die deutsche Hopfenernte zerstören, sind absurd und unbegründet.«

Die Außenministerin lehnte sich zurück, ihre Augen ließen den Botschafter nicht los. »Herr Minkin hat in der Pressekonferenz Aussagen gemacht. Er sprach von einem russischen Flugzeug und verdächtigen Aktivitäten. Können Sie das erklären?«

Der Botschafter unterdrückte ein Lachen. »Minkin? Dieser Mann ist ein notorischer Trunkenbold, ein Wahnsinniger. Kennen Sie seine Geschichten?«

Die Ministerin schüttelte den Kopf, sie konnte sich doch nicht um alles und jeden kümmern.

»Er behauptet, das Heilige Fass gefunden zu haben. Das Fass, das Jesus mit seinen Jüngern beim letzten Abendmahl geleert haben soll. Und er will eine Madonna in Oberfranken gerettet haben, eine Heiligenfigur, die Bier weinte. Seine Fantasien sind lächerlich. Ihm Glauben zu schenken, ist gefährlich und unklug, Frau Ministerin.«

Ein leichtes Zucken ging durch das Gesicht der Außenministerin, aber sie blieb ruhig. »Und wie erklären Sie die Anwesenheit russischer Staatsbürger in Tettnang?«

»Geschäftsleute, Touristen, wer weiß das schon?« Der Ton des Botschafters war sarkastisch. »Aber das bedeutet nicht, dass unser Staat dahintersteckt.«

Die Spannung im Raum war greifbar. Die Außenministerin lehnte sich zurück, ihre Finger trommelten auf der Tischplatte. »Herr Botschafter, ich hoffe, Sie verstehen, dass wir diese Angelegenheit nicht auf die leichte Schulter nehmen. Das Thema wird größer, von Tag zu Tag. Wir erwarten volle Kooperation von Ihrer Seite.«

Der Botschafter nickte, erhob sich. »Natürlich, Frau Ministerin. Sie haben meine Unterstützung. Aber ich wiederhole,

Russland ist unschuldig. Unser Gewissen ist so rein wie der frische Schnee in der Taiga an einem Neujahrsmorgen.«

Bescheuertes Bild, dachte die Ministerin. Aber das war die russische Seele. Jederzeit zu ordentlich Melancholie bereit. Der Botschafter verließ den Raum, ohne ein weiteres Wort zu verlieren.

DIE ACHILLESFERSE DER DEUTSCHEN

Der Botschafter kehrte in sein Büro zurück und setzte sich schwer hinter seinen Schreibtisch. Er griff nach dem Telefon und wählte eine Nummer. »Ja, ich bin es. Wir müssen etwas gegen diesen Minkin unternehmen. Er ist ein Problem.«

Am anderen Ende der Leitung war die Stimme ruhig und bedächtig. »Verstanden. Was schlagen Sie vor?«

»Ich denke, Sie wissen, was zu tun ist.«

Kurzes Schweigen, dann sagte die Stimme in der Leitung: »Ich kümmere mich darum, Herr Botschafter.«

Der Botschafter legte auf und lehnte sich zurück. Er konnte nicht zulassen, dass dieser Minkin die ohnehin strapazierten diplomatischen Beziehungen weiter gefährdete. Vor allen Dingen konnte er nicht zulassen, dass Minkin die Ziele der Operation bedrohte. Mit der Gasverknappung, die Europa 2022 erlebte, als Russland den Gasfluss über die Ukraine reduzierte, war Russland hinter den Erwartungen zurückgeblieben. Die Einflussnahme auf europäische Länder und auf die innereuropäische Politik hatte man damals nicht in dem Maße erreicht, wie man sich das vorgestellt hatte. Das deutsche Volk blieb ruhig, sparte Energie ein, die Regierung fand Alternativen. Das würde mit der Operation Hopfensturm diesmal anders sein, damit würde man das Volk dort treffen, wo es wehtat. Beim Nationalgetränk Bier gab es keinen einfachen Ausweg. Das konnte man nicht aus Saudi-Arabien oder China importieren. Diesmal würde es wehtun. Das Bier war die Achillesferse der Deutschen.

Der Botschafter griff nach einem Glas Wodka und nahm einen tiefen Schluck. Dachte über Minkins Fantasien nach, über die weinende Madonna. Berichte über weinende Ikonen waren dem Botschafter nicht fremd. In der orthodoxen christlichen Tradition war dies nicht ungewöhnlich. In der Heimat des Botschafters wurde die Mutter Gottes von Tichwin verehrt, die in verschiedenen Zeiten der russischen Geschichte Tränen vergossen haben soll. Eine Madonna, die Bier weint, kannte der Botschafter bisher nicht. Über sein Gesicht huschte ein stalinistisches Lächeln. Eigentlich keine schlechte Idee. Da hatte er schon wesentlich dümmere Ideen gehört aus Westdeutschland.

SÜDKURIER: SCHOCKFUND IM BODENSEE – SEGLER ENTDECKEN WASSERLEICHE

Friedrichshafen, 24. Juni 2024

Am gestrigen Nachmittag haben Segler auf dem Bodensee eine schockierende Entdeckung gemacht. Während einer Segeltour stieß die Gruppe in der Nähe von Friedrichshafen auf eine Wasserleiche. Bei dem Toten handelt es sich um den seit Tagen vermissten Sicherheitsmann eines regionalen Flughafens.

Die Segler alarmierten sofort die Wasserschutzpolizei, die den Leichnam aus dem Wasser bergen konnte. Die Identität des Toten wurde rasch geklärt: Es handelt sich um den 42-jährigen Peter H., der seit fünf Tagen als vermisst galt. Der Sicherheitsmann war zuletzt am vergangenen Freitag auf dem Gelände des Flughafens gesehen worden. Er kam am nächsten Morgen nicht von seiner Schicht nach Hause. Seine Ehefrau alarmierte die Polizei. Trotz intensiver Suchaktionen von Polizei und Feuerwehr gab es bislang keine Hinweise auf seinen Verbleib.

Die Umstände seines Todes sind noch unklar. Die Polizei hat die Ermittlungen aufgenommen und prüft derzeit, ob es Hinweise auf ein Fremdverschulden gibt oder ob ein Unfall vorliegt. Eine Obduktion soll die genaue Todesursache klären.

»Unser tiefstes Mitgefühl gilt der Familie und den Angehörigen des Verstorbenen«, erklärte ein Sprecher der Polizei.

Auch die Kollegen des Verstorbenen am Flughafen sind tief betroffen. Thomas H. war seit über fünfzehn Jahren im Sicherheitsdienst des Flughafens tätig. Die Ermittlungen dauern an, und die Polizei bittet die Bevölkerung um Mithilfe. Zeugen, die in den letzten Tagen verdächtige Beobachtungen am Bodensee oder im Umfeld des Flughafens gemacht haben, werden gebeten, sich bei der Polizei zu melden.

Der tragische Fund erinnert erneut daran, wie schnell eine Person im Wasser in Not geraten kann. Die Wasserschutzpolizei mahnt zur Vorsicht. Laut den Statistiken der Deutschen Lebens-Rettungs-Gesellschaft (DLRG) ertrinken in Deutschland jedes Jahr mehrere hundert Menschen. Die meisten Ertrinkungsunfälle passieren in Binnengewässern wie Flüssen, Seen und Kanälen. Ein Großteil der Opfer sind Männer, und oft spielen Alkohol und das Überschätzen der eigenen Schwimmfähigkeiten eine Rolle bei den Unfällen.

MOSKAU, FSB-HAUPTQUARTIER

In einem abgedunkelten Konferenzraum des FSB-Hauptquartiers in Moskau herrschte eine andere Art von Spannung. An einem langen Tisch saßen mehrere hochrangige Offiziere, angeführt von Colonel Ievgueni Salmolenko. Auf der gegenüberliegenden Seite saß Kapitän Vitaliy Sobolev, ein schweigsamer Mann mit stahlblauen Augen.

»Kamerad Sobolev, dieser Minkin wird lästig«, begann Salmolenko ohne Umschweife. Seine Stimme war fest, seine Augen eiskalt.

Sobolev nickte knapp. »Was sind Ihre Befehle?«

»Minkin muss verschwinden.« Salmolenko lehnte sich zurück, die Finger verschränkt. »Er hat schon zu viel geredet. Er könnte noch mehr herausfinden.«

Sobolev nickte erneut. »Wie soll ich vorgehen?«

Salmolenko zögerte nicht. »Es muss aussehen wie ein Unfall.«

»Er wird unter Schutz stehen!«

»Sie werden einen Weg finden.«

Sobolev stand auf, sein Gesicht ausdruckslos. »Ich werde es erledigen.«

Salmolenko musterte ihn. »Vergessen Sie nicht, Kamerad Sobolev, wir können uns keinen weiteren Fehler mehr leisten. Keine Spuren diesmal.« Salmolenko spielte auf den toten Sicherheitsmann des Flughafens an. Ein unglücklicher Zufall.

Sobolev stand auf, trat einen Schritt auf Salmolenko zu. Er blieb stehen und antwortete: »Es war keine einfache

Situation. Der Sicherheitsmann sollte freihaben. Der Flughafenchef hatte alles organisiert, um sicherzustellen, dass niemand sie stören würde. Als unsere Agenten das Flugzeug für den nächtlichen Einsatz vorbereiteten, stand er plötzlich im Hangar. Er hatte wohl etwas vergessen am Vortag. Er stellte Fragen, wurde misstrauisch. Er wollte die Polizei verständigen. Die Agenten hatten keine Wahl. Sie mussten schnell handeln, improvisieren, um die Operation nicht zu gefährden. Sie haben das Naheliegende getan und ihn im See versenkt.«

Salmolenko hob eine Augenbraue. »Und trotzdem tauchte er aus dem See auf?«

Es war schwer zu sagen, warum. Eines war sicher: Der Plan, die Leiche für immer verschwinden zu lassen, war gescheitert. Der See, der einst der stille Mitwisser eines Verbrechens gewesen war, hatte sein dunkles Geheimnis schnell zurück an die Oberfläche befördert. Vielleicht hatte sich ein Schwarm von Fischen an dem verschnürten Bündel zu schaffen gemacht, auf der Suche nach Nahrung? Ohne die Steine, die den Körper nach unten zogen, hatte die Natur ihren Lauf genommen. Die Gase, die sich im Körper gebildet hatten, taten ihr Übriges. Verschafften dem Toten den letzten Antrieb. Als wäre es die Entscheidung des Sees selbst gewesen, kam die Leiche an die Oberfläche. Es schien, als ob sie zurückkehren musste, um die Wahrheit ans Licht zu bringen. Was auch immer passiert war, es ließ Raum für Spekulationen. Der Bodensee, so tief er auch war, hielt sich nicht an die Regeln, die Menschen ihm auferlegten.

»Ja, ein Missgeschick. Ich werde dafür sorgen, dass sich so etwas bei Minkin nicht wiederholt. Es wird wie der Unfall eines Betrunkenen am See aussehen.« Mit diesen Worten verließ Sobolev den Raum. Er war bereit, den Befehl ausführen zu lassen.

KAFFEEKRÄNZCHEN UND BIERPATHOS

Minkin saß verloren auf dem plüschigen Stuhl im Esszimmer seiner Vermieterin. Sie hatte ihm förmlich aufgelauert. Das Esszimmer war eine Zeitkapsel, entflohen aus einer anderen Epoche, die die Gegenwart zu ignorieren schien. Es roch, wie es in diesem Zimmer roch. Nach alten Menschen. An den Wänden hingen Zinnteller mit kunstvollen Verzierungen. Die Möbel waren aus dunklem, schwerem Holz, die Stühle mit Kissen bezogen, die in leuchtend roten Farben schimmerten. An der Decke hingen Tiffany-Lampen, zumindest Tiffany-Art.

Auf dem großen, ovalen Tisch lag eine gehäkelte Tischdecke. Darauf stand ein überdimensionierter Blumenstrauß aus Seidenblumen. Ein Mix aus Violett, Pink und Gelb leuchtete, der niemals verwelkte. Daneben standen Tassen aus feinstem Porzellan, die mit goldenen Rändern verziert waren. Minkin tippte auf Hutschenreuther. Das Meissner Porzellan des kleinen Mannes. Mit der Einrichtung könnte man auf einem Vintage-Flohmarkt am Feuersee ein kleines Vermögen machen.

Die Damen, die sich um Minkin versammelt hatten, waren ein Kaliber für sich. Ihre Köpfe waren eine Hommage an die Ära Helmut Kohl, eher an die davor. Hohe Betonfrisuren, die wie kleine Wolken über ihren Köpfen schwebten. Haarspray war keine Mangelware. Kunstvoll arrangierte Locken, die sich spiralförmig nach oben wölbten, die mit einer Vielzahl von Haarnadeln gesichert waren. Kleine Meisterwerke.

Die Frauen hatten ihre Sonntagskleider angelegt, die Farben variierten zwischen leuchtendem Rot, sanften Pastelltönen und dem zeitlosen Blumenmsuter. Die Accessoires waren nicht weniger auffällig. Broschen und goldene Ohrringe.

»Herr Minkin!« Die Vermieterin setzte ihm ungefragt ein Stück Buttercremetorte vor. Sie kam ihm bedrohlich nahe. Minkin hätte schwören können, dass Sie nach 4711 roch. Echt Kölnisch Wasser. Ein Eau de Cologne. Wobei sich Minkin nicht sicher war, ob das ikonische Duftwasser noch hergestellt wurde.

»Herr Minkin, ich habe Sie im Dritten gesehen! In der Landesschau!«

War Minkin bereits jetzt peinlich. »Sie waren neben dem Minister! Wer hätte das gedacht? Ausgerechnet Sie! Mein Herr Minkin!« Sie strahlte stolz in die Runde.

Mein Herr Minkin? Hatte sich vor Kurzem noch ganz anders angehört. Seit die Bachmann weg war, machte sie ihm das Mietverhältnis zur Hölle. Wieso habe ich mich nur auf das hier eingelassen? Diese Einladung. Die Buttercremetorte vor ihm bestand aus Zucker, eingehüllt in Butter und Weißmehl. Minkin mochte Frankfurter Kranz. Er hoffte nur, dass seine Mieterin den hier nicht selbst gebacken hatte. Die Damen, die mit am Tisch saßen, sahen ihn erwartungsvoll an, als wäre er der Schlüssel zu irgendetwas. Minkin hatte keine Ahnung, wo das hier enden sollte. Er konnte nur hoffen, dass das Thema sexuelle Belästigung dabei keine Rolle spielen würde

»Wissen Sie, Herr Minkin«, begann Frau Schlegelmilch, eine der Freundinnen seiner Vermieterin, während sie ihm ein dampfendes Tässchen hinstellte. »Des müsset Sie unbedingt probiera. Das hier ist etwas ganz Besonderes! Eine Kaffeespezialität aus Italien. Ein Cappuccino mit Sahne.

Kennen Sie das?« Sie zwinkerte ihm verschwörerisch zu. Die Milchschaumära hatte in Feuerbach offenbar noch nicht für Furore gesorgt.

Minkin starrte in die Tasse. Da war Sahne auf einem Cappuccino. In den 1990er-Jahren, kurz nach der Wende, sicher der absolute Hit. Das hier und die Banane.

»Äh … danke, bin sehr gespannt«, brachte er hervor. Er nippte vorsichtig. Es schmeckte – naja, wie man es erwarten konnte. Sahne auf Kaffee.

»Also, Herr Minkin«, begann Frau Hauptmann, die sich bereits nach vorne gebeugt hatte, als würde sie gleich eine dringende Angelegenheit ansprechen, »jetzt, wo Sie so hohe Kontakte haben, da könnte Sie doch Ihren Einfluss geltend machen, oder?«

»Einfluss? Welchen Einfluss? Da überschätzen Sie mich jetzt völlig.« Minkin war sich nicht sicher, wohin das führen würde.

»Na, Herr Minkin, nur net so bescheiden, wir haben doch alle gesehen, wie Sie da in Ihrem schwarzen Anzug neben dem Minister posiert habe.«

»Ja gut, als Sonderbeauftragter der Bundesregierung …«

»Eben, Herr Minkin, Sie sagen es, die Regierung muss die Renten erhöhen! Das können Sie doch ansprechen, wenn Sie wieder mit dem Minister zusammenkommen, oder?« Ihre Augen funkelten. Die anderen Damen nickten zustimmend.

»Äh, naja … also, ich weiß nicht …«

»Ach, kommen Sie schon, Herr Minkin, seien Sie net so bescheiden!« Die Vermieterin beugte sich näher zu ihm, legte stolz eine Hand auf seine Schulter. »Wir haben Sie im Fernsehen gesehen! Sie können etwas verändern. Sie haben Einfluss.«

Die Damenrunde nickte erneut begeistert.

»Und dann wäre da noch etwas …«

Minkin war gespannt, was jetzt wohl käme. Die Forderung nach einer Heizkostendeckelung oder die Wiedereinführung der D-Mark?

Die Vermieterin zögerte kurz, als ob sie sich unsicher wäre, ob das nächste Thema zu heikel sei. »Also, könnten Sie nicht auch dafür sorgen, dass der Florian Silbereisen wieder mit der Helene Fischer zusammenkommt?«

Minkin verschluckte sich fast an seinem Cappuccino mit Sahne. »Wie meinen Sie das?«

»Na, das ist doch klar! Das war ein Traumpaar! Wie der Albano und die Romina Power.« Frau Schlegelmilch schlug die Hände zusammen. »Und jetzt, wo Sie Kontakte haben … da lässt sich doch bestimmt was machen, oder? Mit einer Fernsehsendung mit den beiden.«

Die Damen nickten einmütig. Das also war ihre größte Sorge.

Minkin rieb sich die Stirn. »Also, das ist jetzt nicht wirklich …«

»Herr Minkin, stopp, sagen Sie jetzt nix, denken Sie einfach mal darüber nach!« Frau Schlegelmilch klopfte ihm auf den Arm. »So ein Mann wie Sie, mit Beziehungen, da kann man doch was erreichen!«

Minkin lächelte gequält. »Ja, ich werde …, ich werde darüber nachdenken.« Über das Konzept von Florian Silbereisen und Helene Fischer als deutsche Ausgabe von Albano und Romina Power. Und er kannte bereits die Antwort. Das Konzept überzeugte ihn nicht. Ganz und gar nicht.

Die Damen nickten zufrieden, als ob Minkin ihnen soeben ein Stück Hoffnung gegeben, die Welt zu einem besseren Ort gemacht hätte.

Minkin nahm noch einen Schluck von seinem Cappuccino mit Sahne und verabschiedete sich. Dringende

Amtsgeschäfte. Erstaunlicherweise nahmen ihm das alle ab. Crazy world!

Minkin stieg zwei Stockwerke nach oben und legte sich auf sein Bett in seiner Bleibe am Feuerbacher Wilhelm-Geiger-Platz. Er starrte an die Decke. Seine Gedanken rasten, der Kater hatte sich inzwischen gelegt, mochte am Cappuccino mit Sahne liegen. Die Müdigkeit und die Anspannung waren geblieben. Die Worte der Pressekonferenz am Morgen hallten in seinem Kopf wider. Der Russe war es, hatte er dort hinausposaunt. Unüberlegt. Was hatte er sich dabei gedacht?

Dann klingelte sein Telefon. Es war Rose: »Wir müssen reden.«

»Was gibt es?«

»Bereit für die nächste Runde?«

»Mehr breit als bereit«, murmelte er vor sich hin.

»Hör zu, Minkin. Du hast sehr viel Staub aufgewirbelt. Die Außenministerin ist besorgt, sie haben den russischen Botschafter einbestellt.«

»Die Außenministerin? Was kommt als Nächstes? Der Bundeskanzler?«

»Nimm dich nicht zu wichtig, Minkin.«

»Wenn eine Gefahr nicht besteht, dann die, dass ich mich überschätze.«

»Du hast auch keinen Grund dazu. Wir haben Informationen bekommen«, fuhr Rose fort. »Es gibt Hinweise, dass das russische Konsulat in Berlin involviert ist. Wir müssen das herausfinden.«

Minkin nickte. »Und wie machen wir das?«

Rose grinste. »Das überlassen wir dir. Du hast einen gewissen Charme, Minkin. Nutze ihn.«

Er habe Charme? Sagte sie das ernsthaft? Ganz was Neues. Aber hey, selbst wenn das ein Lockmittel war, es funktionierte. Minkin stand auf. Als Nächstes wollte er Cop Schneider treffen. Er durfte den verschwundenen Goldberg nicht ganz aus den Augen verlieren.

Minkin ging nach unten und trat vor die Haustür seiner Bleibe am Wilhelm-Geiger-Platz. Er bewegte sich Richtung Stuttgarter Straße. Vorbei am Edeka-Markt. Er beobachtete das unglaubliche Spektakel, das sich vor seinen Augen abspielte. Die Menschen strömten in die Supermärkte, bewaffnet mit Einkaufswagen und Entschlossenheit, als stünde das Ende der Welt bevor. Ein Mann rannte an ihm vorbei und schrie: »Es gibt nur noch zehn Kästen Hofbräu bei Edeka! Nur noch zehn!«

Die Supermärkte und Getränkeläden glichen seit der Pressekonferenz Festungen. Vor den Eingängen standen Sicherheitskräfte, die versuchten, die aufgebrachte Menge in Schach zu halten. War wie während Corona. Nur schlimmer. Ein muskulöser Wachmann wies eine Gruppe von Jugendlichen zurück. »Nicht mehr als ein Kasten pro Person!«, rief er, doch seine Stimme ging im allgemeinen Tumult unter. Ein anderer Wachmann versperrte entschlossen den Eingang und ließ immer nur eine Handvoll Kunden hinein.

Drinnen sahen die Supermärkte wie Schlachtfelder aus. Leere Regale, wo einst Bierkartons und Kästen gestapelt standen. Verzweifelte Menschen, die sich um die letzten Dosen stritten. Eine Frau, deutlich älter als sechzig, schubste einen jüngeren Mann. Es ging offenbar um einen Sixpack Dinkelacker. »Gib her, du Bengel!«, kreischte sie, »das gehört dir nicht!« Dinkelacker! Ernsthaft. Kannst du dir nicht ausdenken.

Vor der *Wichtel Hausbrauerei* am unteren Ende der Stuttgarter Straße bildeten sich lange Schlangen. Männer und Frauen, die bis gestern noch friedlich in ihren Büros bei Bosch gesessen hatten, kämpften jetzt um den letzten Platz im Biergarten oder in der Gaststätte. Das Security-Personal hatte Mühe, die Menge zu bändigen.

Einer der Kellner versuchte verzweifelt, die Situation zu beruhigen. »Leute, wir haben genug für alle!«, rief er, aber seine Worte gingen in dem Getümmel unter.

In den Wirtshäusern herrschte ein chaotisches Bild. Die Gäste tranken wie die Berserker, als würde morgen der Hahn für immer versiegen. Inmitten dieses Chaos stand Minkin, fassungslos über die Dynamik, die eine einfache Pressekonferenz ausgelöst hatte. Der Regierungssprecher hatte versucht, die Bevölkerung zu beruhigen, hatte erklärt, dass Hamsterkäufe unnötig seien und dass die Behörden alles in ihrer Macht Stehende täten, um die Bierproduktion zu sichern. Aber die Botschaft war nicht angekommen. Hatte das Gegenteil bewirkt. Die Menschen tranken, als gäbe es kein Morgen.

Ein Mann, der neben Minkin stand, fragte ihn: »Was denken Sie, wie lange das hier noch so weitergeht?«

Minkin zuckte mit den Schultern. »Schwer zu sagen. Erinnert mich an die Hamsterkäufe während Corona, an den Quatsch mit dem Klopapier damals.« Die Panik, die Angst, die Hysterie. Es schien, als hätten die Menschen nichts aus der Vergangenheit gelernt. Die Szenen, die sich vor ihm abspielten, waren ein Spiegelbild jener Tage. Nur, dass es diesmal um Bier ging.

Der Typ neben ihm nickte. »Die Leute reagieren, als würde das Fehlen von Bier das Ende der Welt bedeuten.«

Minkin wandte sich an den Typen, sah ihn fassungslos an. Wollte etwas Grobes loswerden. Ließ es stecken, sagte stattdessen: »Das wäre nicht das Ende der Welt. Es wäre schlimmer, Mann!«

Der Russe hatte den Deutschen den Gashahn abgedreht im Winter 2021/2022. War mal kurz beängstigend, aber der

Habeck hat das Flüssiggasschiff der Saudis zielsicher in das Naturschutzgebiet Wattenmeer in der Nordsee geschaukelt. Das Große Frieren verhindert. Genutzt hat es ihm wenig. Hatte einen ähnlichen Ruf bei den Wählern wie Oettinger bei den Biertrinkern. Aber diese Hopfensache jetzt war eine andere Hausnummer. Der Russe oder welche Macht auch immer dahinterstecken mochte, hatte den wunden Punkt gefunden. In Deutschland gab es wenig Heiligeres als das Bier. Dieses Land ging seit Jahrzehnten den Bach runter. Die Menschen beklagten sich über:

Hohe Mieten.
Wohnungsmangel.
Das kaputte Pflege- und Gesundheitssystem.
Das unzureichende Bildungsystem.
Energiekrise.
Überlastete Ämter und komplizierte Genehmigungsverfahren.
Fehlenden Umweltschutz.
Marode Straßen, Schienen und Brücken.
Die Steuerlast.
Die unkontrollierte Migration.
Überfüllte Züge und Zugverspätungen.

Was dem Land geblieben war? Der deutsche Wald, war nach wie vor ein mystischer Ort. Die Autobahnen und das obsessive Verhältnis zum Tempo. Und der Fußball, neuerdings sogar wieder die Nationalmannschaft. Vor allen Dingen war es aber das Reinheitsgebot, das wie ein Bollwerk stand gegen jede Form von Verfälschung. Ein mit Gerstensaft geschriebenes Grundgesetz. Diese teuflische Plage hatte die Pflanze selbst im Blick. Den Hopfen. Das Herz des Nationalgetränks.

Politische Rhetorik und schnelle Soforthilfen halfen gegen Gasmangel, aber sie brachten keinen Hopfen zum

Blühen, wenn der Pilz erst einmal zugeschlagen hatte. Ganze Ernten drohten zu verdorren. Ernten, die das Rückgrat der Brauereien bilden sollten. Ein Pilzbefall, wie ihn niemand je zuvor gesehen hatte, und mit jedem Tag verlor das Bierland Deutschland an Boden. Die Seuche wütete. Wie in einem düsteren Gemälde von Hieronymus Bosch. Es war, als würde dieser Pilz nicht zufällig kommen – als sei er der Stoß, der an der Achillesferse des Landes ansetzte.

WO STECKT GOLDBERG?

Cop Schneider und Minkin hatten sich in der *Waldklause* verabredet. Sie nahmen in der Ecke an einem der schweren Tische Platz, orderten bei Sissi ein Herrenpils. Draußen peitschte ein heftiger Sommerregen gegen die Fenster und verstärkte das Gefühl von Abgeschiedenheit.

»Ich habe neue Informationen«, begann Cop Schneider.

Minkin hob den Kopf und sah ihn neugierig an. »Was hast du herausgefunden?«

»Meine Informantin, Roxy, hat mich angerufen. Einer ihrer Kunden hat geplaudert. Goldberg wird wohl von den Russen festgehalten. Irgendwo im Osten der Republik, in einem geheimen Versteck.«

Minkin runzelte die Stirn. »Im Osten? Weiß sie Genaueres?«

»Irgendwo in der Nähe von Leipzig, aber sie konnte keinen genauen Ort nennen. Angeblich ist es ein altes Industrieareal, das als Versteck genutzt wird.«

Minkin nickte langsam, seine Gedanken rasten. »Warum dort?«

Cop Schneider seufzte und nahm einen Schluck von seinem Bier. »Die Vergangenheit holt uns alle irgendwann ein.«

»Schöner Spruch, macht nur keinen Sinn«, sagte Minkin. »Und was machen wir jetzt? Wir können doch nicht einfach nach Leipzig fahren und alle Industrieareale absuchen, hoffen, dass wir ihn finden!«

»Wir werden Goldberg zurückholen, Minkin, egal, was es kostet.«

Die beiden Männer saßen eine Weile schweigend da, jeder in seine eigenen Gedanken vertieft. Der Regen prasselte weiterhin gegen die Fenster. Im Hintergrund lief ein Spiel der Europameisterschaft. Schottland gegen Ungarn. Das Spiel fand in Stuttgart statt. Die Stadt war voller schottischer Fans. Minkin war ihnen am Nachmittag über den Weg gelaufen. Sie spielten auf ihren Dudelsäcken und tranken sämtliche Fässer leer, die nicht bei drei auf den Bäumen waren. Die Einheimischen liebten sie dafür. Offenbar waren die Vorräte nach der ersten Panik noch nicht aufgebraucht. Über der Stuttgarter City hing der Duft von Malz wie ein uraltes Ritual der Verbundenheit. Bier hatte die Menschen schon immer zusammengebracht. In den römischen und griechischen Tavernen des Mittelalters, den Biergärten des Südens, den Pubs auf der Britischen Insel. Es war ein stiller Vermittler, ein Schlüssel zu Gesprächen, die vielleicht sonst nie geführt worden wären. Wer ein Bier bestellte, bestellte nicht nur ein Getränk. Nein, er kaufte sich einen Moment der Gemeinsamkeit. Einen Moment, in dem die Schranken zwischen Fremden fielen. Bier war der große Versöhner der westlichen Welt.

Von den bayerischen Dörfern bis zu den Straßen der belgischen Städte, von den großen irischen Pubs bis zu den versteckten Craft-Brauereien in amerikanischen Hinterhöfen, von den Berliner Eckkneipen bis zu den Vereinsgaststätten auf dem Land: Das Bier verband Kulturen. In dem Augenblick, in dem zwei Gläser zusammenstießen, spielte der Unterschied keine Rolle. Bier erzählte die Geschichten der Welt, trug die alten Erzählungen und Legenden in sich. Von der mühsamen Arbeit auf den Feldern oder in den Minen, von Hochzeiten und den Beerdigungen, der Saat und der Ernte, von Glück und Verlust. Bier war ein Zeichen der

Gastfreundschaft, des Willkommen. Selbst wenn man die Sprache nicht sprach, reichte das Heben eines Glases, um sich verstanden zu fühlen. Man konnte sich in einem fremden Land befinden, weit weg von zu Hause. Am Ende saß man mit jemandem zusammen am Tresen. Sprach nicht dieselbe Sprache, aber lachte über die gleichen albernen Witze, teilte die gleichen dummen Sorgen. Nenn es verklärte Biertrinkerromantik, Pilspathos oder einfach nur Bullshit. Aber bei allem Schaden, den Alkolhol anrichten konnte, galt: Bier war der große Gleichmacher. War das Getränk, das uns daran erinnerte, dass wir am Ende alle dasselbe suchten. Was immer das genau war. Jedenfalls war man in dem Moment nicht allein auf dem Weg dorthin. Bier hatte die Kraft, Menschen zu verbinden. Dafür lohnte es sich zu kämpfen, dachte Minkin.

SPRICH ZU UNS, MEISTER – JETZT MIT NOCH MEHR PATHOS

Minkin trat am nächsten Morgen die Rückfahrt nach Tettnang an. Vor dem Bahnhof in Stuttgart geriet er in eine Demonstration. Aufgebrachte Bauern machten ordentlich Alarm. Ihre Gesichter waren gezeichnet von Sorgen und Ärger. Die Bauern füllten die Straßen der Landeshauptstadt mit ihren Traktoren.

Minkin wurde von einigen der Bauern erkannt. Die Pressekonferenz hatte ihn buchstäblich über Nacht berühmt gemacht. Zum C-Promi einer Stadt voller B-Promis. Er wurde umringt und bedrängt.

»Sprich zu uns, Minkin!« Erinnerte ihn an Monthy Pyton. Das Leben des Brian. Wer war er, Minkin? Brian? Der Messias jedenfalls nicht.

Sprich zu uns, Herr!, stammte aus der Bibel. Aus dem Buch des Propheten Jesaja im Alten Testament. Sprich zu uns, was uns gefällt, schmähe uns nicht, sondern predige uns täuschende Dinge. Diese Verse spiegelten die Haltung des Volkes wider, das nicht bereit war, die harten Wahrheiten von Gott zu hören und stattdessen lieber angenehme und schmeichelnde Worte hören wollte, selbst wenn sie täuschend waren. Das Volk wollte schon immer ordentlich verarscht werden. Die Regierenden hatten das Motto perfektioniert. Selbst, wenn die Scheiße am Dampfen war, stellte sich keiner vorne hin und sprach Klartext. Was Unsinn war. Das Volk war nicht so dumm, wie es die da oben einschätzten. Sie konnten mit einer harten Wahrheit besser umgehen als mit einer weichen Lüge. Davon war Minkin überzeugt.

Minkin wurde in Richtung Bühne geschoben. Oben angekommen, erkannte er das Ausmaß der Versammlung. Vor dem ehemals majestätischen Stuttgarter Hauptbahnhof hatten sich Hunderte von Bauern mit ihren Traktoren zu einer Demonstration eingefunden. Die Szenerie war von ohrenbetäubendem Lärm erfüllt, als die Motoren der Traktoren aufheulten und eine gewaltige Klangwoge durch die Luft schickten. Er hob die Hände, um sich Gehör zu verschaffen, und trat vor die Menge. Was hatte er ihnen mitzuteilen, zu sagen? Für einen Moment erwog er, die Masse mit *Meine Freunde* anzusprechen. Dann verwarf er den Gedanken.

Stattdessen begann er knapp und direkt.

»Was soll ich euch sagen, ich werde hier nicht lange stehen und euch Mist erzählen«, begann er. Seine Stimme war noch rau. Der gestrige Abend mit dem Saarländer war ihm noch anzumerken. »Die Lage ist beschissen. Wir haben keine Lösung. Noch keine. Aber zwei Sachen kann ich euch versichern: Wir werden denen, die das da unten in Tettnang verursacht haben, in den Arsch treten.« Ein Raunen ging durch die Menge, und Minkin fügte hinzu: »Und das Zweite, was ich euch sagen kann, ist, das hier ist wie ein verdammtes Fußballspiel. Das Spiel dauert neunzig Minuten plus Nachspielzeit. Was ich damit sagen will, es ist vorbei, wenn es vorbei ist. Noch eins kann ich euch versichern, wenn ich eine Sache anfange, dann bringe ich sie auch zu Ende.« Das musste nicht immer etwas Gutes bedeuten, aber das wussten die Demonstranten nicht. Seine Worte wurden von einem vereinzelten Applaus begleitet. Das war alles. Minkin war kein großer Redner. Minkin wusste, dass er etwas tun musste. Er war der Sonderbeauftragte der Regierung, und es lag an ihm, eine Lösung zu finden. Aber die

Zeit lief ihm davon. Noch acht Tage, acht mickrige Tage, bis die Ernte komplett zerstört sein würde. Aber war es nicht wie immer in Minkins Abenteuern? Wenn die Kacke am Dampfen war, musste man entweder weit weg sein oder mit beiden Füßen mittendrin. Minkin kannte seinen Platz sehr genau.

DAS LABOR DES DR. GRUSCHENKO

Das Licht der Abenddämmerung warf lange Schatten über die verlassenen Gebäude des ehemaligen VEB Kunstseide. Dr. Gruschenko stand vor dem massiven Tor und zögerte einen Moment. Er wusste, dass er in das Herz eines Geheimnisses eintreten würde, das tief unter diesen alten Mauern verborgen lag. Mit einem leisen Seufzen zog er den schweren Schlüssel aus seiner Tasche und schloss das Tor auf. Es knarrte, als er es öffnete und in die Dunkelheit dahinter trat. Der Weg zu dem Labor war kompliziert, verwinkelt. Dr. Gruschenko kannte ihn auswendig, als wäre er ein Teil von ihm selbst. Er ging ihn seit Jahrzehnten. Er schritt durch die verlassenen Hallen, vorbei an verstaubten Maschinen und vergilbten Postern, die an die glorreichen Tage des Betriebs erinnerten. Schließlich erreichte er eine unscheinbare Tür am Ende eines langen Korridors. Er öffnete sie mit einem weiteren, kleineren Schlüssel und begann den Abstieg in die Tiefe.

Das zweite Untergeschoss war kalt und feucht. Die Luft roch nach alter Erde und Rost. Dr. Gruschenko folgte dem schmalen, schwach beleuchteten Gang, der sich wie ein unterirdischer Fluss durch die Dunkelheit schlängelte. Das leise Tropfen von Wasser begleitete jeden seiner Schritte. Ein Schatten huschte vor Dr. Gruschenko durch den Raum, als eine Ratte zwischen den dort gestapelten Holzkisten hindurchlief. Er erreichte die massive Stahltür des Labors. Dort angelangt, legte er seine Hand auf den Scanner daneben, der seine Identität bestätigte. Die Tür glitt mit einem leisen Zischen auf.

Das Labor war ein Kontrast zur trostlosen Umgebung der ehemaligen Fabrikhalle darüber. Es bestach nicht unbedingt durch modernste Technik, sondern durch seine schiere Funktionalität. Alte, aber gut gepflegte Geräte standen in ordentlichen Reihen. Die Beleuchtung war spärlich und flackernd, und der Raum war erfüllt von einem leisen Summen, das von den Maschinen und den Computern herrührte, die schon bessere Tage gesehen hatten.

Inmitten des schlecht beleuchteten Labors im Osten Deutschlands nahm Dr. Dmitri Gruschenko an seinem Arbeitstisch Platz. Die Wände waren grau, der Boden bedeckt mit einer dünnen Schicht aus Staub. Die Luft war schwer und abgestanden, erfüllt von einer Mischung aus Chemikalien und kaltem, abgestandenem Rauch.

Im Hintergrund hörte man die Geräusche des Gemäuers. Das Summen der alten Lüftungsanlage und das gelegentliche Knacken der Rohre, die durch die Wände verliefen. Es schien, als würde das Gebäude selbst ächzen unter der Last der Geheimnisse, die es barg.

Nach der der deutschen Wiedervereinigung im Jahr 1990 wurden die russischen Militär- und Forschungseinrichtungen aus Deutschland abgezogen. Allerdings gibt es auch heute noch einige russische Liegenschaften und Labore in Deutschland. Solche, die für wissenschaftliche Forschungszwecke genutzt werden. Diese sind das Ergebnis bilateraler Vereinbarungen oder Kooperationen zwischen Russland und Deutschland auf wissenschaftlichem Gebiet. Daneben gab es eine Einrichtung, die nicht das Ergebnis von Vereinbarungen war. Die unbemerkt von der Öffentlichkeit und den deutschen Behörden auch nach Ende des Kalten Krieges weiterbetreiben wurde. Dort unterhielt der russische Geheimdienst ein Labor, er hatte Verhör- und Aufenthaltsräume.

Dr. Gruschenko zog einen abgenutzten Metallstuhl heran und setzte sich, den Blick fest auf das Gerät gerichtet. In seinem Kopf drehten sich unzählige Gedanken, einer stach besonders hervor: Die Welt da oben hatte ihn und seine Arbeit vergessen. Aber hier unten, in den Tiefen des ehemaligen VEB Kunstseide, arbeitete er an etwas, das die Welt verändern würde.

Dr. Dmitri Gruschenko, ein hagerer, eingefallener Mann mit tiefen Falten und müden Augen, saß zusammengesunken auf seinem Stuhl. Sein Gesicht war bleich und schmal, seine Schultern nach vorne gebeugt unter der Last der Jahre. Sein ehemals kräftiges Haar war dünn und grau geworden im Laufe der Zeit und mit den Umständen hier unten. Es war schwer zu glauben, dass dieser gebrochene Mann einst ein stattlicher junger Wissenschaftler war, voller Tatendrang, voller Stolz auf seine Forschung. Die Jahre im Labor, die langen Nächte und die ständige Exposition gegenüber Chemikalien hatten ihren Tribut gefordert. Er hatte sein Leben der Wissenschaft verschrieben und sich in den sterilen, kalten Räumen dieser Einrichtungen verloren. Er hatte dafür viel aufgegeben. Seine Tochter, seine Frau. War es das wert? Dr. Gruschenko starrte auf die Mikroskop-Proben vor ihm, seine Hände zitterten leicht. Er war der Mann, der den Hopfenschädling entwickelt hatte, ein bewusst erschaffenes biologisches Zerstörungsmittel. Doktor Hopfentod. Seine Gedanken kreisten um die letzten Nachrichten aus Tettnang und die unaufhaltsame Verbreitung des Schädlings. Die Krankheit breitete sich schnell aus, die Medien waren voller Spekulationen. Dr. Gruschenko kannte die Antwort.

Er erinnerte sich an die Momente im Labor, als er unter immensem Druck stand, das Projekt zu vollenden. Sie hatten ihm versprochen, dass er nach Hause zurückkehren dürfe, zu Mütterchen Russland, zu seiner Tochter, die er seit fünfunddreißig Jahren nicht gesehen hatte. Seine Frau hatte sich schon vor Jahren von ihm getrennt. Sie war nicht bereit gewesen, den Preis zu bezahlen für seine Karriere im Ausland.

Die Aussicht, seine erwachsene Tochter wiederzusehen, hatte ihn angetrieben, seine moralischen Bedenken beiseitegeschoben. Angesichts der zerstörerischen Realität seiner Forschung fühlte er so etwas wie Schuld. Aber hatte er eine Wahl?

Plötzlich ertönte das schrille Klingeln des alten, grauen Wählscheibentelefons an der Wand. Ein Geräusch, das Gruschenko jedes Mal auf das Neue zusammenzucken ließ. Er stand auf und ging langsam zu dem Apparat, hob den Hörer ab. Die Stimme am anderen Ende war kalt und vertraut: Major Illyushin.

»Dr. Gruschenko«, begann Illyushin mit einem fast freundlichen Tonfall, »ich habe die neuesten Berichte gesehen. Ihre Arbeit hat beeindruckende Fortschritte gemacht. Die Effektivität des Schädlings übertrifft alle unsere Erwartungen. Das ist hervorragend!«

Gruschenko spürte, wie die Last der Schuld auf ihm lag. »Major, das war nicht Teil der Abmachung. Sie sagten, es würde nur ein kontrolliertes Experiment sein.«

»Die Lage hat sich geändert«, antwortete Illyushin, jetzt etwas schärfer. »Aber das bedeutet nur, dass Ihre Arbeit noch wertvoller geworden ist. Die Behörden zu Hause sind begeistert, und ich kann Ihnen versichern, dass Ihre Bemühungen belohnt werden. Eine Rückkehr nach Russland steht kurz bevor, ihr Einsatz und ihre Opfer werden nicht zu Ihrem Nachteil sein.«

»Aber die Auswirkungen …« Gruschenko konnte kaum die Worte finden. »Wir haben eine Katastrophe ausgelöst. Was ist mit den Menschen, den Bauern?«

»Wir müssen uns und unser Land verteidigen. Da müssen wir die Kollateralschäden in Kauf nehmen, Dr. Gruschenko«, sagte Illyushin kalt. »Sie wissen, was auf dem Spiel steht. Ihre Aufgabe ist noch nicht beendet. Halten Sie sich an die Anweisungen, und Sie werden bald zu Ihrer Familie zurückkehren können. Denken Sie an Ihre Familie.«

Mit einem harten Klick wurde die Verbindung unterbrochen. Dr. Gruschenko legte den Hörer langsam zurück auf die Gabel, seine Hände zitterten stärker. Jeder Wissenschaftler will für seine Forschung Anerkennung erhalten, sicher. Aber Illyushins Lob kam aus der falschen Ecke.

WAS HAT EUCH BLOSS SO RUINIERT?

Minkin hatte nach der Demo vor dem Stuttgarter Hauptbahnhof den Regionalzug bestiegen, der ihn in Richtung Bodensee bringen sollte. Es war ein heißer, drückender Tag, und der Waggon war bereits bei der Abfahrt maßlos überfüllt. Minkin setzte sich an das Fenster, der Schweiß lief ihm bereits nach wenigen Minuten die Stirn hinab, als der Zug anfuhr. Die Sommerhitze drückte durch die Scheiben. Die Klimaanlage konnte kaum mithalten. Minkin starrte auf die vorbeiziehende Landschaft, die sich allmählich vom städtischen Grau in das grüne Umland verwandelte.

Die Fahrt dauerte lang. Minkin war schon mehrmals in dieser Gegend gewesen. Die weiten Felder, das sanfte Hügelrelief, der Rand des Schwarzwaldes und die kleinen Dörfer, die er mit einem Blick durch das Fenster erkannte, gaben ihm das Gefühl, weit weg von allem zu sein. Der Zug hatte Verspätung, doch Minkin war nicht in Eile. Seine Gedanken waren bei den Seglern, die er treffen sollte. Sie hatten eine Leiche aus dem See gefischt. Einen Sicherheitsmann des Regionalflughafens, dem Minkin vor wenigen Tagen einen nächtlichen Besuch abgestattet hatte. Truman hatte ihn darüber informiert. Sein Büro hatte ein Treffen mit den Seglern arrangiert. Es konnte einen Zusammenhang geben zwischen dem toten Wachmann und der Hopfensabotage. Einen Versuch war es wert.

In Friedrichshafen stieg Minkin aus und nahm den nächsten Bus, der ihn zur Marina an den See bringen sollte. Der Bus war noch schlechter klimatisiert als der Zug. Er fuhr mit einem langsamen Ruckeln durch die Dörfer am Ufer des Bodensees. Minkin hielt sich an den Griffen und beobachtete durch das Fenster die ersten Anzeichen des Wassers, das sich vor ihm wie ein grenzenloser blauer Spiegel ausbreitete.

Die Sonne knallte über die Marina, der leichte Wind brachte die Segelboote zum Schaukeln. Minkin war an Bord der Jacht gestiegen, fühlte sich sofort unsicher auf den schwankenden Brettern. Er lehnte gegen den Masten und fixierte die Truppe, die ihm gegenüberstand. Minkin machte es kurz, hielt sich nicht lange mit Vorreden auf. Er war der Sonderbeauftragte der Bundesregierung. Schon vergessen?

»Also, Jungs, ihr wisst, warum wir hier sind.« Minkin sah sich die sechsköpfige Gruppe an. Mochten sein Alter sein, mehr oder weniger. Hatten, genau wie er, vermutlich die beste Zeit hinter sich. Er schaute ihnen nacheinander in die Augen. Um Druck aufzubauen. Was nicht gelang. Das hier war Minkin, nicht vergessen. Für keinen Menschen, der älter als zwölf war, waren Minkin, sein verweichlichter Körper und seine matte Ausstrahlung, sonderlich respekteinflößend. Versuchen musste man es, dachte Minkin.

»Wollt ihr mir erzählen, wie das da draußen abgelaufen ist?«

Die Jungs tauschten Blicke aus, einer von ihnen zuckte mit den Schultern.

Minkin sprach mit ruhiger Stimme, klang dabei fast wie ein echter Ermittler: »Es ist besser für euch, wenn ihr direkt mit der Wahrheit rüberkommt. Je weniger Verwirrung, desto weniger Probleme für uns alle.«

Einer der Jungs antwortete: »Ha wa, wir haben ein bisschen rumgealbert. Verstehst? Die Woche frei ohne die Frauen. Muss man doch feiern. War nichts Großes …«

»Nichts Großes, sagst du? Eine Leiche zu finden ist nicht ›nichts Großes‹, ihr Spaßvögel? Wer von euch hat zuerst was bemerkt?«

Keiner antwortete. Ihre Gesichter waren eine Mischung aus Belustigung und minimaler Nervosität, als Minkin, der Privatermittler aus Feuerbach und Sonderbeauftragte der Bundesregierung, vor ihnen stand. Das Wasser plätscherte leise gegen den Pier, und in der Ferne zog ein Schwan seine Runden, als wäre nichts Ungewöhnliches passiert. Minkin hoffte, dass der Schwan nicht näherkommen würde. Minkin hatte Angst vor Schwänen. Ja und? Er war nicht der Einzige, der an Kyknophobie litt. Der Begriff leitet sich vom griechischen Wort *kyknos* für Schwan ab und beschreibt die irrationale Furcht vor diesen Tieren. Wobei daran wenig Irrationales war. Die Viecher waren echt unheimlich, wenn man sie aus der Nähe berachtete.

»Also, Jungs«, begann Minkin erneut und zückte sein Notizbuch, »ihr habt also eine Leiche gefunden. Soweit klar. Aber was ich nicht verstehe, ist …« Er hielt inne, warf einen misstrauischen Blick auf eine leere Bierflasche, die aus einer Netztasche im Cockpit heraushing. War jetzt ernsthaft irritiert. »Was zur Hölle trinkt ihr da?«

Einer der Jungs, groß gewachsen mit ordenlichem Bauchansatz, hob eine Flasche in die Höhe, als ob er ein heiliges Relikt präsentieren würde. »Perlenbacher Gold. In der praktischen PET-Flasche.«

Minkin verzog das Gesicht, als ob er in eine Zitrone gebissen hätte. »Perlenbacher Gold? Was um alles in der Welt soll das sein?«

»Das beste Bier unter fünfzig Cent die Flasche. Exklusiv bei Lidl«, antwortete der Mann mit einem skurrilen Lächeln.

Minkin konnte es nicht fassen, schüttelte den Kopf: »Ihr seht nicht so aus, als ob ihr nicht hin und wieder ein Getränk zu euch nehmen würdet, als ob ihr eine Hopfenkaltschale nicht zu schätzen wüsstet. Und ihr seht auch nicht so aus, als ob ihr am Hungertuch nagt.« Verdammt gut kombiniert, Minkin. Immerhin hatten sich die Männer eine zwölf Meter lange Segeljacht für die Woche geleistet. »Wieso sauft ihr diese Plörre, was seid ihr für Banausen?«

»Vorsicht, Minkin!«, sagte der große Kerl mit dem Bauchansatz. »Wir wissen vermutlich mehr über Bier, als du jemals erfahren wirst.«

Minkin musste lachen. »Wie kommst du auf so einen Schwachsinn?«

»Pilsen ist unsere zweite Heimat, Mann. Pilsen ist die Mutterstadt des Bieres. Wir kennen den Ursprung, die Quelle. Wir haben das unfiltrierte Pilsner Urquell aus dem Tank gekostet, praktisch dem Braumeister die Hand geschüttelt, also komm uns nicht krumm!«

»Ihr kennt Pilsen?«

»Jede *Pivnice* in der Innenstadt, das *Salzmannů* und die Pilsner Urquell Brauerei.«

Minkin schüttelte den Kopf. Waren also keine Volltrottel, biertechnisch. »Umso schlimmer. Ihr seid hier am Bodensee, in einer Region mit fantastischen Brauereien, und ihr trinkt diese Plörre aus der Plastikflasche? Was stimmt nicht mit euch? Was hat euch bloß so ruiniert?«

»Na ja«, begann einer der Jungs, der etwas kleiner war als die anderen und sonnenverbrannt aussah, »wir sind pragmatisch, Minkin. Perlenbacher kann man wieder verschließen und … es schwimmt.«

»Es … schwimmt?« Minkin starrte ihn ungläubig an.

»In der PET-Flasche, perfekt fürs Perlenbachertauchen«, erklärte ein anderer mit einem breiten Grinsen. »Wir schmeißen die Flasche ins Wasser, der Fallschirmjäger hier springt rein, taucht danach – das ist unser Spiel.«

»Euer … Spiel?« Minkin schüttelte den Kopf, als könne er kaum glauben, was er da hörte. »Ihr fahrt an den Bodensee, findet eine Leiche im Wasser – und trinkt Perlenbacher?«

»Nee, andersrum, da bringst du jetzt was durcheinander«, erwiderte einer von ihnen, der bisher nichts gesagt hatte. »Wir trinken Perlenbacher und dann finden wir eine Leiche. Das Spiel gab es schon lange vor der Leiche«, ergänzte er und nahm einen Schluck. »Das ist einfach praktisch. Warte, der Zimmermann holt dir eins.«

Der Zimmermann, ein breiter Typ mit großen Händen, verschwand in die Kabine, öffnete den Kühlschrank und fing an, Flaschen herauszuwerfen. Minkin war geschockt. Mit so viel Respektlosigkeit dem Getränk gegenüber konnte er nicht umgehen. Wobei er sich nicht sicher war, ob Perlenbacher diese Bezeichnung überhaupt verdient hatte.

»Praktisch, sagtest du?« Minkins Ton wurde schärfer. »Ihr seid an einem der schönsten Seen Deutschlands! Oberschwaben in der Nähe. Das Allgäu ist nicht weit. Es gibt hier Biere vom Feinsten! Tettnanger, Ruppaner, das Inselbräu von der Reichenau, Meckatzer, Leibinger, Härle. Oder in den Allgäuer Alpen, das Bernardi Bräu. Die höchstgelegene Privatbrauerei Deutschlands. Mit seinen wunderbaren Bieren.« Minkin schüttelte den Kopf. Sah die Jungs an, fast flehentlich. Und ihr verteidigt dieses Bier aus industrieller Massenbierhaltung, weil es ›praktisch‹ ist? Ihr seid so krank …«

Die Jungs sahen sich gegenseitig an, leicht schuldbewusst, aber nicht überzeugt. Einer von ihnen zuckte schließlich mit den Schultern. »Hey, Mann, stell dich nicht so an, der Captain hat gesagt, du sollst probieren.« Er drückte Minkin eine Flasche in die Hand.

Alle Segler fingen gleichzeitig an, aus ihren Flaschen zu trinken. Minkin machte widerwillig mit. Mehr aus Reflex. Er schraubte seine Flasche auf und brachte sie zu seinen

Lippen. Der Geschmack war mild mit malziger Süße, aber auch dünn und wässrig, bevor eine unangenehme Bitternote das Bild abrundete.

Minkin warf der Runde einen finsteren Blick zu. Schüttelte den Kopf »Ich verschwinde besser, bevor ich euch bei der Polizei anzeige.«

»Wegen was?«

»Beleidigung des guten Geschmacks.«

Sichtlich betroffen sah ihn einer der Männer an, legte schützend seine Hand auf Minkins Arm. »Wir verstehen dich. Das erste Mal ist immer hart. Das Zweite schmeckt schon etwas besser. Außerdem müssen wir dir noch etwas erzählen. Über den Bodensee, die Leichen und die Tiefe. Etwas, das wir der Polizei verschwiegen haben.«

Minkin, im Gehen begriffen, drehte sich um, wurde neugierig.

»Wir haben etwas herausgefunden«, sagte der Skipper.

»Es ist nämlich nicht so, wie es aussieht.«

Der Spruch kam Minkin aus seiner Vergangenheit mit der Bachmann bekannt vor. Jedenfalls stimulierte der Satz ebenfalls seine Aufmerksamkeit.

Der Segler fuhr fort: »Weißt du, eine Leiche am Bodensee zu finden, ist nichts Spezielles. Ich meine, natürlich schon, aber es ist nicht sonderlich selten. Es gibt rund hundert offizielle Vermisste am Bodensee. Der See gibt die Leichen manchmal nicht mehr her, weil er so tief ist. Ab 50 Metern Tiefe hält der Wasserdruck den Körper unten. Aber bei Hochwasser zum Beispiel werden die Wasserschichten gemischt und Leichen kommen regelmäßig wieder hoch, mit der Konsequenz, dass man sie findet.«

Es war still geworden auf der Jacht. Alle hörten zu. Der Skipper erzählte weiter. »Im Prinzip ist es uns auch egal, wir wollen auf was Anderes hinaus. Im See sind vor Kurzem seltsame Sachen passiert, die die Öffentlichkeit nicht erfahren soll.«

Minkin war jetzt hellwach. War von der Truppe am Ende doch etwas Sinnvolles zu erfahren?

Der Skipper übernahm das Wort. »Der Bodensee hat eine durchschnittliche Tiefe von 80 Metern und offiziell eine maximale Tiefe von 254 Metern.«

Minkin verstand nicht, worauf er hinauswollte. »Schau mal, das steht da.« Er holte ein Buch, das im Cockpit unter einem Badetuch versteckt war. Der Titel lautete: *Bodenseeschifferpatent für Dummies*. Er blätterte und zeigte Minkin die Stelle. »Da. 254 Meter Tiefe, die tiefste Stelle liegt zwischen Fischbach und Uttwil. Wir haben mit unserem Boot nachgemessen. Es waren tatsächlich 254 Meter Tiefe. Aber letztes Jahr. Und diese Woche waren wir wieder auf der Stelle und haben wieder gemessen. Und weißt du was? Dieses Jahr waren es 273 Meter.«

Der Perlenbachertaucher legte eine rhetorische Pause hin, schaute Minkin in die Augen, bevor er weitermachte. »In Wirklichkeit ist der Bodensee immer 273 Meter tief gewesen. Das ist vermutlich eines der meistbewahrten Geheimnisse der Bundesrepublik.«

Na ja, dachte Minkin, da gab es noch das verschwundene Bernsteinzimmer, die Hitlertagebücher, die Goldreserven der DDR und die Päpstin, die angeblich aus der Nähe von Mainz stammte.

»Dein Ernst jetzt?«, sagte Minkin, nicht sonderlich überzeugt.

»Ja. Und das liegt an dem Grund, warum der Bodensee offiziell nur 254 Meter tief ist.«

»Jetzt bin ich gespannt«

»Seit den Sechzigerjahren und während des Kalten Krieges war ein amerikanisches U-Boot in der Tiefe des

Bodensees dauerhaft stationiert gewesen. Mit Atomraketen, gerichtet auf Russland.«

Minkin verdrehte die Augen. Zuviel Perlenbacher zerstörte offenbar die Gehirnzellen in maximaler Geschwindigkeit.

»Jetzt ist das U-Boot verschwunden. Es wurde im Jahre 2024 in einer aufwendigen Aktion über Wasser und Land abtransportiert.«

Minkin hatte von einem solchen Transport gehört. Allerdings war das U-Boot über den Neckar und die Straßen des Kraichgaus nach Sinsheim ins Technik Museum gebracht worden.

»Aber doch nicht hier am Bodensee! Das Boot haben sie über den Neckar nach Sinsheim gebracht.«

Der Skipper sah Minkin eindringlich an. »Das ist das, was Sie euch erzählt haben, was die Staatsmedien euch gezeigt haben. Denk da mal drüber nach, Minkin!«

»Und deshalb hat der See jetzt wieder seine wahre Tiefe und wir haben 273 Meter gemessen. Aber das darf die Bevölkerung nie erfahren.«

Minkin schaute die Truppe an. Ernste Gesichter. Alle nickten zustimmend. Sollte da tatsächlich etwas dran sein? »Bisschen weit hergeholt, Jungs. Wie kommt ihr denn auf so eine abstruse Geschichte?«

Der Skipper antwortete »Obwohl die deutsche Regierung offiziell keine Atomwaffen besitzt, gibt es in Deutschland einige Lagerstätten für US-amerikanische Atomwaffen. Deutschland ist Teil der NATO. Die genauen Standorte und Details dieser Waffenlager sind streng geheim. Aber wir haben unsere Quellen.«

»Du meinst, den alten Fischer aus der *Ankerklause*«, sagte der Zimmermann, der schon ein paar Perlenbacher intus hatte.

Der Skipper nickte. »Mehr können wir dir nicht sagen zu unserer Quelle. Das wäre verdammt gefährlich. Aber du kannst dir vorstellen, wenn die US Navy ein Atom-U-Boot vom Bodensee abzieht, dass sie das geheim halten wollen. Zumal die Russen derzeit nervös sind.« Das konnte Minkin bestätigen, dass die Russen am Rad drehten. Und er war nicht ganz unschuldig daran.

Der Skipper fuhr fort: »Die CIA hat hier eine große Operation veranstaltet. Alles abgeriegelt, dichtgemacht. Und ich schätze mal, der Typ, den wir geborgen haben, ist irgendjemand in die Quere gekommen.«

Das klang alles krude. Nicht, dass es Minkin störte, das Krude. Die Theorie öffnete neue Perspektiven. Aber keine guten. Sich mit dem russischen Geheimdienst anzulegen, war eine Sache. Aber dann noch zusätzlich Ärger mit der CIA anfangen, das war für Minkin eine Nummer zu groß. Minkin seufzte, stand auf und rieb sich die Stirn, als ob er Kopfschmerzen hätte. »Okay, danke für diese spektakuläre Information. Ich nehme das in jedem Fall mal so mit.«

»Wirst du etwas unternehmen? Du hast doch Kontakte bis ganz nach oben?«

Seine Rolle hatte sich offenbar auch über den Seefunk verbreitet.

»Wie gesagt, werde sehen, was ich anfangen kann mit der Spur. Aber ihr müsst mir etwas versprechen.«

Die Jungs sahen sich gegeneitig an. »Was willst du von uns?«

»Beim nächsten Mal, wenn ihr Leichen im See findet: Trinkt ein anständiges Bier dazu. Schon aus Respekt vor dem Verstorbenen.«

Dann verschwand Minkin, er hatte genug Seemannsgarn aufgeschnappt für heute. Tztztz, ein amerikanisches U-Boot mit Atomwaffen an Bord. Im Bodensee. Perlenbacher hatte offensichtlich ziemliche Nebenwirkungen, die nicht auf der Packungsbeilage standen. Musste den Jungs mal einer sagen.

MINKINS ENTFÜHRUNG

Minkin war nach der Anhörung der jungen Segler am Abend nach Tettnang zurückgekehrt. Die Stadt lag still und dunkel unter dem sternenklaren Himmel Oberschwabens. Die Gassen waren leer. Nur eine Katze huschte lautlos zwischen den Schatten. Es war spät in der Nacht. Die wenigen Straßenlaternen warfen ein schummriges Licht auf das Kopfsteinpflaster. Der einzige Lärm kam von Minkin. Er torkelte durch die Straßen, sein Atem roch nach Alkohol. Er schwankte von einer Wand zur anderen. Er hatte zu viel getrunken, wie häufig seit dem Tod des Jungen in Bamberg. Eigentlich auch schon davor. Nur jetzt mit einem Grund fürs Saufen. Minkin würde die Sache irgendwann angehen müssen. Hilfe in Anspruch nehmen. So viel war klar. Vermutlich hatte die Bachmann ins Schwarze getroffen. Er war auf dem direkten Weg in die Hölle. Und zwar auf dem Highway, nicht in der Dreißigerzone.

Die Spinne beobachtete ihn aus einer dunklen Ecke. Ihre Augen glänzten kalt im Mondlicht, als sie ein leises Zeichen an ihre Helfer gab. Vladi und Sergej schlichen lautlos hinter Minkin her, ihre Schritte waren eins mit den Schatten der Nacht.

»Komm schon, Minkin, du musst noch ein paar Antworten geben, wir wurden vor Kurzem unterbrochen«, flüsterte die Spinne zu sich, während sie ihren Handschuh festzog.

Minkin blieb stehen und versuchte, sich zu orientieren. Er merkte nicht, dass er beobachtet, geschweige denn verfolgt wurde. In seinem Zustand schien ihm alles harmlos, jede Bedrohung lag für ihn fern.

Vladi und Sergej näherten sich unbemerkt von hinten. Vladi, der Größere der beiden, griff in seine Tasche und zog eine kleine Flasche mit einer klaren Flüssigkeit hervor. Sergej hielt eine Spritze bereit, mit der Präzision eines Chirurgen. Die Spinne nickte ihnen zu, ein stummes Kommando.

Minkin, der gerade eine unelegante Drehung machte und gegen eine Wand taumelte, bemerkte nichts von der Gefahr, die ihm drohte. »Verdammte Stadt … alles dreht sich …«, lallte er.

In diesem Moment schoss Vladi vor und packte Minkins Arm, während Sergej ihm die Spritze in den Hals rammte. Der Schrei, der ihm entfuhr, wurde durch die Hand von Vladi erstickt, die sich fest über seinen Mund legte.

Minkin spürte den brennenden Schmerz, dann die plötzliche Müdigkeit, die seine Glieder schwer machte. Sein Protest war nur ein gedämpftes Gurgeln, bevor seine Beine unter ihm nachgaben und er in Vladis Arme sank.

»Bringt ihn zum Wagen!«, zischte die Spinne. Ihre Stimme war kalt und emotionslos.

Vladi und Sergej schleppten den betäubten Minkin zu einem dunklen Lieferwagen, der in einer Seitengasse geparkt war. Sie öffneten die hintere Tür und warfen ihn hinein. Die Spinne stieg als Letzte ein und setzte sich neben den bewusstlosen Minkin, während Vladi den Motor startete.

»Fahr zum Flughafen, schnell, bevor er hier in den Wagen kotzt!«, befahl die Spinne.

Vladi steuerte den Wagen durch die dunklen Straßen.

Minkin begann zu stöhnen und sich zu regen, aber die Betäubung hielt ihn in einem halbbewussten Zustand gefangen. Seine Augen flackerten offen, sahen verschwommen die Gestalten um ihn herum. Er versuchte, etwas zu sagen, doch seine Zunge war schwer und ungehorsam.

Der Lieferwagen hielt am Rand des Regionalflughafens an, abseits der Hauptgebäude. Ein kleines Flugzeug wartete dort, bereit für einen schnellen Start. Vladi und Sergej zogen Minkin aus dem Wagen und trugen ihn zum Flugzeug. Die Spinne folgte ihnen, immer die Umgebung im Auge behaltend, ihre Bewegungen fließend und kontrolliert.

Im Inneren des Flugzeugs legten sie Minkin auf einen der Sitze und schnallten ihn fest.

Die Spinne setzte sich gegenüber und betrachtete ihn mit kaltem Interesse. »Du hast etwas herausgefunden, was du besser nie erfahren hättest, Minkin«, sagte sie leise. »Das ist tragisch für dich.«

Vladi nahm Platz, Sergej startete den Motor. Das Brummen der Turbinen füllte den kleinen Raum, als das Flugzeug sich in Bewegung setzte. Sie rollten zur Startbahn und beschleunigten. Die wenigen Lichter des Flughafens verschwanden unter ihnen, als sie in die Dunkelheit der Nacht abhoben.

Minkin versuchte erneut, sich zu bewegen, seine Sinne kehrten langsam zurück, doch seine Muskeln gehorchten ihm nicht.

Die Spinne beugte sich vor, ihre Augen fixierten die seinen. »Wehr dich nicht, es ist zu spät, Minkin. Niemand wird dich vermissen, und niemand wird erfahren, was du herausgefunden hast.«

Die Worte der Spinne sickerten durch den Nebel in Minkins Gehirn. Er versuchte, sich zu erinnern, was er entdeckt hatte, was so wichtig war, dass es sein Ende bedeutete. Aber der Mix aus Alkohol und dem Betäubungsmittel machten es verdammt schwer, klar zu denken.

ZWISCHEN HIMMEL UND WASSER

Das Motorengeräusch des Kleinflugzeugs dröhnte in Minkins Ohren. Über den Wolken. Reinhard Mey hätte seine helle Freude daran gehabt. Minkin zitterte in seinem Sitz. Er hatte gottverdammte Flugangst. Aber vermutlich war das sein geringstes Problem. Die Spinne, Vladi und Sergej hatten ihn vor seinem Hotel in Tettnang abgepasst und entführt. Jetzt war er gefesselt und geknebelt, seine Hände hinter dem Rücken an den Sitz geschnallt. Vor ihm stand die Spinne, die russische Agentin, mit der er schon eine kurze Bekanntschaft gemacht hatte. Sie musterte ihn mit einer Mischung aus Gleichgültigkeit und Verachtung.

»Er ist ansprechbar«, knurrte Vladi und trat näher. Sergej, der Pilot, warf einen nervösen Blick über die Schulter. Das Flugzeug vibrierte leicht in der dünnen Luft über dem Bodensee.

»Gut, dann hat er was von der Show. Zeit, unser Problem zu lösen«, sagte die Spinne kühl. Sie warf einen schnellen Blick auf die Uhr und dann auf Minkin. »Werft ihn raus!«

Vladi nickte und ging zur Flugzeugtür, zog sie mit einem lauten Geräusch auf. Der Wind heulte durch die Kabine, und Minkins Herz raste. Er war Nichtschwimmer und wusste, dass das Wasser unten sein Grab sein würde. Panik überkam ihn, seine Augen weiteten sich, und er versuchte verzweifelt, sich loszureißen, aber die Fesseln waren zu fest.

Die Spinne trat an Minkin heran. »Hast du etwas zu sagen, bevor du gehst?« Ihre Stimme war eisig, ihre Augen durchdringend.

Minkin konnte nicht sprechen, die Angst schnürte ihm die Kehle zu. Er war kurz davor, sich in die Hose zu machen. Er schloss die Augen und versuchte, sich auf etwas Beruhigendes zu konzentrieren. Gelang ihm nicht. Dann klingelte plötzlich sein Handy.

Alle Blicke wandten sich abrupt zu Minkins Jackentasche. Die Spinne zog ihre Augenbrauen zusammen und griff nach dem Handy, das vibrierte und leuchtete. Auf dem Display erschien ein Name: *Goldberg*. Goldberg hatte ihm das Handy besorgt und seine Nummer mit Namen eingespeist. Es war der einzige Name in Minkins Telefonbuch.

Die Spinne hielt inne, ihre Augen verengten sich. Sie drehte sich langsam zu Minkin um, ihr Griff um das Handy war fest. Sie wusste, wer Goldberg war. Goldberg hatte schon immer die Fähigkeit besessen, jede Situation zu seinem Vorteil zu nutzen. Es war seine größte Stärke – und seine größte Schwäche. Menschen wie Minkin hatten nie ganz verstanden, wer Goldberg wirklich war. Ein Mann mit vielen Facetten. Man konnte nie sicher sein, auf welcher Seite Goldberg stand – außer auf seiner eigenen.

Minkin fühlte den kalten Blick der Frau auf sich.

Ihre Augen bohrten sich in ihn, während sie ihre Worte abwog. »Was hast du mit Goldberg zu tun?« Ihre Stimme klang scharf. Sie brüllte Minkin regelrecht an, so laut war der Lärm des Flugzeugmotors.

Er schluckte schwer und rang um Fassung. Dies war seine einzige Chance, und er wusste, dass es vorbei sein konnte, wenn er den falschen Ausgang nahm. Goldberg. Schon der Name ließ eine Welle von Unsicherheit in ihm aufsteigen. Aber es gab keinen Ausweg. Er musste bluffen – wie Goldberg es vermutlich tun würde. »Er … er ist mein Partner!«, stieß Minkin hervor. »Wir arbeiten zusammen!«

Minkin wartete beklommen auf die Reaktion.

Die Spinne blinzelte nicht einmal. Sie kannte Goldberg, wusste mehr über Goldberg, als Minkin es je tun würde. Sie kannte die Geschichten, die dunklen Geschäfte, die Deals hinter verschlossenen Türen. Doch auch sie wusste, dass Goldberg mehr war.

Goldberg hatte nie eine klare Linie zwischen Gut und Böse gezogen. Und wenn, dann hätte er sich nicht daran gehalten. Für ihn zählte nur das Ergebnis. Er konnte dein Freund sein. Hilfsbereit, nur, um im nächsten Moment gnadenlos zu handeln, wenn es ihm nützte. Sein Gewissen, falls er überhaupt eines besaß, war dehnbar – flexibel genug, um sich den Gegebenheiten anzupassen. Wer mit ihm arbeitete, wusste, dass er nie wirklich loyal war. Seine Loyalität galt nur ihm selbst gegenüber.

Minkin ahnte es, die Spinne wusste es.

Sie trat näher an ihn heran, ihre Schritte kaum hörbar vom Fluglärm und vom Windgeräusch, das durch die offene Flugzeugtür hereindrang. »Dein Partner, ja?« Sie lächelte kühl. »Dann weißt du sicherlich, wie er tickt. Goldberg ist kein Mann, dem man vertrauen sollte.«

Minkin spürte, wie ihm der Schweiß über die Stirn lief.

»Er hat seine eigenen Pläne«, murmelte Minkin.

Die Spinne hob eine Augenbraue. »Goldberg kann dein Tod sein oder deine Rettung, Minkin.«

Minkins Herz setzte einen Schlag aus. Die Worte der Spinne hingen schwer im Raum, und plötzlich wurde ihm klar, wie tief er bereits in dieses Netz verstrickt war. War das alles Goldbergs Plan? Minkin wusste, dass er keine Fehler machen durfte. Er musste die Rolle weiterspielen, die er sich selbst auferlegt hatte – die Rolle von Goldbergs Partner. Aber in seinem Inneren wuchs die Erkenntnis, dass er am Ende vermutlich nur ein Bauer in Goldbergs großem Spiel war.

»Goldberg hat etwas gut bei mir«, sagte sie langsam, mehr zu sich selbst als zu den anderen. Sie sah zu Vladi. »Wir werfen ihn nicht raus. Minkin wird heute nicht sterben. Schließ die Tür!«

Vladi protestierte. »Das ist nicht der Plan! Wir sollten ihn beseitigen!«

»Ich habe den Plan geändert«, entgegnete die Spinne mit tödlicher Ruhe. »Wir bringen ihn zurück.«

Die Spinne sah Minkin an. »Ich denke, Minkin hat auch so begriffen, dass er sich von nun an aus der Sache raushalten soll. Eine weitere Chance bekommt er nicht.«

Minkin nickte verzweifelt.

Vladi schloss die Flugzeugtür.

Sergej, der den Dialog beobachtet hatte, begriff, knurrte unwillig, drehte aber das Flugzeug ohne weiteren Widerspruch um.

Der Rückflug war angespannt, keiner sprach ein Wort, während Minkin in seinem Sitz festgeschnallt blieb. Seine Gedanken rasten.

Nach einer scheinbaren Ewigkeit landete das Flugzeug wieder. Die Spinne öffnete die Tür und bedeutete Vladi, Minkin herauszuziehen. Mit einem harten Ruck wurde er aus dem Flugzeug gezerrt und auf den Boden geworfen. Minkin schlug mit dem Kopf auf den Boden und wurde ohnmächtig.

SCHATTEN DER VERGANGENHEIT

Minkin wachte in einer düsteren, verlassenen Halle auf. Das Licht der einzigen Glühbirne flackerte und warf gespenstische Schatten an die Wände. Er hatte keine Ahnung, wo er sich befand und wie lange er schon hier war. Er zitterte noch immer vor Angst, als die Spinne leise eintrat. Sie bewegte sich mit einer tödlichen Eleganz, ihre Augen fest auf Minkin gerichtet.

Sie blieb vor ihm stehen, ihre Arme verschränkt. »Du hattest Glück«, sagte sie mit einer Stimme, die so kalt war wie der Nachtwind, der durch die Ritzen des Gebäudes pfiff. »Sehr viel Glück.«

Minkin hob seinen Blick und versuchte, in ihren Augen irgendein Zeichen von Mitleid oder Empathie zu erkennen, aber da war nichts. Außer Kälte.

»Ich weiß«, murmelte er leise.

»Das nächste Mal«, fuhr die Spinne fort, »wird es nicht so laufen für dich. Mach dich unsichtbar. Wir bringen dich morgen früh nach Friedrichshafen. Dann verschwindest du. Wenn ich dich noch einmal sehe, egal wo, dann wird dich kein Handydisplay retten.«

Minkin nickte hastig, seine Hände zitterten unkontrolliert. »Ich habe verstanden«, versprach er. »Danke.«

Die Spinne trat einen Schritt näher und beugte sich zu ihm hinunter, um ihm einen letzten durchdringenden Blick zuzuwerfen. »Bedank dich bei Goldberg«, korrigierte sie. Sie drehte sich um und verschwand in der Dunkelheit der Halle, ihre Schritte hallten leise wider.

Minkin blieb allein zurück, seine Gedanken rasten. Seine Seele war schwer von der dunklen Gnade, die ihm gewährt worden war. Was auch immer Goldberg bei ihr gut hatte, es war ein verdammt schwerer Stein, den er da im Brett hatte.

Spät in der Nacht, als die Mondstrahlen über die stille Landebahn des abgelegenen Flugplatzes fielen, saßen die Spinne, Vladi und Sergej in einem verlassenen Hangar. Die Spinne saß auf einer alten Kiste, ihre Gedanken schwer und ihre Augen starrten ins Leere. Vor sich eine halb leere Flasche Wodka.

Vladi und Sergej standen in der Nähe, die Anspannung der letzten Stunden lag noch in der Luft. Sergej war der Erste, der das Schweigen brach.

»Warum hast du ihn verschont?«, fragte er leise und mit einem Hauch von Vorwurf in der Stimme.

Die Spinne nahm einen großen Schluck, ihre Augen immer noch in die Ferne gerichtet. »Es geht um Goldberg«, begann sie, ihre Stimme leise und nachdenklich.

»Was ist mit ihm?«

»Du weißt, wer er ist?«

»Ich habe von ihm gehört, mehr nicht.«

»Er entstammt einer alten Hopfendynastie. Altes Geld, einflussreich, wenn auch nicht so, wie es früher einmal war.«

»Und was schuldest du ihm?«

»Vermutlich meine Existenz.«

»Wie meinst du das?«, fragte Vladi nach.

Die Spinne ließ sich Zeit mit der Antwort. »Sein Vater kam als junger Mann nach Russland, er ist geflohen aus Nürnberg. Er hat während des Krieges viele Juden vor den Nazis gerettet. Er hat sie auf seiner Hopfenplantage in Russland arbeiten lassen.«

»Und?«

»Darunter waren auch meine Großeltern. Er hat dafür gesorgt, dass sie überlebten. Hat sie aus Nazideutschland herausgeholt und ihnen dort Arbeit und Unterkunft verschafft.«

Vladi und Sergej tauschten einen überraschten Blick aus. Die Spinne fuhr fort: »Ohne ihn wäre ich heute vermutlich nicht hier. Das konnte ich nicht einfach ignorieren.«

Sergej lehnte sich gegen die Wand, seine Stirn gerunzelt. »Und jetzt?«

Die Spinne seufzte tief und sah ihn dann an, ihre Augen voller Ernst. »Jetzt ist es komplizierter geworden. Minkin hat Glück gehabt, aber das nächste Mal wird er nicht so davonkommen. Ich habe ihm zu verstehen gegeben, dass er sich verkriechen und nie wieder in unsere Angelegenheiten einmischen soll.«

»Glaubst du, er hält sich daran?«

»Das sollte er besser tun.«

Vladi nickte. »Und Goldberg?«

»Der Deckel ist bezahlt. Aber ich werde nicht vergessen, was sein Vater getan hat.«

Sergej dachte nach, sagte schließlich. »Du hast richtig gehandelt.«

Vladi war davon weniger überzeugt. Im Gegenteil. Er stand auf und baute sich bedrohlich vor der Spinne auf. »Das hättest du nicht tun dürfen, das Hauptquartier wird das anders beurteilen. Es geht hier nicht nur um dich, es geht auch um meine Zukunft!«

»Du hast sicher recht, Vladi. Aber manchmal wiegt die Vergangenheit schwerer als die Gegenwart.«

Das Trio saß noch lange im Hangar, die Kälte der Nacht kroch langsam in ihre Knochen. Morgen würde die Spinne dem Major Bericht erstatten müssen. Das würde das Ende ihrer Karriere bedeuten. Mindestens. Ob es sich gelohnt hatte? Das weiß man meistens erst hinterher.

DER TOTE IM SEE

In einer abgelegenen Ecke seines Kellerlabors war Dr. Gruschenko in seine Arbeit vertieft. Das monotone Summen der Lüftung und der Geruch nach Chemikalien umgaben ihn, als ein lautes Klingeln die Stille durchzuckte. Dr. Gruschenko hob den Kopf und sah zum grauen Telefon an der Wand. Er erwartete keinen Anruf. Nur wenige Menschen kannte diese Nummer. Er zögerte einen Moment, bevor er den Hörer abnahm. »Ja?«, fragte er knapp.

»Gruschenko, hast du die Nachrichten gesehen?«, erklang eine hektische Stimme. Am anderen Ende der Leitung war Sokolov, sein Assistent. Er hatte gemeinsam mit ihm an der Entwicklung des Hopfenschädlings gearbeitet. Inzwischen war er jedoch wieder in die Heimat zurückgekehrt.

»Was ist passiert?«, antwortete Dr. Gruschenko ernst, sein Herz begann schneller zu schlagen.

»Es gab einen Vorfall am Bodensee. Ein Sicherheitsmann des Regionalflughafens ist tot im See aufgefunden worden.«

Ein eisiger Schauer lief Dr. Gruschenko über den Rücken. Er wusste, was das bedeutete. »Aber warum, was hat das mit uns zu tun …?«, flüsterte er.

»Gruschenko, das Sprühflugzeug startete von genau diesem Flughafen. Die Verbindung ist offensichtlich. Die haben ihn beseitigt. Er muss sie dabei gesehen haben, wie sie das Flugzeug vorbereitet haben.«

Dr. Gruschenko schwieg einen Moment lang, während sich die Tragweite seiner Entscheidungen vor ihm auftat.

»Hatte er Familie?«

»Eine Frau und eine Tochter, sieben Jahre alt.«

Dr. Gruschenko presste die Augen zusammen und ballte die Fäuste. »Es ist meine Schuld.«

Für einen Moment war Schweigen am Ende der Leitung. »Was sollen wir tun?«

»Du wirst gar nichts tun.«

»Und du?«

»Ich muss es beenden, ich muss diesen Minkin sprechen, den Sonderbeauftragten der deutschen Regierung. Kannst du mir seine Nummer besorgen?«

»Ich denke, ja. Was hast du vor?«

»Sokolov, je weniger du weißt, desto besser ist es für dich. Besorge mir seine Nummer!«

DAS KONSPIRATIVE TREFFEN

Dr. Gruschenko hatte von Minkin in den Nachrichten erfahren, als dieser die Pressekonferenz gesprengt und die russische Beteiligung an der Hopfenplage publik gemacht hatte. Der Wissenschaftler war tatsächlich erleichtert darüber. Vielleicht war dies seine Chance, den Wahnsinn zu beenden.

Gegen Abend meldete sich Sokolov bei Dr. Gruschenko in dessen Labor.

»Hast du die Nummer von diesem Minkin?«

»Ja. Hast du etwas zu schreiben?«

»Warte einen Augenblick.«

Gruschenko ging zu seinem Schreibtisch, nahm ein Blatt Papier und einen Bleistift und ging zurück zum Wandtelefon.

»Ich höre!«

Sokolov diktierte ihm die Nummer.

»Danke.«

»Es ist ein Risiko für mich, Gruschenko.«

»Das weiß ich.«

»Verlange so etwas nicht mehr.«

»Das werde ich nicht. Ich bin dir etwas schuldig, wenn ich wieder zu Hause bin, dann werde ich dir persönlich danken.

»Es gibt noch etwas, Gruschenko.«

»Was?«

Sokolov, Dr. Gruschenkos Assistent, zögerte. »Sie werden dich nicht gehen lassen!«

»Was meinst du damit, sie haben es mir versprochen, ich darf meine Tochter wiedersehen nach all den Jahren.«

»Ich war im Hauptquartier.«

»Und?«

»Du bist zu wichtig für sie, dort, wo du bist. Und du weißt sehr viel über all das, was gerade passiert auf den Feldern.«

Dr. Gruschenko wollte nicht glauben, was Sokolov ihm am Telefon mitteilte. Aber er wusste, dass es die Wahrheit war. Er kannte den Apparat, seine Mechanismen. Sie würden ihn kaum gehen lassen.

»Danke, Sokolov.«

»Was wirst du jetzt tun?«

»Ich werde alles tun, was nötig ist, um es zu beenden.«

»Was heißt das?«

»Wie ich dir schon gesagt habe, es ist besser, wenn du nichts davon weißt.«

Dr. Gruschenko wusste in dem Moment noch nicht, wie er vorgehen würde. Er musste darüber nachdenken. Sich einen Plan zurechtlegen. Einen Plan unter der Voraussetzung, dass er nichts mehr zu verlieren hatte, da sie ihm bereits alles genommen hatten. Für eine Weile saß er ohnmächtig und betäubt an seinem Schreibtisch, der schwach von einer flackernden Lampe beleuchtet wurde. Dann erhob er sich, ging zum Wandtelefon und wählte die Nummer, die er aus dem Hauptquartier erhalten hatte.

Nach ein paar Klingeltönen hörte er Minkins müde Stimme. »Minkin. Wer ist da?«

»Jemand, der wichtige Informationen für Sie hat wegen dem, was auf den Hopfenfeldern vor sich geht«, begann er hastig.

Am anderen Ende der Leitung herrschte kurz Stille, bevor Minkin antwortete. »Was für Informationen? Warum sollte ich Ihnen zuhören?« Minkin zögerte, bevor er mit einem misstrauischen Ton fragte: »Warum rufen Sie mich an?«

»Ich habe gesehen, was Sie auf der Pressekonferenz gesagt haben«, sagte Dr. Gruschenko schnell. »Sie liegen richtig mit ihren Vermutungen. Ich muss Sie sofort treffen, um Ihnen die Beweise zu übergeben. Dann gibt es noch eine Chance.«

»Warum mir?«

»Sie sind der Einzige, der das noch stoppen kann.«

Schmierte ihm schön Honig ums Maul, sein Gegenüber. Funktionierte es? Aber so was von.

Minkin schwieg einen Moment. »Wo und wann?«

»In Leipzig, in der alten *Gosebrauerei*«, antwortete Dr. Gruschenko entschlossen. »Es ist dringend. Können Sie heute Abend dort sein?«

Nachdem Minkin von der Spinne in Friedrichshafen am Bahnhof abgesetzt worden war, war er auf schnellstem Weg nach Feuerbach zurückgefahren. Wollte durchschnaufen. Damit würde es wohl nichts werden.

»Kennen Sie die Bahn? Wie soll ich das schaffen mit Leipzig heute Abend?«, fragte Minkin.

»Haben Sie kein Auto?«

»Nein.«

»Jemand, der Sie fahren kann?«

Minkin dachte nach. Die Bachmann war verbrannt. Viele blieben nicht übrig. Eigentlich war es nur Cop Schneider.

Minkin seufzte. »Leipzig? Und in einer *Gosebrauerei*?« War jetzt nicht das, was für Minkin nach einem perfekten Ausklang des Tages aussah. »Ich werde da sein«, sagte er schließlich widerwillig. »Aber das hier ist besser verdammt wichtig!«

»Das ist es«, versicherte Dr. Gruschenko. Er legte den Hörer zurück und atmete tief durch. Bald würde alles in Minkins Händen liegen. In den Händen eines notorischen Trunkenboldes. Wenn das mal keine Hoffnung machte, was dann?

Leipzig war nicht gerade Minkins bevorzugtes Reiseziel, und der vorgeschlagene Treffpunkt, eine *Gosebrauerei*, setzte dem Ganzen die Krone auf. Auf der nach unten offenen Bierskala rangierten Sauerbiere für Minkin irgendwo zwischen einem umgekippten Beck's Lemon und Schöfferhofer Pink Grape. Aber vermutlich tat Minkin der *Gose* damit ziemlich unrecht. Was zu beweisen wäre.

LEIPZIGER ALLERLEI

Cop Schneider lenkte den Ford Mustang mit geübter Hand durch die Straßen Stuttgarts. Der Motor brummte tief und beruhigend, aber in der Luft lag eine spürbare Spannung. Minkin saß auf dem Beifahrersitz und starrte in die Dunkelheit hinaus. Die Straßenlichter flogen an ihnen vorbei, während sie der Autobahnauffahrt Zuffenhausen Richtung Leipzig zusteuerten.

»Danke, dass du mich fährst, Cop Schneider!«

Cop Schneider nickte, er war ohne Zögern auf Minkins Frage nach einem Shuttleservice nach Leipzig eingestiegen. Er steckte voller Überraschungen.

»Was hast du dort vor?«, fragte Cop Schneider, ohne den Blick von der Straße abzuwenden.

Minkin seufzte und rieb sich die Schläfen. »Ich treffe einen Informanten. Er hat Beweise, die das Ganze hier verändern könnten. Das Hopfensterben beenden.«

»Den Gamechanger?«

Minkin kannte den Ausdruck nicht, aber ja, vermutlich ging es stark in diese Richtung. In Richtung, das Spiel zu drehen. Er, Minkin, könnte zum Unterschiedspieler werden, der ein Match, praktisch ganz allein, im Sinne seiner Mannschaft entscheiden kann! Nicht durchdrehen, Minkin! Nicht durchdrehen. Von Minkin zu Musiala ist es ein verdammt weiter Weg.

»Du vertraust ihm?« Cop Schneider warf einen skeptischen Blick zu Minkin hinüber.

Vertrauen? Das war das Letzte, was Minkin hier spürte.

»Natürlich nicht«, antwortete Minkin. »Aber wir haben keine Wahl. Wenn es eine Chance gibt, dass er uns die Wahrheit sagt, müssen wir es versuchen.«

Cop Schneider nickte langsam. »Du weißt, dass das eine Falle sein könnte, oder?«

»Ich bin mir sogar ziemlich sicher, dass es das ist«, erwiderte Minkin. »Aber was bleibt uns übrig?«

Der Mustang beschleunigte, als sie die Stadtgrenze hinter sich ließen und auf die offene Autobahn fuhren. Es war früher Nachmittag. Sie fuhren schweigend weiter, jeder in seine Gedanken vertieft. Falls es da Gedanken gab. Minkin nickte mehrfach ein, er hatte nur Minuten geschlafen in der letzten Nacht im Flugzeughangar. Wer konnte es ihm verdenken.

Nach einer Weile brach Cop Schneider die Stille. »Die alte *Gosebrauerei* in Leipzig, das ist kein Zufall. Warum ausgerechnet dort?«

»Keine Ahnung«, sagte Minkin. »Vielleicht, weil es ein nostalgischer Ort für den Informanten ist. Wer weiß schon, was in seinem Kopf vorgeht.«

Cop Schneider warf einen kurzen Blick zu Minkin hinüber. »Du bist sicher, dass du das durchziehen willst?«

Minkin nickte entschlossen.

»Sei vorsichtig. Wir wissen nicht, was uns dort erwartet.«

Der Rest der Fahrt verlief schweigend. Beide Männer hatten keine Ahnung, was vor ihnen lag. Gegen 7 Uhr abends erreichten sie Leipzig.

Cop Schneider lenkte den Mustang durch die engen Straßen der Stadt, bis sie schließlich vor der alten *Gosebrauerei* hielten. Die beiden Männer stiegen aus dem Auto und näherten sich der Brauerei.

Die alte *Gosebrauerei* in Leipzig war ein beeindruckendes Bauwerk, das seine lange Geschichte stolz zur Schau stellte. Das Gebäude war aus rotem Backstein errichtet und sorgfältig restauriert worden, wodurch es seinen historischen Charme bewahrt hatte. Die Fassade war mit feinen, restaurierten Verzierungen geschmückt.

Über dem imposanten Haupteingang prangte in glänzenden, goldenen Buchstaben der Schriftzug *Gosebrauerei Leipzig*. Zwei stilvolle Laternen auf beiden Seiten des Eingangs warfen warmes Licht auf die Schwelle und schufen eine einladende Atmosphäre.

Große, klare Fenster erlaubten Einblicke in das Innere der Brauerei und des Gasthauses, wo einiges los war. Von außen konnte man die einladenden Holztische und Stühle sowie die warm erleuchteten Räume sehen, die eine gemütliche Atmosphäre ausstrahlten.

»Sieht doch gar nicht so übel aus«, sagte Cop Schneider.

Der Duft von frisch gebrautem Bier und deftigen Speisen hing in der Luft. Von Bratfett, Kraut, und Geräuchertem. Roch jedenfalls nicht nach Poke Bowls, falls die überhaupt nach irgendwas dufteten. Das war schon mal gut.

»Bereit?«, fragte Cop Schneider leise, als sie die Tür zum Gasthaus erreichten.

»Bereit«, antwortete Minkin, seine Augen auf das Innere des Gasthauses gerichtet. Sie betraten das Gebäude, wo die Geräuschkulisse von Gesprächen und Gelächter sie umfing, und begannen ihre Suche nach Dr. Gruschenko.

»Ich halte mich im Hintergrund, er muss nicht wissen, dass du nicht allein hier bist.« Minkin nahm an einem Tisch in der Ecke des Lokals Platz. Cop Schneider platzierte sich am Tresen, von dort hatte er die Türe und Minkins Platz im Blickfeld.

In seiner dunklen Ecke der alten *Gosebrauerei* in Leipzig saß Minkin gut eine halbe Stunde allein. Er war missmutig und starrte auf das Glas vor sich. Der säuerliche Geruch der Gose verstärkte nur seine ohnehin schon schlechte

Laune. »Wer zum Teufel trinkt das freiwillig?«, murmelte er vor sich hin und rümpfte die Nase.

Dr. Gruschenko betrat die Brauereischenke und sah sich nervös um, bis er Minkin in der Ecke entdeckte. Er hatte die Pressekonferenz im Fernsehen gesehen und erkannte ihn sofort. Mit schnellen Schritten näherte er sich und setzte sich zu ihm, die Mappe mit Dokumenten fest unter den Arm geklemmt. »Minkin«, sagte er leise.

Minkin nickte. Er hob den Blick und musterte Dr. Gruschenko kurz, bevor er das Glas wegschob. »Und wie heißen Sie?«

»Gruschenko.«

»Gruschenko? Ernsthaft?«

»Ja, wieso?«

»Dann hoffen wir mal, dass das hier nicht ihre letzte Nacht ist.«

Verstand Dr. Gruschenko nicht. Woody Allen gehörte offensichtlich nicht zum allgemeinen Bildungskanon, dort, wo dieser Gruschenko herkam. *Die letzte Nacht des Boris Gruschenko* ist eine absurde Komödie von Woody Allen über Leben, Tod und die menschliche Existenz an sich. Gedreht 1975. Ein frühes Meisterwerk. Woody Allen spielt Boris Gruschenko, einen unglücklichen Antihelden im zaristischen Russland, der widerwillig in die Armee einzieht, um gegen die französische Invasion unter Napoleon zu kämpfen. Der Gruschenko hier kannte den Streifen offenbar nicht.

»Ich habe alles dabei.« Dr. Gruschenko deutete auf seine Mappe.

»Dann lassen Sie uns die Sache schnell erledigen. Ich will hier so wenig Zeit wie möglich verbringen.«

Dr. Gruschenko nickte und öffnete die Mappe, legte die Dokumente auf den Tisch. »Das sind die Beweise. Alles, was

Sie brauchen, um aufzudecken, wer für die Hopfenplage verantwortlich ist. Die Experimente, die Verbindungen.«

Minkin zog die Papiere zu sich heran und begann sie durchzublättern. Langsam setzte sich das Bild zusammen. Zwischen den wissenschaftlichen Berichten und handschriftlichen Notizen tauchte Dr. Gruschenkos Name immer wieder auf. Klar und unverkennbar. Er war der Kopf eines geheimen Projekts, bei dem ein hochaggressiver Schadpilz entwickelt wurde. Dieser Pilz war gezielt auf die Hopfenpflanzen in Tettnang und offenbar auch in der Hallertau angesetzt worden. Er war der Grund für das Massensterben der Bestände.

Minkin starrte auf die Skizzen, die detaillierten Experimente und die erschreckend genauen Ausbreitungsprognosen. »Sie sind dafür verantwortlich …«, flüsterte er und sah Dr. Gruschenko fassungslos an. »Was soll das jetzt alles bedeuten? Warum sind wir hier?«

Dr. Gruschenko senkte den Blick. »Es war nie so geplant, dass es so weit kommt, aber … Ja. Ich habe ihn geschaffen.«

Minkin verstand nur einen Teil dessen, was in den Papieren stand, aber Dr. Gruschenko schien es ernst zu meinen. Minkin sah ihn an. »Warum tun Sie das, Gruschenko? Sie haben diesen Hopfenkiller entwickelt. Was hat Sie zum Umdenken gebracht?«

Dr. Gruschenko sah Minkin nachdenklich an. »Ein Mann ist tot wegen meiner Forschung. Ich habe Blut an meinen Händen.«

Wenn einer das Gefühl nachvollziehen konnte, dann war es Minkin. Er selbst war erst gestern dem Tod von der Schippe gesprungen, und der Tod des Jungen in Bamberg ließ Minkin nicht mehr vom Haken.

»Sie wissen, dass diese Entscheidung nicht ohne Folgen für Sie bleiben wird?«

»Ich weiß«, antwortete Dr. Gruschenko. »So ist es immer. *Alles, was wir entscheiden müssen, ist, was wir mit der Zeit anfangen wollen, die uns gegeben ist.*«

Große Worte, dachte Minkin. »Von wem stammt das?«, fragte er bei Dr. Gruschenko nach. »Tolstoi?« Damit lag man bei russischer Literatur meistens richtig. Wenn es nicht Tolstoi war, dann war es Dostojewski.

»Es stammt von Gandalf.« Aus *Herr der Ringe*. Von Tolkien.

»Bah!«, sagte Minkin, »Tolstoi, Tolkien, Hauptsache Russland.« War Unsinn. Tolkien war Brite. Klang aber schön. Hörte sich an wie: *Mailand oder Madrid – Hauptsache Italien.* An dem Möllerschen Beitrag zur Fußballkultur kam keiner vorbei. Leider auch nicht die EM-Fernsehreklame von CHECK24. Ein Jammer. Damit war dieses Bonmot ein für alle Mal ruiniert.

Dr. Gruschenko griff erneut in seine Aktentasche und übergab Minkin zwei Kunststoffbehälter, jeweils in der Größe einer Zahnpastapackung. »Hierin befinden sich eine kleine, auslaufsichere Ampulle. In dieser ist der Schadpilz. Sie ist mit einem Totenkopf in Form einer Hopfenblüte gekennzeichnet. Und die andere hier ist die Ampulle mit dem Gegenmittel. Die Ampullen sind mit Polstermaterial umschlossen. Können Sie sich das merken?«

Wollte er ihn verarschen? Minkin nickte. »Der Totenkopf ist doch einigermaßen eindeutig.«

»Seien Sie trotzdem vorsichtig. Geben Sie das Ihren Wissenschaftlern. Damit können sie die kranken Hopfenpflanzen retten, zumindest die meisten davon. In den Unterlagen finden Sie die Angaben zum Wirkstoff, die chemischen und physikalischen Eigenschaften des Wirkstoffs sowie die Daten zur Wirksamkeit, die Ergebnisse meiner Laborstudien. Sie werden diese Daten brauchen. Es wird die Prozesse der Herstellung des Pflanzenschutzmittels und der Notzulassung erheblich beschleunigen.«

Dr. Gruschenko und Minkin saßen noch einen Moment schweigend da, während die Geräusche der Brauerei um sie herum zu einem fernen Murmeln wurden.

Minkin war überrascht. Ernsthaft überrascht. Der Erfinder der Seuche übergab ihm hier alles, was nötig war, um die Seuche zu stoppen.

»Ich will, dass es endet, Minkin.«

Minkin sah Dr. Gruschenko an. »Wenn das hier rauskommt, und ich schätze, Ihre Arbeitgeber werden früher oder später dahinterkommen, wird das für Sie vermutlich kein gutes Ende nehmen.«

Dr. Gruschenko deutete ein verbittertes Lachen an. »Minkin, dass wird es ohnehin nicht mehr.«

»Warum glauben Sie das?«

»Ich werde meine Familie nie mehr wieder sehen. Und glauben Sie, mit allem, was ich weiß, habe ich lange Überlebenschancen? Ein Risiko bin ich für die doch so oder so. Dieses Risiko werden sie aus dem Weg räumen. Früher oder später.«

»Was werden Sie jetzt tun?«, fragte Minkin.

»Ich warte und hoffe, dass ich noch am Leben bin, bis Sie die Sache zu Ende gebracht haben.«

Minkin schloss die Mappe und stand auf. »Dann sollte ich besser keine Zeit verlieren.«

Minkin zahlte sein Bier. Dann stand er auf, wandte sich zum Gehen und drehte sich noch mal um.

»Kann ich Ihnen noch eine persönliche Frage stellen?«

»Bitte.«

»Mögen Sie eigentlich diese Gose?«

Dr. Gruschenko hörte diese Frage offensichtlich nicht zum ersten Mal.

»Sie ist sehr eigen.«

Definitiv, dachte Minkin, kein Getränk für den Otto Normalbiertrinker, kein Volumenbier, wie Volker R. Quante, die reisende Bierenzyklopädie, das nannte.

»Aber ich habe mich an Sie gewöhnt im Laufe der Jahre. Man kann Sie ohne Bedenken trinken. Und ich mag diesen Ort hier. Er hat eine lange Geschichte.«

»Das dachte ich mir.« Eine Sache konnte man der *Gose* tatsächlich nicht absprechen. Ihren eigenen Charakter. Und das war schon verdammt viel im Zeitalter des komplett austauschbaren Hellen, das inzwischen jede Brauerei in der Republik im Sortiment hatte.

»Ach ja, noch etwas, das Sie interessieren könnte, Minkin.«

»Was?«

»Es geht um Ihren Partner, Goldberg.«

»Was ist mit ihm?«

»Ich vermute, ich weiß, wo er steckt.«

»Ernsthaft?«

»Ja, Russland hat in Ostdeutschland einige Liegenschaften, die es betreibt. Labore, Verhörräume. Goldberg befindet sich im gleichen Komplex wie mein Labor. Wenn Sie sich beeilen, erwischen Sie ihn dort noch.«

»Wo befindet sich das Labor?«

»Ich schicke Ihnen den Standort per WhatsApp.«

»Ganz sicher nicht.«

»Warum nicht?«

»Ich habe kein WhatsApp.«

Dr. Gruschenko sah Minkin an: »Sie sind analog unterwegs, Minkin. Das ist vermutlich nicht das Dümmste in Ihrer Branche.«

Was immer Dr. Gruschenko glaubte, was seine Branche war.

»Ich schreibe Ihnen die Adresse auf. Mache Ihnen eine Skizze des Areals. Nehmen Sie sich in Acht vor dem Major, er ist ein harter Mann und er wird es nicht mögen, wenn Sie dort auftauchen. Es gibt Kameras, eine Alarmanlage. Security.«

Als Minkin die Brauerei verließ, blieb Dr. Gruschenko zurück. Vermutlich würde das, was Dr. Gruschenko hier in Gang gesetzt hatte, nicht alles wieder gutmachen, was er angerichtet hatte, aber es war ein Anfang.

VEB KUNSTSEIDE

Minkin und Cop Schneider erreichten nach einer guten halben Stunde Autofahrt den Ort, den Dr. Gruschenko ihnen beschrieben hatte. Die Nacht war mondlos, als sie sich in den Gebäudekomplex des ehemaligen VEB Kunstseide schlichen. Vor Jahren hatte man hier Seide gefertigt, den Hauch von Eleganz, der längst verweht war, konnte man nur noch erahnen. Jetzt stand das Gebäude wie ein verfallenes Denkmal der Vergangenheit, seine Mauern bröckelnd, seine Wege von wildem Gestrüpp überwuchert. Fensterscheiben waren eingeschlagen. Wo einst Tausende Menschen arbeiteten, war heute nur noch Dreck, Staub und gespenstische Leere. Vor Jahren war es ein pulsierender Ort gewesen, an dem geschickte Hände zarte Seide und Stoff geschaffen hatten, doch jetzt lagen die Hallen still und verlassen. Überwucherte Wege und bröckelnde Mauern erzählten Geschichten von vergangenem Glanz und gegenwärtiger Vergessenheit.

Was ein Jammer, dachte Minkin. Was wurde hier auf dem Altar der Marktwirtschaft alles geopfert. Für die *blühenden Landschaften* des Kanzlers der Wiedervereinigung. Man konnte immer noch erahnen, dass so ein Volkseigener Betrieb für viele der Beschäftigten mehr als nur reine Arbeitgeber waren. Konnte sie hören, die proletarischen Geister der Vergangenheit. Die Betriebe waren Lebensräume, in denen Menschen oft ihr gesamtes Erwerbsleben verbrachten. Mit denselben Kollegen über Jahrzehnte hinweg. Ein VEB bot soziale Absicherung, Freizeitangebote, die Beschäftigten waren Teil eines Kollektivs. Auch im Westen

Deutschlands gab es Fälle, in denen die Schließung von Betrieben mit einem starken Verlust an regionaler Identität und sozialer Bindung verbunden war. Die Schließung von *Quelle* in Fürth. Vermutlich empfanden die ehemaligen Beschäftigten dies auch dort als persönlichen und regionalen Niedergang. Das Unternehmen war Teil der Identität der Quellianer in Fürth. Im Osten wurde nicht nur ein Betrieb, sondern mal eben fast ein ganzes Land dichtgemacht. Mit der Wende und der Abwicklung der Betriebe und Strukturen verloren die Beschäftigten nicht nur ihre Jobs, sondern auch das soziale Netz. Transferleistungen waren hier kein adäquater Ersatz. Die Treuhand und die damaligen Politiker der BRD haben diese emotionale und soziale Dimension komplett unterschätzt. Vermutlich war es in vielen Fällen genauso, wie die smarten, westdeutschen Manager und ihre McKinsey-Berater es einschätzten: Die meisten VEBs waren nicht wettbewerbsfähig, wirtschaftlich schwer zu sanieren. Der rasche und radikale Abbau der Betriebe führte jedoch in der ostdeutschen Bevölkerung zu einem Gefühl der Ohnmacht, des Kontrollverlusts. Die Lebensleistung der ostdeutschen Bevölkerung wurde mit einem Mal abgewertet. Wirtschaftliche Alternativen folgten bei Weitem nicht im erforderlichen Ausmaß. Ganze Industrien brachen zusammen, ohne dass in ausreichendem Maße neue Arbeitsplätze geschaffen wurden. Mit den bekannten Folgen: Arbeitslosigkeit und Abwanderung aus ostdeutschen Regionen. Die westdeutschen Entscheidungsträger, allen voran die Treuhand, legten einzig Wert auf die ökonomische Seite der Wiedervereinigung und unterschätzten dabei die langfristigen sozialen Kollateralfolgen. Keiner der Verantwortlichen hat den sozialen und kulturellen Wert dieser Betriebe für die Beschäftigten verstanden. Vielleicht war das einer der Gründe für die bis heute spürbare

Entfremdung vieler Ostdeutscher gegenüber dem gesamtdeutschen System.

Auch der VEB hier war ein trauriger Ort des Niedergangs. Zumindest an der Oberfläche. Die Stille war erdrückend. Sie war nur unterbrochen von dem gelegentlichen Rauschen des Windes in den verlassenen Hallen, der durch die zerbrochenen Scheiben drang.

»Was für ein Ort, um jemanden festzuhalten«, murmelte Minkin, während er einen umgestürzten Blumentrog überstieg. »Fast schon poetisch. Nick Cave sollte hierüber einen Song schreiben. *Ballad Of A Former Working Man*. Oder gleich ein ganzes Album.«

»Halt endlich die Klappe und pass gefälligst auf, wohin du trittst!«, knurrte Cop Schneider zurück. Er hielt seine Pistole fest in der Hand, den Blick starr nach vorn gerichtet. Seitdem sie hier waren, hatte er nicht einmal die Miene verzogen. Minkin war unbewaffnet, die Gefahr, sich selbst zu verletzen, war einfach zu groß.

Sie erreichten den Haupteingang, eine massive Doppeltür aus schwerem, verwittertem Holz, die von Efeu umrankt war. Mit einem Knarren gab die Tür nach, und sie betraten das Innere des Gebäudes. Der Mondschein warf bizarre Schatten auf die verfallene Einrichtung, die einst ein Vorzeigebetrieb der untergegangenen DDR gewesen sein musste. Doch jetzt war da nichts mehr. Nur die Stille und das leise, allgegenwärtige Geräusch von herabfallenden Wassertropfen.

»Das hier muss der Eingang zum Keller sein«, flüsterte Minkin und deutete auf eine Metalltür, die an einer Ecke des Raumes halb verborgen lag. Sie war verschlossen. Dr. Gruschenko hatte ihnen den Zahlencode für die Öffnungsvorrichtung genannt. Minkin gab den Code ein. Er zögerte kurz, die Hand auf dem kalten Griff. »Wenn Gruschenko nicht gelogen hat, dann befinden sich die Räume des Geheimdienstes im Untergeschoss.«

Cop Schneider antwortete nicht. Mit einem kurzen Ruck öffnete er die Tür, und ein feuchter, moderiger Geruch stieg ihnen entgegen. Die Treppe, die ins zweite Untergeschoss führte, war schmal und steil, die Wände feucht von der Kälte, die aus den Tiefen stieg.

Jeder Schritt klang lauter, als er sollte. Das Geräusch ihrer Sohlen hallte durch das enge Treppenhaus, begleitet vom ständigen Tropfen, das irgendwo aus der Decke sickerte. Minkin konnte das Pochen seines Herzens spüren. Es war keine bloße Furcht vor dem, was sie unten erwartete. Es war etwas anderes. Etwas, das tief in den Fundamenten dieses verlassenen Ortes schlummerte. Eine Last aus der Vergangenheit.

»Wir müssen schnell sein«, sagte Cop Schneider mit gedämpfter Stimme. »Wir haben einen Vorteil, sie erwarten uns nicht.«

Als sie das unterste Stockwerk erreichten, war die Luft schwer und abgestanden. Die Wände waren mit einem dünnen Film aus Schmutz, Moos und Schimmel bedeckt, der Boden war rutschig. Wenig deutete hier auf eine Außenstelle des russischen Geheimsdienstes hin. Aber warum sollte Dr. Gruschenko ihnen Mist erzählen? Dann hörte Minkin in der Ferne das leise Summen von alten Maschinen, als wäre das Herz dieses Ortes niemals wirklich stehen geblieben.

»Die Räume sind da unten, vermutlich steckt hier irgendwo auch Goldberg«, flüsterte Minkin, der die Karte, die ihnen Dr. Gruschenko skizziert hatte, in der Hand hielt.

Sie bewegten sich vorsichtig durch das Labyrinth, ihre Schritte gedämpft von dem Moos, das sich in den Ritzen zwischen den Fliesen festgesetzt hatte. Die Luft roch nach alter Erde, Metall und Rost. Jeder Atemzug schien schwerer zu werden, als würden die Schatten selbst an ihrer Kehle zerren.

»Die Russen haben das hier vermutlich nicht nur für Verhöre genutzt«, murmelte Cop Schneider. »Sie haben hier unten sicher Dinge versteckt, die man nie wieder finden sollte.«

Minkin antwortete nicht. Die Dunkelheit schien dichter zu werden, und das leise Tropfen des Wassers begleitete jeden ihrer Schritte. Es war, als wären sie tief in das Herz eines längst vergessenen Geheimnisses vorgedrungen. Dann hörten sie ein leises Murmeln, dass mit jedem Schritt näherkam. Sie waren am richtigen Ort.

Die Tür zum Verhörraum schwang knarrend auf, und Cop Schneider trat ein, gefolgt von Minkin. Major Ilyushin und seine Männer waren überrascht von ihrem unerwarteten Erscheinen und sahen sie verblüfft an. Minkin, mit einem Ausdruck von Entschlossenheit auf seinem Gesicht, trat vor.

»Major Ilyushin«, begann Minkin ruhig, »nehme ich an.«

Der Major antwortete nicht darauf.

Ilyushin, seine Miene düster, erkannte Minkin anhand der Fotos aus der Akte sofort wieder. Er antwortete knapp: »Und Sie sind Minkin.« Er ließ sich einen Moment Zeit. »Sie überraschen mich.«

»Das passiert immer wieder, Herr Major.«

»Wie haben Sie uns gefunden?«

»Ich bin Privatermittler. Das ist mein Job.« Meistens war es einfach nur Glück oder Zufall. Oder eine Mischung von beidem. Sowie hier auch.

»Was wollen Sie hier?«, fragte der Major.

»*Sie haben etwas, das mir gehört!*« Klang mächtig entschlossen, dieser Satz. Diese Redewendung tauchte in vielen Kriminalromanen und Thrillern auf. Oft wurde sie bei

Konfrontationen zwischen dem Bösen und dem Protagonisten verwendet, besonders wenn es um Gegenstände ging, die eine zentrale Rolle in der Handlung spielten. Der Satz passte hier nicht zu einhundert Prozent, aber Minkin wollte diesen Klassiker der Kriminalliteratur immer schon mal raushauen, wollte klingen wie Marlon Brando in *Der Pate*. Eine bessere Gelegenheit würde es wohl kaum mehr geben für Minkin in dieser Geschichte.

»Was sollte das sein, was Ihnen gehört?«

Minkin ließ sich Zeit mit der Antwort, sagte dann: »Goldberg, ich möchte, dass Sie Goldberg freigeben.«

Der Major dachte einen Moment nach.

»Goldberg steht unter unserem Schutzgewahrsam«, erwiderte der Major trocken.

»Schutzgewahrsam? Warum sollten Sie ihn schützen, eher braucht er Schutz vor Ihrer Organisation.«

»Nun, Sie kennen Goldberg offensichtlich weniger gut, als Sie glauben.«

Dieser Eindruck hatte sich inzwischen auch bei Minkin verfestigt.

»Wir bewahren Goldberg davor, sich selbst zu schaden, Dummheiten zu machen.«

»Dafür ist Goldberg nicht bekannt.«

»Mag sein, aber Goldbergs Rolle ist ambivalent, Minkin.«

»Was soll das heißen?«

Der Major dachte darüber nach, was er Minkin preisgeben wollte. Gerade genug, um Zweifel zu sähen bei Minkin über Goldberg.

»Mal proftieren wir voneinander, mal ist das Gegenteil der Fall. Aktuell ist nicht ganz klar, auf wessen Seite er steht. Deshalb haben wir ihn für die Dauer der Operation hier aufgenommen. Damit er nichts Unüberlegtes macht. Am Ende schadet er sich noch selbst.

Minkin ließ sich nicht einschüchtern. Er trat noch näher an den Tisch heran.

»Major, Sie wissen, dass die Welt da draußen ein Interesse hat an den Aktivitäten Ihres Geheimdienstes. Insbesondere für die illegalen Verhörräume hier in Ostdeutschland, wo Menschen offensichtlich ohne rechtliche Grundlage festgehalten werden.«

Ein Hauch von Unbehagen huschte über Ilyushins Gesicht. Er behielt seine Fassung. Sagte trocken: »Das sind innere Angelegenheiten, Minkin. Verschwinden Sie jetzt besser, bevor ich Maßnahmen ergreifen muss. Ich könnte Sie auf der Stelle liquideren lassen.«

Minkin ignorierte die Drohung und fuhr fort: »Das hat schon einmal nicht hingehauen, inzwischen ist es nicht einfacher geworden, Major Ilyushin. Glauben Sie, es würde ohne Folgen für Russland und für Sie persönlich bleiben, wenn Sie den Sonderbeauftragten der Bundesregierung auf deutschem Boden liquideren? Ich bin kein Terrorist, dass hier nicht der Berliner Tiergarten.«

Ilysuhin sah Minkin an. Ein Hauch von Unsicherheit war in seinem Gesicht zu erahnen.

»Sie haben zwei Möglichkeiten. Entweder lassen Sie Goldberg frei und Ihre Nation wird gut dabei wegkommen. Oder ich werde sicherstellen, dass alles hier publik wird. Ihre Entscheidung.«

Cop Schneider, der bislang schweigend neben Minkin gestanden hatte, trat nun ebenfalls vor und sagte kühl: »Wir sind nicht hier, um Ärger zu verursachen, Major Ilyushin.«

Das aus Cop Schneiders Mund zu hören, das war ein Novum.

»Minkin hat recht und das wissen Sie.«

Ein Moment der Stille breitete sich aus, schwer und kalt. Minkin wusste, dass sie hier auf einer Gratwanderung waren. »Hören Sie mir zu, Major. Wenn ich hier rausgehe und Goldberg nicht bei mir ist, wird das nicht gut enden.« War eine leere Drohung. War also nichts Neues bei Minkin.

Ilyushin beugte sich nach vorne, seine Augen funkelten im schwachen Licht. »Und was glauben Sie, wie das hier für Sie ausgeht, Minkin? Wie lange wird es dauern, bis Sie in einem dieser Verhörräume sitzen und sich fragen, was Sie anders hätten machen sollen?«

Die Luft im Raum schien vor Spannung zu knistern, während die beiden Männer Illyushin ansahen. Ein Schatten der Nachdenklichkeit huschte über das Gesicht des Majors. Für einen Moment schien es, als wäre ihm die Schwierigkeit der Situation klar geworden. Ilyushin starrte einen Moment lang schweigend Minkin und Cop Schneider an, bevor er sich umdrehte.

»Es wird eine andere Gelegenheit geben, Minkin.«

Ganz schön einschüchternd, dachte Minkin.

»Und jetzt verschwinden Sie. Noch mal bekommen Sie nicht die Gelegenheit dazu.«

Ilyushin verließ den Raum. Die Spannung im Raum ließ nach, in dem Augenblick, in dem er verschwand.

»Und jetzt?«, fragte Minkin Cop Schneider.

»Du hast den Major gehört, es wird eine bessere Gelegenheit geben. Für ihn und für uns, lass uns abhauen.«

Minkin und Cop Schneider verließen den Verhörraum, die Tür fiel leise hinter ihnen zu. Das Klappern der Stiefel der Sicherheitsleute hallte durch die Gänge wider, die Atmosphäre war angespannt. Vom Erdgeschoss aus nahmen sie die Treppen nach oben, standen an einem Fenster, das einen Überblick über den Parkplatz und den Eingangsbereich des Gebäudes bot.

»Es sind zu viele Sicherheitsleute hier«, sagte Cop Schneider und sah auf die Menge von Wachleuten, die inzwischen vor dem Gebäude patrouillierten und am Eingang positioniert waren.

»Was ist mit Goldberg, er muss hier irgendwo stecken?«

»Wir können allein nichts ausrichten.«

»Wir sind zu zweit.«

Cop Schneider musterte Minkin: »Anderthalb, maximal. Wir brauchen ein Team, um Goldberg hier rauszuholen. Der Major wird es uns nicht mehr so einfach machen, hier reinzukommen. Wir müssen an den Wachen am Eingang vorbei, müssen in das Gebäude hinein, es durchsuchen und Goldberg finden. Anschließend müssen wir ihn da rausbringen und schnell verschwinden.«

Minkin war tatsächlich angefixt von der Idee. »Ein Team, Cop Schneider, das klingt, wie in *Ocean's Eleven*, jeder Einzelne mit außergewöhnlichen Fähigkeiten …«

Cop Schneider reagierte: »Was machst du dann hier?«

»Idiot!«, antwortete Minkin.

»Lass uns auf der Heimfahrt überlegen, wer dafür in Frage kommt.«

Eine halbe Stunde später steuerte Cop Schneider den Wagen auf die Autobahn.

»Was haben wir uns eigentlich dabei gedacht, einfach so da reinzumarschieren. Zu glauben, wir könnten Goldberg einfach so mitnehmen?«, fragte Cop Schneider.

»Keine Ahnung, du bist der Cop! Sag du es mir. Immerhin wissen wir jetzt, wo er steckt.«

»Richtig, Minkin. Wir kommen wieder, aber diesmal nicht allein.«

Minkin dachte nach. »Wir werden einen Fahrer brauchen, oder? So jemanden braucht man doch immer bei so einer Aktion«, sagte Minkin. Er zog sein Handy heraus und wählte eine Nummer.

»Wen rufst du an?«, fragte Cop Schneider skeptisch.

»Kinky«, antwortete Minkin, als die Verbindung hergestellt wurde. »Ich hoffe, ich störe nicht.«

»Minkin! Es ist spät. Was gibt's Dringendes?«, kam die Antwort aus dem Hörer. Kinky klang gestresst.

»Wir brauchen deine Hilfe«, begann Minkin. »Ich weiß, du bist gerade beschäftigt in Tettnang, aber wir haben noch eine Herausforderung, bei der deine Fahrkünste gefragt sind.«

»Eine Herausforderung, Mann, dein Ernst?«, fragte Kinky. »Klingt wie in einer Stellenanzeige der Kreissparkasse. Ich bin nicht interessiert und habe hier unten alle Hände voll zu tun.«

»Das weiß ich, Kinky, aber es geht um Goldberg.«

»Deinen Goldberg?«

»Nenn ihn nicht meinen Goldberg. Aber ja, um den Goldberg, wir planen eine Befreiungsaktion«, erklärte Minkin. »Goldberg wird vom russischen Geheimdienst festgehalten. Wir brauchen jemanden, der uns mit einem Fahrzeug sicher und schnell da rausbringen kann, wenn wir ihn haben.«

Kinky war einen Moment still, dann lachte er. »Das klingt nach genau der Art von Abenteuer, die ich brauche!«

»Ist das Ironie?«

»Such es dir aus. Was springt für mich dabei heraus?«

»Goldberg hat Kohle ohne Ende, er wird sich nicht lumpen lassen.«

»Das meine ich nicht. Du weißt, was ich will.«

Ging das schon wieder los!

»Stell mich der Bachmann vor!«

Minkin schüttelte den Kopf, konnte es nicht fassen. Kinky hatte die Bachmann einmal gesehen. Und das auch nur kurz. Vor der Pressekonferenz. Seitdem ging er ihm damit auf die Nerven.

»Ja, Mann, wenn das hier vorbei ist, okay?«

»Deal«, antwortete Kinky. »Was für ein Fahrzeug brauchen wir?«

Minkin sah zu Cop Schneider.

»Etwas, das schnell und robust ist«, sagte Cop Schneider. »Das Platz hat für sechs Personen plus Ausrüstung.«

»Farbe?«

Farbe, ernsthaft, ist mir doch so was von egal, dachte Minkin.

»Ich vertraue dir vollkommen.«

»Alles klar«, bestätigte Kinky. »Immerhin einer. Ich werde einen fahrbaren Untersatz vorbereiten, der euch gefallen wird. Wann und wo?«

Minkin gab die Einzelheiten durch und beendete das Gespräch. »Kinky wird uns helfen«, sagte er zu Cop Schneider, während er sein Handy einsteckte.

»Wer kommt als Nächstes?«, fragte Minkin.

Cop Schneider dachte nach: »Jemand, der die Sicherheitstechnik lahmlegt und der uns aus dem Gebäude wieder rausbringt. Ein Feuerwerk wäre gut, bisschen Bummbumm, das sie ablenkt.«

»Wim«, sagte Minkin.

»Wer ist das?«, fragte Cop Schneider nach.

»Ein alter Freund, arbeitet an der Uni in Stuttgart-Vaihingen. Brillanter Wissenschaftler. War auch mal kurz beim US-Militär, ist dort rausgeflogen. Seine Gadgets waren zu speziell. Hat dort wohl einen veritablen Sicherheitsvorfall produziert, dann haben sie ihn gefeuert.«

»Was sind das für Gadgets?«

»Ich kenne sie nur aus Erzählungen, es sind technischen Vorrichtungen und Werkzeuge, die Wim entwickelt hat, um Sicherheitsvorkehrungen zu umgehen, Alarmanlagen zu deaktivieren oder ähnliche Sachen. Klang für mich immer wie in *Mission Impossible.*

»Warum sollte er mitmachen?«

»Am Institut langweilt er sich, außerdem schuldet er mir was, ich habe ihm geholfen, seine minderjährige Tochter Chelsea wiederzufinden. Sie war eine Zeit lang verschwunden. Und außerdem ist er notorisch pleite. Du weißt, wie der Staat zahlt.«

»Okay, worauf wartest du, ruf ihn an!«, sagte Cop Schneider.

Minkin wählte die Nummer und wartete, bis Wim ans Telefon ging.

»Wim, Minkin hier«, begann er.

»Minkin, deine Calls werden langsam zur Gewohnheit.«

»Ist das gut oder schlecht?«

»Weiß ich noch nicht. Was gibt es?«

»Wir haben eine Mission, bei der deine technischen Fähigkeiten gefragt sind.«

»Was genau brauchst du?«

»Wir müssen in ein Gebäude, das dem russischen Geheimdienst gehört. Eindringen und dort auch wieder rauskommen«, erklärte Minkin. »Ein verlassenes Industrieareal in der Nähe von Leipzig. Das Gebäude wird bewacht. Wir müssen Goldberg dort finden, und wenn Sie uns erwischen, dann brauchen wir etwas, das sie ablenkt. Was sagst du?«

Wim dachte nach? »Ich schulde dir einen Gefallen, Minkin.«

»Ich will die Karte nicht spielen, wenn ich sie nicht ziehen muss.«

»Schon gut. Bisschen Abwechslung ist okay, ich drehe vor Langeweile durch hier oben am Institut.«

»Ein paar Scheine springen dabei auch noch raus für dich.«

»Okay, ich brauche ein paar Informationen über das Gebäude, die Alarmanlagen, die Sicherheitstechnik.«

Cop Schneider nickte. »Wir haben Fotos von der Anlage. Und es ist der russische Geheimdienst, vielleicht hilft diese Info.«

»Damit fange ich was an, schickt mir, was ihr habt, ich werde sehen, was ich vorbereiten kann.«

»Perfekt!«, sagte Minkin. »Wir senden dir die Details.«

»Wann soll es losgehen?«

»Morgen Abend, spätestens übermorgen. Halte dir die nächsten Nächte frei«, sagte Minkin.

»Das ist mein geringstes Problem.«

»Zwei haben wir, wer fehlt noch?«, fragte Minkin, nachdem er aufgelegt hatte.

»Eine Frau!«

»Warum das?«

»Diverse Teams sind erfogreicher.«

Klang wie aus einem Managementlehrbuch für Führungskräfte. Cop Schneider überraschte Minkin immer wieder.

Minkin zuckte mit den Schultern. »Beim Thema Frauen bin ich raus.«

»Weiß ich. Wir nehmen Roxy«, sagte Cop Schneider.

»Wer ist das?«

»Ein beruflicher Kontakt.«

»Eine Kollegin?«

»Ich habe dir schon von ihr erzählt, das Mädchen aus der Altstadt. Sie hat einiges Talent, spricht Russisch, ist gut darin, Informationen zu beschaffen. Und die Typen lieben sie.«

»Du hast ihre Nummer?«

»Unter 32-16-8 herrscht Konjunktur die ganze Nacht.«

Die Nummer kam Minkin bekannt vor.

»Sie macht mit?«

»Sie wird. Die Tatsache, dass sie einen Kontakt bei der Polizei hat, der ihr was schuldet, ist ihr was wert.«

»War es das dann?«

»Du hast das Gebäude gesehen, das riesige Areal, die Hallen, die Türme, die Kellergänge. »Wir brauchen jemanden, der das Gelände für uns erkunden kann.«

»Du meinst mit einer Drohne?«

»Keine dumme Idee, aber wir müssen in das Gebäude rein. Goldberg finden. Jemand muss ihn da rausbringen.«

Cop Schneider dachte nach. »Wir nehmen Cliff.«

»Cliff? Wie Cliff Richards?«

»Dein Musikgeschmack überrascht mich immer wieder, Minkin. Und das ist kein Kompliment.«

Glaubte Cop Schneider ernsthaft, er würde Cliff Richards hören?

»Wer ist dieser Cliff?«

»Ein Builderer.«

»Ein was?«

»Ein Gebäudekletterer.«

»Ich kenne Fassadenreiniger«, sagte Minkin.

»Builderer sind Typen, die an Steinmauern hochklettern. An Brücken, Säulen und Gebäuden.«

»Dieser Cliff kann das?

»Er ist ein Gecko, geht die Wände hoch, kann sich kopfüber von glatten Decken baumeln lassen. »Ein Kletterer, der keine Mauern kennt.«

»Klingt schräg.«

»Gibt nur ein Problem.«

»Das wäre?«

»Er hat eine ziemliche Sozialphobie.«

»Heißt?«

»Er kann besser mit Gebäuden als mit Menschen. Er hat Schiss, dass ihn andere Menschen merkwürdig finden.«

Einen Typen, der mit dem Kopf von der Decke baumelt, merkwürdig zu finden, ist nicht gerade weit hergeholt, dachte Minkin.

»Er fängt an zu schwitzen und zu zittern, sobald er sich beobachtet fühlt. Du solltest deshalb besser an ihm vorbeischauen, wenn du mit ihm sprichst.«

»Wo finden wir den Vogel?«

»Aktuell haust er in einem Turm auf einem verlassenen Industrieareal in Zuffenhausen. Er hat kein Telefon, wir werden zu ihm fahren müssen.«

Nach einer vierstündigen Autofahrt bog Cop Schneider gegen 5 Uhr morgens auf das verlassene Industriegelände ein. Die Umgebung wirkte düster und verlassen, und die Sonne war gerade am Aufgehen.

»Scheiße, bin ich eingeschlafen.«

»Du hast gepennt wie ein Baby im Schoß seiner Mutter, Minkin.«

»Und du, bist du nicht müde?«

Cop Schneider deutete auf zwei leere Red Bull-Dosen. »Das Zeug hier kombiniert mit Amphetaminen, und du kannst drei Nächte durchtanzen.«

Minkin sah sich um.

»Hier wohnt dieser Cliff? Das ist spooky, Mann!«

»Ihm tut es gut. Keine Menschen hier.«

Sie fanden Cliff im ersten Stock.

»Morgen, Cliff«, sagte Cop Schneider. Seine Stimme hallte durch den leeren Raum, als er auf die Hängematte deutete, die unter der Decke hing. Minkin, der neben ihm stand, rieb sich die Stirn. Cliff öffnete ein Auge, dann das andere. Schweigen. Sekunden vergingen, während er die beiden Männer von oben musterte, als wären sie Eindringlinge in seinem Reich. Was sie defintiv waren. Minkin betrachtete die staubigen Wände. Das Gebäude war heruntergekommen, aber das schien Cliff nichts auszumachen. Der Junge schien hier in seinem Element zu sein.

»Kannst du runterkommen aus deinem Nest?«

Cliff schwang sich geschickt aus der Hängematte und landete fast geräuschlos auf dem Boden. Er war kaum größer als einssechzig. Wirkte durchtrainiert. Anders konnte man diesen Sport vermutlich nicht ausüben. Hatte die blonden Haare zu einem Zopf gebunden.

»Wir brauchen dich!«, sagte Cop Schneider knapp.

»Wofür?«

»Für das, was du am besten kannst. Auf Mauern und Gebäuden rumturnen.«

»Geht es genauer?«

»Wir müssen in ein Gebäude rein, ein Versteck finden. In einem alten Fabrikareal.«

»Warum braucht ihr einen Kletterer?«

»Es ist bewacht, schwer zu infiltrieren«, erklärte Schneider. »Wir brauchen jemanden, der reinkommt und sich darin bewegen kann. Ohne gesehen zu werden.«

Cliff nickte kaum merklich. Seine Hände zitterten.

Minkin bemerkte es und schaute an ihm vorbei. »Cop Schneider sagt, du kletterst besser als jeder andere. Das ist genau das, was wir suchen.«

»Kann sein, aber ich … bin nicht gut mit Menschen«, murmelte Cliff und wich einen Schritt zurück.

»Musst du auch nicht sein«, antwortete Cop Schneider ungerührt. »Du kletterst. Das reicht.«

Cliff stand still, zögerte. Minkin konnte die Nervosität in seinen Augen sehen, die Art, wie er die Hände an seiner Hose rieb, um das Zittern zu verbergen.

»Ich … weiß nicht. Ich …«

Cop Schneider trat einen Schritt näher, seine Stimme wurde leiser, kälter. »Weißt du, was ich weiß, Cliff? Du hast hier keinen Mietvertrag für deine Hängematte. Du lebst in einem verlassenen Gebäude. Illegal. Hausfriedensbruch, das weißt du, oder?«

Cliffs Augen weiteten sich, seine Hände stoppten. »Ich …«

»Das ist nicht das erste Mal. Bisher habe ich dir das durchgehen lassen. Wir könnten dich aber genauso gut mit auf die Wache nehmen«, fuhr Cop Schneider fort. »Es sei denn, du hilfst uns. Außerdem ist ein Honorar für dich drin.«

Minkin beobachtete, wie Cliff den Boden fixierte. Sekunden vergingen, dann hob er den Kopf. »Habe ich eine Wahl?«, fragte er leise.

»Nein«, sagte Schneider und nickte. »Wir holen dich morgen Abend ab.«

Cliff nickte. Minkin konnte wieder das leise Zittern seiner Hände sehen.

Minkin stand neben Cop Schneider auf dem Parkplatz des verlassenen Industrieareals in Zuffenhausen. »Packt er das?«, fragte Minkin.

»Woher soll ich das wissen!«, entgegnete Cop Schneider. »Immerhin haben wir ein Team.«

»Jetzt brauchen wir nur noch einen Plan.«

Cop Schneider lächelte. »Sagst du nicht immer, Planung wird überschätzt?«

Minkin konnte sich nicht erinnern, das gesagt zu haben. Fremd war ihm der Gedanke allerdings nicht.

»Es gibt 'ne Menge Sachen, die schiefgehen können«, sagte Minkin. »Ist also alles wie immer.«

DIE FAHRT NACH TETTNANG

Minkin lehnte sich in den Ledersitz des Mustangs und ließ seinen Blick über die Landschaft schweifen, die im Scheinwerferlicht vorbeirauschte. Cop Schneider hatte seinen Wagen gut in Schuss gehalten, und der Motor schnurrte kraftvoll, während sie die Autobahn in Richtung Süden entlangfuhren.

»Ist schon ein schönes Stück, dein Wagen«, murmelte Minkin und strich mit der Hand über das Armaturenbrett.

»Ja, das ist er«, stimmte Cop Schneider zu. »Ein 1968er Mustang Fastback. Habe ihn selbst restauriert.«

Die beiden Männer hatten Leipzig vor etwa sechs Stunden verlassen mit einem kurzen Stopp in Zuffenhausen. Die Dunkelheit war inzwischen verschwunden. Das Team für die Befreiung Goldbergs war komplett. Sie hatten immer noch die wertvolle Fracht an Bord, die sie bei Truman abliefern mussten. Dr. Gruschenko hatte ihnen den Gamechanger präsentiert. Auf dem Silbertablett.

»Wie lange noch bis Tettnang?«, fragte Minkin und sah auf seine Uhr. Es war 6 Uhr morgens.

»Noch etwa eine Stunde, wenn wir so weitermachen«, antwortete Cop Schneider. »Wir sind gut in der Zeit.«

Minkin zog die Unterlagen aus seiner Aktentasche und blätterte sie noch einmal durch. Die Ampullen, sicher verstaut in den Kunststoffbehältern, lagen auf dem Rücksitz, umgeben von Polstermaterial.

»Was genau ist dein Plan, wenn wir dort ankommen?«, fragte Cop Schneider, ohne den Blick von der Straße zu nehmen.

»Wir werden Truman aufsuchen«, antwortete Minkin. »Er muss die Unterlagen und Proben sofort bekommen.«

Cop Schneider nickte und konzentrierte sich wieder auf die Straße. Die Stille im Auto wurde nur vom gleichmäßigen Brummen des Motors durchbrochen. Minkin lehnte sich zurück und ließ die Gedanken schweifen.

Es war gegen 7 Uhr morgens, als sie vor dem Hotel Trumans hielten. Es war dasselbe Hotel, in dem auch Kinky und Rose untergebracht waren und das Minkin bereits kannte. Die Straßen Tettnangs waren noch leer.

»Bleib hier und halt die Stellung«, sagte Minkin zu Cop Schneider, während er ausstieg und die Unterlagen sowie die Kunststoffbehälter mit den Ampullen nahm.

»Wo sollte ich auch hin?«, sagte Cop Schneider und lehnte sich im Sitz zurück, um für ein paar Minuten die Augen zu schließen. *Weck mich, wenn der Frühling kommt.*«

Minkin betrat das Hotel und nahm die Treppe in den zweiten Stock, suchte nach Zimmer 204. Er klopfte energisch an die Tür und wartete. Nach einigen Augenblicken hörte er Schritte, und die Tür öffnete sich einen Spalt.

Truman, schaute heraus. »Minkin? Was zum Teufel … Es ist 7 Uhr morgens!«

»Ich weiß, Truman«, sagte Minkin ruhig. »Aber das hier ist wichtig.«

Er reichte Truman die Unterlagen und die Kunststoffbehälter. Truman nahm sie zögernd entgegen und musterte sie neugierig.

»Was ist das?«

»Das hier«, Minkin zeigte auf den Behälter mit dem Totenkopf, »ist der Erreger. Der Hopfenkiller. Und das hier ist das Gegenmittel. Die Unterlagen enthalten alle notwendigen Informationen zum Wirkstoff, die chemischen und physikalischen Eigenschaften, sowie die Daten zur

Wirksamkeit. Alles, was Sie brauchen, um die kranken Hopfenpflanzen zu retten.«

Truman war beeindruckt. »Wie hast du das geschafft?«

»Geschäftsgeheimnis«, antwortete Minkin mit einem leichten Lächeln. »Jetzt liegt es an Ihnen und Ihrer Truppe, wie schnell Sie daraus etwas machen.«

Truman nickte. »Wir brauchen einen Hersteller und müssen den Antrag beim Bundesamt für Verbraucherschutz und Lebensmittelsicherheit einreichen. Für eine Notzulassung. Den Hersteller habe ich innerhalb von ein paar Stunden, das Mittel kann in wenigen Tagen einsatzbereit sein. Was mir Sorgen macht, ist der Antrag beim Bundesamt für Verbraucherschutz und Lebensmittelsicherheit.«

Minkin dachte einen Moment nach. »Machen wir denen Druck.«

»Wie?«

»Berufen Sie für morgen früh um 11 Uhr eine Pressekonferenz ein«, sagte Minkin entschieden. »Lassen Sie die Öffentlichkeit wissen, was wir vorhaben. Das wird den Prozess beschleunigen.«

Truman blickte ihn skeptisch an; schließlich nickte er zustimmend. »Das könnte funktionieren.«

»Dann lassen Sie uns keine Zeit verlieren«, sagte Minkin und machte sich bereit zu gehen.

»Wir sehen uns um 11 Uhr.«

Truman schickte Minkin noch eine Frage hinterher: »Wirst du dein Totengräberoutfit tragen?«

Minkin reckte den Daumen nach oben. *Give the People What They Want*!

Truman schloss die Tür hinter ihm, und Minkin machte sich auf den Weg zurück zu Cop Schneider und auf den Weg nach Stuttgart. Der Tag versprach hektisch zu werden.

AGRARTECH

Truman betrat das Hauptquartier von AgrarTech gegen 8 Uhr morgens. Er war erschöpft. Seine Augenringe und verklebten Haare zeugten von einer schlaflosen Nacht. Schon im Eingangsbereich wartete Dr. Tom Müller, ein ehemaliger Studienkollege, auf ihn. Müllers breites Lächeln wirkte wie immer, doch Truman wusste, es hatte nichts Warmes und bedeutete selten etwas Gutes.

»Truman!«, rief Müller mit übertriebener Begeisterung. »Du siehst aus, als wärst du gerade aus einer Steinzeithöhle gekrochen. Lange nicht gesehen!«

Truman seufzte innerlich, versuchte jedoch, sich nicht provozieren zu lassen. »Freut mich ebenfalls, dich zu sehen, Tom!«

»Was kann ich für dich tun?«

Truman hatte Tom Müller am frühen Morgen bereits in groben Zügen informiert über das, was er von AgrarTech wollte.

»Wir haben ein ziemliches Problem. Das Hopfensterben breitet sich schneller aus, als wir gedacht haben.«

Müller musterte Trumans zerknittertes Cord-Sakko und seine abgetragenen Schuhe mit sarkastischem Blick. »Dringend? Ja, dein Look sieht aus, als ob du auf der Flucht bist. Schon mal daran gedacht, deine Karriere bei AgrarTech fortzusetzen? Wir könnten jemanden mit deinen wissenschaftlichen Fähigkeiten gebrauchen. Und wir zahlen besser als der Staat – vielleicht kannst du dir dann auch mal anständige Klamotten leisten.«

Truman versuchte, nicht auf die Spitze einzugehen. »Es geht um das Hopfensterben. Ihr seid vermutlich die Einzigen im Süden, die schnell ein wirksames Pflanzenschutzmittel entwickeln können.«

Müller grinste schief. »Ah, verstehe. Du willst nicht über Mode reden. Es geht um Pflanzen. Logo, Truman – du bist immer der große Freund der Fauna gewesen. Hier bei AgrarTech, weißt du, wie soll ich sagen, wir sind gut, aber alles hat seinen Preis.« Er legte eine Hand auf Trumans Schulter, der Druck war nicht zu übersehen. »Wenn wir euch hier aus der Patsche helfen, dann werde ich irgendwann auch mal was von dir brauchen. Das verstehst du doch, du weißt, wie das läuft. Eine Hand wäscht die andere.«

Truman sah ihm fest in die Augen. »Ich wusste, dass du das sagen würdest. Du hast dich kein bisschen verändert.«

»Da gibt es auch andere Meinungen. Manche sagen, ich bin ein noch größeres Arschloch geworden.« Müller lachte laut. »Und du, Truman, immer noch derselbe Idealist. Aber wir sind hier nicht an der Universität. Das ist das echte Leben. Wenn du willst, dass wir dir bei dieser Hopfensache helfen, musst du verstehen: Ich erwarte eine Gegenleistung. Das ist keine Gefälligkeit, kein Freundschaftsdienst.«

Truman nickte widerwillig. »Ich habe vermutlich keine Wahl?«

»Genauso ist es, du hast keine Wahl«, sagte Müller und führte Truman in Richtung der Labore. Keine Sorge, Truman, wir werden das hinbekommen. Wir sind die Profis. AgrarTech ist immer bereit, zu liefern, wenn wir helfen können.« Sein Tonfall war freundlich, die Worte klangen allerdings wie eine Drohung.

Als sie im Labor ankamen, stellte Müller ihm einen ernst dreinblickenden Mann vor. »Das ist Dr. Weber, unser Leiter der Forschung. Ich habe ihn bereits informiert, um was es geht. Er und sein Team haben die Möglichkeiten, dein Hopfensterben aufzuhalten – vorausgesetzt, die Proben, die du mitgebracht hast, taugen was.«

Dr. Weber nahm die Proben entgegen und nickte knapp. »Wir fangen sofort an. Wenn alles nach Plan läuft, können wir in zwei Tagen ein Pflanzenschutzmittel entwickeln, das das Sterben eindämmt.«

»Zwei Tage?« Truman konnte eine Mischung aus Erleichterung und Anspannung nicht verbergen. »Das ist schneller, als ich erwartet habe.«

»Tja«, warf Müller ein, »wir bei AgrarTech sind flexibel. Schnell, effizient – und natürlich immer darauf bedacht, dass sich unsere Investitionen auszahlen. Wir haben eine flexible Fertigung, die es uns ermöglicht, auf sich ändernde Marktbedingungen, Kundenanforderungen oder technologische Entwicklungen schnell zu reagieren, ohne dabei die Effizienz und Qualität der Produktion zu beeinträchtigen. Wir setzen auf modulare Produktionslinien, automatisierte Umrüstungen und intelligente Steuerungssysteme.«

Klang wie aus dem Marketingprospekt eines schwäbischen Maschinenbauers.

»Ich hoffe, du hältst deinen Teil der Abmachung ein, Truman. Du schuldest mir was, und ich vergesse so was nicht.«

Truman sah ihn schweigend an. Jeder Satz von Müller trug eine versteckte Warnung in sich, und Truman wusste, dass er irgendwann den Preis dafür zahlen müsste. Truman nickte.

Müller grinste, das Lächeln war vergiftet. »Genau die richtige Einstellung. Und jetzt lass uns die Wissenschaftler arbeiten lassen. Die Rettung des Hopfens beginnt hier und heute. Und AgrarTech wird ein Teil davon sein. Wir sind nicht das Problem. Das Problem könnte die Behörde werden. Der Genehmigungsprozess kann dauern.«

»Wir werden das Bundesamt für Verbraucherschutz und Lebensmittelsicherheit ebenfalls auf den neuesten Stand bringen, den Ernst der Lage schildern. Und wir geben eine Pressekonferenz um 11 Uhr. Informieren die Öffentlichkeit darüber.«

»Ihr macht euren Job, wir den unseren. Wir sehen uns, Truman!«

PRESSEKONFERENZ IM HAUS DER WIRTSCHAFT, DIE ZWEITE

Der Saal im Haus der Wirtschaft war bis auf den letzten Platz gefüllt, als der Bundeslandwirtschaftsminister und Minkin vor die versammelten Journalisten traten. Minkin trug seinen schwarzen Totengräberlook. Der Minister quittierte dies kopfschüttelnd. Das Licht der Kameras blitzte auf, und das Gemurmel der Anwesenden verstummte, als der Minister ans Mikrofon trat.

»Meine Damen und Herren, wir stehen vor einer ernsthaften Bedrohung für unsere Hopfenbestände durch einen aggressiven Schadpilz«, begann der Minister in einem formellen Ton. »Wir arbeiten intensiv mit allen Mitteln daran, eine Lösung zu finden.«

Er sprach weiter über die Bedeutung der Hopfenwirtschaft für Deutschland und die bisherigen Maßnahmen, die ergriffen wurden. Doch als es um die Notfallzulassung des dringend benötigten Pflanzenschutzmittels ging, schob er die Verantwortung ab.

»Die Entscheidung über die Notfallzulassung liegt beim Bundesamt für Verbraucherschutz und Lebensmittelsicherheit, dem BVL«, erklärte der Minister. »Wir vertrauen darauf, dass das BVL die nötigen Schritte so schnell wie möglich einleiten wird.«

Eine junge Journalistin der *Heilbronner Stimme* fragte nach. »Ist das BVL nicht Teil des Landwirtschaftsministeriums? Sie könnten eine Weisung erteilen!«

Prima Gelegenheit, sich einen schlanken Fuß zu machen.

Der Minister holte zum langatmigen Gegenschlag aus. »Das Bundesamt für Verbraucherschutz und Lebensmittelsicherheit ist zuständig für die Zulassung von Pflanzenschutzmitteln, einschließlich Notzulassungen, nicht wir. Das BVL prüft Anträge auf Zulassung von Pflanzenschutzmitteln nach wissenschaftlichen Kriterien und trifft unabhängige Entscheidungen darüber, ob ein Mittel zugelassen wird und unter welchen Auflagen es angewendet werden darf. Wir sind für die politische Steuerung und die gesetzlichen Rahmenbedingungen im Bereich der Ernährung, Landwirtschaft und ländlichen Räume zuständig, das BVL für die wissenschaftliche Bewertung und die Zulassung von Pflanzenschutzmitteln sowie für die Lebensmittelsicherheit.«

Blablabla. Wo lernt man so zu sprechen? Vielleicht kam daher auch ein Teil der Politikverdrossenheit. Minkin, der neben dem Minister stand, wäre erneut fast eingeschlafen bei dem Vortrag des Ministers, bis ihn die junge Journalistin direkt ansprach.

»Was sagen Sie dazu, Herr Minkin, als Sonderbeauftragter für die Hopfenplage?«

Herr Minkin? Wollte sie ihn verarschen? Niemand nannte ihn so, außer der Außenministerin vielleicht und seiner Vermieterin. Aber die Letzte war auch hundert Jahre alt. Nicht, dass sich Minkin eine Antwort zurechtgelegt hätte auf die Frage der Journaille. Nur die Richtung, die war klar.

»Der Minister hat sicher recht.«

Der Minister nickte.

»Ich meine, deshalb ist er der Landwirtschaftsminister. Und nicht irgendein Trottel, der noch nie was mit Landwirtschaft zu tun hatte in seinem bisherigen Berufsleben.« Das Auditorium goutierte den Witz auf Kosten des Ministers mit ordentlich Gelächter. Vielleicht sollte Minkin es doch als

Stand-Up-Comedian versuchen. War billig, aber er hatte die Meute auf seiner Seite. Und sie würden die Presse brauchen. »Wir haben den Erreger identifiziert und den Schadpilz, der unsere Hopfenbestände zerstört, gefunden. Und Sie werden überrascht sein, die Russen haben uns dabei geholfen.«

»Die Russen?«, fragte die Journalistin nach.

»Ohne deren Expertise und Unterstützung wären wir nicht so weit gekommen.« Was zu hundert Prozent stimmte. Ohne Dr. Gruschenko und sein Labor gäbe es keinen Erreger, aber auch kein Heilmittel. Ein Raunen ging durch den Raum. Die Kameras auf Minkin gerichtet, der die volle Aufmerksamkeit der Anwesenden hatte.

Minkin fuhr fort: »Eine Chemiefirma aus Süddeutschland produziert bereits das erforderliche Pflanzenschutzmittel, um die Hopfenbestände zu retten. Reißen sich den Arsch auf, arbeiten rund um die Uhr, um uns zu unterstützen. Und, ich will nicht zu viel vorwegnehmen …« Minkin legte eine Pause ein.

»Und?«

»Bis morgen Abend, spätestens übermorgen werden sie so weit sein, dann haben wir das Gegenmittel.«

Erstaunen machte sich breit. Vereinzelt gab es sogar Applaus. »Was glauben Sie, wie das BVL darauf reagiert?«, wurde Minkin gefragt.

Er machte eine erneute Pause.

»Was glauben Sie, wie es reagiert? Ich denke, Sie kennen die Antwort. Das BVL ist eine deutsche Behörde.«

Der Minister versuchte, Minkin am Arm zurückzuziehen, aber Minkin ließ sich nicht beirren. »Es hängt alles an der Notzulassung des BVL. Sicher, es gibt keine Feldversuche, das nicht, gibt es vermutlich selten bei so was. Aber die Laborstudien sind sehr ermutigend, sagen die Wissenschaftler.«

»Ermutigend, was meinen Sie damit? Ist das nicht zu wenig?«, fragte die Journalistin nach.

»Für mich nicht, für die Bauern auch nicht. Ich meine, du hast einen Pfeil im Köcher, ich denke, wir sollten es probieren. Andernfalls …«

»Ja?«

»Andernfalls war es das mit unseren Hopfenbeständen und mit unserem Bier, so, wie wir es kannten. Dann können die Brauer schon mal üben, wieder mit Ochsengalle oder Tollkirsche zu brauen.«

Der Minister räusperte sich und trat wieder ans Mikrofon.

Minkin hatte die Fakten auf den Tisch gelegt, die Behörde unter Handlungsdruck gesetzt. Jetzt lag es an den Berliner Beamten, zu reagieren.

Der Minister schüttelte den Kopf und zog Minkin in das Zimmer hinter der Bühne.

»Sie halten sich für schlau, Minkin.«

»Geht so.«

»Die beim BVL ticken so nicht, das sind keine Politiker, die sind nicht erpressbar, öffentlicher Druck ist denen scheißegal. Vermutlich bewirkt das sogar das Gegenteil von dem, was sie bezweckt haben. Druck erzeugt Gegendruck.«

Minkin kratzte sich am Kopf. »Kann sein, ein Versuch ist es wert. Scheitern. Aufstehen. Besser scheitern.«

»Was?«, fragte der Minister irritiert.

»Vergessen Sie es. Wir werden sehen, wie sich das BVL entscheidet. Wir geben ihnen bis übermorgen Zeit.«

»Bis übermorgen, sind Sie wahnsinnig?«

»Zeigen Sie, was Sie draufhaben, Herr Minister. Außerdem muss ich noch was Wichtiges erledigen, deshalb haben Sie bis übermorgen Zeit.«

Der Minister sah Minkin in seinem Totengräberoutfit angewidert an. »Was sollten Sie Wichtiges zu tun haben. Eine Bestattung ausrichten?«

Mit Beisetzungen war Minkin seit Bamberg durch. Minkin wandte sich zum Gehen.

Drehte sich noch mal um.

»Eine Frage hätte ich noch, Herr Minister.«

»Was?«, sagte er herrisch.

»Sie sind doch Teil dieser Regierung.«

»Und?«

»Wissen Sie allgemein Bescheid, ich meine, quatscht man da gelegentlich über ressortübergreifende Themen?«

»Kommt auf die Wichtigkeit an. Was meinen Sie?«

»Ein U-Boot im Bodensee, mit US-Atomraketen bestückt, soll verschwunden sein, schon mal was gehört davon? Frage für einen Freund.«

Der Minister sah Minkin fassungslos an.

»Wo haben Sie das her?«, fragte der Minister sichtlich überrascht.

»Raunt man sich da unten am See gegenseitig zu.«

Der Minister schüttelte den Kopf. »Dummes Geschwätz.«

»Wo wir schon dabei sind. Wenn ich den Job hier erfolgreich erledige, habe ich noch eine Forderung!«

»Wir bezahlen Sie ordentlich, was wollen Sie noch?«, fragte der Minister genervt.

»Das Twix wieder in Raider umbenannt wird. Könnten Sie das arrangieren?«

»Sie sind völlig übergeschnappt, man hat mich gewarnt!« Der Minister stürmte hinaus. »Völlig übergeschnappt!«

Hm, dachte Minkin. Ein klares Dementi klingt anders.

ACTION JACKSON!

In den Straßen Stuttgarts hatte sich ein diffuses Dämmerlicht breit gemacht, als der Ford Transit am Wilhelm-Geiger-Platz anhielt und vor Minkin und Cop Schneider zum Stehen kam. Über den Dächern von Feuerbach hing ein Schleier, der alles in ein unwirkliches Licht tauchte. Der Himmel hatte einen fahlen Gelbstich.

Der Asphalt unter Minkins Füßen sah aus, als hätte jemand feinen, goldenen Sand darüber gestreut. Die sonst so klare Luft war schwer, fast staubig. Die Stadt drohte zu ersticken. Minkin schnaubte, spürte, wie der feine Staub aus der Sahara sich in seiner Kehle sammelte. Auf der Nordseite des Killesbergs verschwammen die Umrisse der Gebäude, der Staub zeichnete unscharfe Linien. Die Sonne konnte man nur erahnen hinter dem Schleier. Sahara Time. Inzwischen ein regelmäßiges Schauspiel im Süden der Republik.

Minkin schüttelte beim Anblick des Ford Transit den Kopf. Der Lack des Transporters war stumpf, hier und da ein Kratzer, und die grün-weiße Lackierung hatte schon bessere Tage gesehen. Auf dem Dach war der Platz für das Blaulicht noch zu erkennen, aber die Leuchte selbst fehlte.

Kinky kurbelte das Fenster herunter.

»Hallo Minkin, schönes Baby, nicht wahr!«

Cop Schneider stieß einen abfälligen Pfiff aus. »Ein ausrangiertes Bullenfahrzeug?« Er warf Kinky einen skeptischen Blick zu, als dieser aus dem Fahrerhaus sprang. »Dein Ernst?«

Kinky grinste breit. »Was wollt ihr? ’ne Luxuskarosse? Wir haben ein knappes Budget!«

Minkin trat einen Schritt näher und musterte den Transit. »Ein Ford Transit. Wie alt ist der?«

»Aus den Neunzigern.«

Cop Schneider war skeptisch. Schüttelte den Kopf.

»Was? Solider Untersatz!«, erwiderte Kinky, der inzwischen ausgestiegen war. Er verschränkte die Arme und lehnte sich an die Tür. »Dieser Wagen hat alles, was wir brauchen. Er bringt uns überall hin, und er sieht immer noch wie ein Polizeifahrzeug aus. Falls uns jemand anhält, sagen wir, wir sind 'ne Sondereinheit auf dem Weg zu 'nem Einsatz.«

Cop Schneider schnaubte. »Wir sehen damit aus wie eine abgehalfterte Zirkustruppe. Oder wie Ökospinner, die sich in Baumhäusern am Hambacher Forst verschanzen.«

»Auch eine gute Tarnung.«

»Das ist eine saudumme Idee, Kinky.«

»Was hast du erwartet, einen SUV, eine G-Klasse von Mercedes? Mit getönten Scheiben und kugelsicheren Fenstern?«

»Jedenfalls keine Schrottkarre.«

»Jetzt hör auf damit, das Baby hier zu beleidigen«, konterte Kinky und klopfte auf die Motorhaube. »Schau dir die Bauweise an – die Karosserie ist robuster als die der meisten dieser SUVs. Mit diesen Dreckskarren kannst du dein Kind in der Stadt gefahrlos zur Schule bingen oder bei ALDI den Bio-Großeinkauf machen. Aber wenn es eng wird, würde ich mich darauf nicht verlassen. Die Karre hier hingegen hält einiges aus. Ist nicht nachtragend. Hat Charakter. Und ist ein Arbeitstier. Wenn wir in der Klemme stecken, Cop Schneider, glaub mir, der Motor zieht durch wie bei einem Leopard. Wenn's hart auf hart kommt, kann ich uns hiermit rausmanövrieren, bevor jemand *ah!* sagen kann!«

Cop Schneider gab auf. »Wenn der Job hier schiefgeht, kannst du mit deinem Gequatsche überall als Gebrauchtwagenverkäufer anfangen.«

Minkin, der sich jetzt die Rückseite des Wagens anschaute, nickte zustimmend. »Und die Abtrennung?« Er wies auf die schlichte Plexiglasscheibe, die den vorderen Bereich von der Ladefläche trennte.

Kinky grinste. »Die ist für den Kletterfreak.« Er klopfte mit einem Finger gegen die Scheibe. »Du sagtest am Telefon, dieser Typ hat's nicht so mit Leuten. Wenn wir ihn hier mit reinsetzen und er uns zu nah kommt, dreht er durch. Also sitzt er hinten, abgetrennt, und kann chillen.«

Cop Schneider runzelte die Stirn. »Eine Trennscheibe. Gar nicht so dumm.«

Kinky nickte, diesmal ernst. »Der Kerl hat soziale Phobien. Braucht seinen Raum. Die Scheibe hält ihn ruhig. Der ganze hintere Teil ist wie 'ne Zelle. Kein Kontakt, keine Probleme.«

Minkin stieg ein, sah sich um und zuckte mit den Schultern. »Cliff wird es lieben. Aber was, wenn wir verschwinden müssen? Das sieht nicht nach 'nem Rennwagen aus.«

Kinky lehnte sich etwas vor und streichelte die Motorhaube. Das hier ist ein Bullenfahrzeug mit einem aufgemotzen 3.2 Liter-Bullenmotor. Nachträglich eingebaut. Er hat fünf Bullen-Zylinder und kommt auf bis zu 200 PS. Hohes Drehmoment, was ihm ordentlich Durchzug verleiht.«

Minkin konnte damit wenig anfangen »Und was bedeutet das für uns?«

»Das bedeutet, dass wir auch mit voller Ladung schnell wegkommen. Der Motor zieht durch wie Dünnpfiff. Beschleunigung von 0 auf 100 in etwa 9 Sekunden, Mann. Vertrau mir, Minkin! Wenn es drauf ankommt, läuft der Transit wie ein Uhrwerk. Der Wagen ist stabil und schnell.«

Cop Schneider schüttelte den Kopf, ein halbes Lächeln auf den Lippen. »Okay, Kinky. Wir haben es jetzt kapiert. Wenn wir damit steckenbleiben, geht es auf deine Kappe.«

»Kein Problem«, sagte Kinky und stieg wieder ein, drehte den Schlüssel im Zündschloss. Der Motor erwachte mit einem tiefen Brummen. »Dieses Baby lässt uns nicht im Stich.«

»Dann mal los! Leipzig wartet nicht auf uns.«

Der Ford Transit rumpelte über die holprige Straße, als Kinky den Wagen vor einem Gründerzeithaus im Stuttgarter Westen stoppte. Wim, mit seiner unverwechselbaren Hornbrille und dem wilden Haar, stand bereits an der Bordsteinkante. Trug einen Blaumann. Sah aus wie ein Monteur von der Telekom. Neben ihm zwei große Alukoffer. Minkin öffnete die Seitentür, während Wim sich mit den schweren Koffern abmühte.

»Wim, warte, ich helfe dir! Was hast du da alles mitgebracht?«

»Spezialeffekte, Minkin.« Wim hob die Koffer mit einem theatralischen Seufzen in den hinteren Teil des Transporters. »Paar elektronische Spielereien, Sprengstoff, um das halbe Gebäude in die Luft zu jagen, und ein paar nette Überraschungen für den Notfall.«

Dann fuhren sie weiter in die Altstadt. Roxy stand an der Straßenecke in der Nähe beim Brunnenwirt. Ihre silberne Kette glitzerte. Ihr schwarzes, enges Lederoutfit betonte ihre Figur. Verlieh ihr einen selbstbewussten, aggressiven Look. Die Jacke war kurz geschnitten und legte ihren schlanken Hals frei. Ihre blonden Haare waren zu einem strengen Zopf gebunden. Roxy hatte eine ziemliche Wirkung. Ihre Augen schienen alles um sie herum zu beobachten, während sie auf den Wagen wartete. Sie sah nicht nur irre gut aus, sondern war offenbar jemand, der genau wusste, wie man sich in einer gefährlichen Welt behauptete. Roxy stieg, ohne ein Wort zu sagen, ein und setzte sich nach vorne auf den Beifahrersitz.

Der Ford Transit rollte wenig später durch das verlassene Industrieareal in Zuffenhausen.

»Da vorne ist es, das mit dem Turm«, sagte Cop Schneider.

Kinky hielt an einem alten, verwitterten Gebäude, das eine Fabrik gewesen war. Der Wind pfiff durch die zerbrochenen Fenster. Kinky wartete einige Minuten. »Wo bleibt der Typ?« Dann betätigte er die Hupe – dreimal. Der Klang hallte durch die verlassene Gegend.

Cliff tauchte aus dem Schatten auf. Er trug seine abgeriebene Kletterausrüstung. Sein Blick war vorsichtig, fast misstrauisch, als er sich dem Wagen näherte. Sah wie ein verängstigtes Tier aus. Mit einem kurzen Nicken begrüßte er Cop Schneider, bevor er zur offenen Seitentür ging.

»Du hast die Loge hinten«, sagte Kinky.

Cliff murmelte ein kurzes »Okay« und ließ sich auf die Rückbank fallen, wo zwei große Alukoffer standen. Der hintere Bereich war durch eine dicke Scheibe vom vorderen Bereich abgetrennt. Diese Abtrennung schuf eine Art Zelle, die Cliff ein gewisses Maß an Privatsphäre gab und Distanz zu den anderen hielt.

Kinky schloss die Tür hinter ihm und drehte sich um. »Mach's dir bequem. Wir haben ein paar Kilometer vor uns.«

Minkin hatte sich in die zweite Reihe zu Wim und Cop Schneider gesetzt.

Der fragte Roxy: »Alles klar?« Roxy nickte knapp.

»Dann los!« Mit einem leichten Ruck setzte Kinky den Transit wieder in Bewegung. Während die Straße vor ihnen verschwand, blickte Cliff durch die Scheibe und sah die verlassene Industrieumgebung vorbeiziehen.

Die Nacht war schwarz, wie ein frisch gezapftes Guinness in einem Pub im County Donegal, als sie Stunden später in Leipzig ankamen. Kein Stern zeigte sich am Himmel. Das Wetter hatte umgeschlagen. Der Sommerregen fiel in schweren Tropfen, schlug auf den Asphalt, verwandelte den ehemaligen VEB-Komplex in der Nähe von Leipzig in eine nasse, triefende Festung. Kein Vergleich mit der Stuttgarter Sahara.

Cop Schneider saß auf dem Beifahrersitz des alten Transporters, den Kinky an den Rand des Geländes gesteuert hatte. Er hatte auf der Fahrt die Rollen verteilt. Jeder wusste, was er zu tun hatte.

Bis auf Minkin.

»Was soll ich machen?«, fragte Minkin.

»Dich nicht verletzen, das wäre schon mal gut. Bleib bei Wim.«

Wie Minkin das hasste, wie ein Volltrottel behandelt zu werden! Er war der Kopf der Operation, so was in der Art.

Cop Schneider beobachtete das Areal durch ein Nachtfernglas. Zwischen ihnen und dem Gebäude lag ein Hof mit Schlaglöchern, über den zwei bewaffnete Wachen patrouillierten. Alte Neonlichter flackerten über der Einfahrt.

»Dein Part, Roxy. Let's rock! Wir haben nur einen Versuch!«, sagte Cop Schneider, den Blick auf die beiden Wachen gerichtet.

Roxy verließ den Transit. Cop Schneiders Hände kribbelten, die Anspannung biss in seine Schultern. Hinter ihnen, versteckt im Schatten des Gebäudes, warteten Wim und Cliff. Wim hatte einen Rucksack mit seiner Ausrüstung – kleine, präzise Destruktionsmaschinen und Sprengstoff. Cliff, dessen Augen den Horizont abtasteten, schien bereit, sofern das bei ihm möglich war.

»Los jetzt!«, knirschte Cop Schneider in sein Funkgerät.

Roxy war verkabelt. Sie tauchte aus der Dunkelheit auf, in enges Leder gekleidet. Sie trug eine Kapuze, die ihr Gesicht halb verdeckte, und ging direkt auf die Wachen zu. Der erste von ihnen hob sofort die Waffe. Russisch knurrend.

»Ostani! Halt!«

Roxy ließ sich nicht beirren. Sie sprach ruhig, ihre Worte glatt, verführerisch. Weis der Teufel, was sie sich für eine Geschichte ausgedacht hatte.

Cop Schneider verstand kein Wort, aber er wusste, dass sie gut war.

Einer der Wachen entspannte sich sichtbar, die Waffe senkte sich.

Roxy griff in ihren Mantel, zog eine kleine Flasche Wodka hervor, reichte sie dem ersten Wachmann. Sie spielte die ahnungslose Fremde, die sich verlaufen hatte im nächtlichen Leipzig. Der zweite Wachmann grinste und kam näher, der erste reichte ihm die Flasche.

Cop Schneider drückte einen Knopf an seinem Funkgerät. »Dann mal los, Cliff. Rein mit dir!«

Im Schatten des Komplexes bewegte sich seine drahtige Gestalt. Leise wie ein Marder auf nächtlichem Beutezug. Cliff war nicht zu sehen, aber Cop Schneider wusste, dass er da draußen war. Die alte Backsteinfassade des VEB-Gebäudes war glitschig vor Nässe. Für Cliff stellte das kein Problem dar. Seine Hände fanden Halt an unsichtbaren Griffen, seine Füße bewegten sich mit der Präzision einer Ballerina. Meter für Meter kletterte er das Gebäude hinauf, lautlos. Bis er in einer Öffnung verschwand.

»Zwei Minuten«, flüsterte Cop Schneider.

Wim war der Nächste. Er kroch durch das Gras in der Nähe des Gebäudes, den Blick auf die Überwachungskameras gerichtet, die über den Eingang wachten. Seine Finger flogen über ein kleines elektronisches Gerät, ein improvisierter Störsender, den er gebaut hatte. »Kameras sind gleich down«, murmelte er.

Roxy hielt die Wachen in Schach, ihr Lachen hallte durch die Nacht, als hätte sie die Zeit vergessen.

Cop Schneider beobachtete das Schauspiel mit einer Mischung aus Erstaunen und Nervosität. Roxy war perfekt in ihrer Rolle. Wie einfach es war, Männer aus dem Spiel zu nehmen. Nicht zu fassen!

»Cliff, bist du drin?« Cop Schneider wartete auf das Signal.

Ein leises Knacken im Funkgerät. »Ich bin drin.«

Wim arbeitete unterdessen wie ein Chirurg, ruhig und fokussiert. Draußen drückte Minkin seinen Rücken gegen die Wand, während Wim weiter an dem kleinen Kasten hantierte, der die Sicherheitskameras und Alarmsysteme lahmlegen sollte. Jede Sekunde zählte. Roxy stand unten bei den Wachen, flirtete, lachte – aber das alles hatte ein Verfallsdatum. Die Minuten vergingen, und irgendwann würden die Männer unruhig werden. Etwas Verdächtiges bemerken, eine Ahnung haben. Dann würde der ganze Plan wie ein Kartenhaus zusammenbrechen.

»Wie läuft's bei dir?«, flüsterte Minkin und warf einen nervösen Blick auf die Wachen am Tor.

»Fast fertig«, murmelte Wim und biss sich konzentriert auf die Lippe. »Gib mir noch …« Er hielt inne, als das Display aufblitzte.

»Cliff ist drin, beeil dich!« sagte Cop Schneider durch das Funkgerät.

Wim drückte ein letztes Mal auf den Kasten. Ein leises Summen erfüllte die Luft. »Fertig. Kameras und Alarmanlage sind down!«, meldete Wim.

Cliff war im Inneren des Gebäudes angelangt, bewegte sich lautlos und unsichtbar durch die stillen Korridore. Die Wände waren alt, feucht, der Geruch von Rost und Schimmel hing in der Luft. Cliff störte das nicht. Im Gegenteil. Jeder seiner Schritte war kalkuliert, jeder Atemzug kontrolliert, während er sich dem Haupttrakt näherte. Über ihm knackten die alten Rohre im Takt der tropfenden Flüssigkeit.

Draußen trat einer der Wachen beiseite und griff nach seinem Funkgerät. Minkin spürte, wie seine Kehle trocken wurde. Waren sie aufgeflogen? Minkin warf einen Blick auf die Wachen. Einer der beiden hatte die Hand jetzt am Ohr, lauschte aufmerksam dem Funkgerät.

»Wim, bereite die Sprengladungen vor«, sagte Cop Schneider.

»Verstanden!« Wim zog einen kleinen Rucksack von den Schultern, machte sich in geduckter Haltung auf den Weg, um die Sprengsätze vorsichtig an den neuralgischen Punkten des Gebäudes abzustellen, beim Turm und beim Ausgang. Die alten Strukturen dieses VEB-Gebäudes waren empfindlich, gut geeignet für eine kontrollierte Sprengung.

»Wie lange noch?«, flüsterte Cop Schneider in sein Gerät.

»Ich bin dran.« Wim arbeitete sich vor, ruhig und fokussiert. Die Minuten vergingen. Die Zeit rieselte wie feiner Sand durch eine Eieruhr. Unerbittlich. Dann kam endlich das Signal von Cliff.

»Der Vogel ist im Nest. Wiederhole, der Vogel ist im Nest«, raunte Cliff durch den Funk.

Der Vogel ist im Nest? Cop Schneider hatte sich diesen Code ausgedacht. Mist, der Kerl war einfach gut. Er hatte eindeutig mehr Spionagethriller gesehen als Minkin.

»Im zweiten Untergeschoss, letzter Raum auf der linken Seite. Türe ist verschlossen.«

Cop Schneider atmete durch. »Gut gemacht, Cliff. Kriegst du die Türe auf?«

»Negativ, wiederhole, negativ.«

Mann, das klang so nach Actionfilm, und er war nur der Kofferträger, so ein Mist, dachte Minkin.

»Dann bring die Sprengladung an! Wim wird sie fernzünden. Sag dem Vogel, er soll von der Tür weggehen, soweit es geht, und sich auf den Boden legen!«

Das war der Moment, auf den sie gewartet hatten. Wim legte den letzten Sprengsatz an die Basis des Turms, dann schlich er zurück in die Dunkelheit. Sein Finger schwebte über dem Zünder.

»Alle bereit?«, fragte Cop Schneider.

»Bereit!«, antwortete Cliff.

»Ich bin in Position«, meldete Roxy.

»Taxi ist bereit«, kam Kinkys Stimme aus dem Funkgerät. Er hielt den Transporter am Ende des Geländes im Leerlauf, den Blick auf das Ziel gerichtet.

»Okay, los geht's!«, befahl Cop Schneider, der die Szenerie beobachtete. Er stand circa fünfzig Meter von den Wachen entfernt in einer Gebäudenische.

In der Sekunde, in der Cop Schneider das Kommando gab, schlug plötzlich eine der Wachen Alarm. Einer der Männer hatte offenbar Wim beim Turm entdeckt. Er richtete seine Waffe auf Roxy. Sie reagierte blitzschnell, trat ihm mit dem Absatz in die Eier und rannte davon, gerade als der erste Schuss fiel.

»Verdammt!« Cop Schneider sprang aus seinem Versteck, seine Waffe gezogen.

»Sprengen, Wim! Jetzt! Wir sind aufgeflogen!«, brüllte er über den Platz.

Wim stand in der Nähe des alten VEB-Komplexes. Der Puls pochte in seinen Ohren.

»Jetzt oder nie, her mit der Marie!«, murmelte er zu sich selbst. Mit einem tiefen Atemzug drückte er den Knopf. Ein lauter Knall durchbrach die Stille, gefolgt von einem ohrenbetäubenden Krachen, als die Sprengladung detonierte. Der Turm des Gebäudes explodierte in einer Wolke aus Staub und Trümmern und fiel wie in Zeitlupe in sich zusammen.

Über die Szenerie legte sich ein grauer Schleier aus Staub.

Im selben Moment wurde in Goldbergs Zelle die Tür durch die Druckwelle einer weiteren Sprengladung aufgerissen.

Cliff sprang in die Zelle und packte Goldberg am Arm. »Komm! Jetzt! Minkin schickt mich.«

Mit einem kräftigen Ruck zog er Goldberg hinter sich her, während der Staub um sie herumwirbelte. Sie rannten durch den Korridor des Untergeschosses, Trümmer fielen von der Decke. Cliff kannte den Weg, seine Instinkte führten ihn durch die Gänge.

»Schnell!«, rief er, während sie dem Licht am Ende des Flures zustrebten.

Der Staub der Explosion umhüllte sie wie eine Decke. Die Zeit drängte. Der Klang von Stimmen der Sicherheitsleute war bereits in der Ferne zu hören. Cliff und Goldberg hetzten durch die verwinkelten Flure des VEB-Komplexes. Hinter ihnen hörten sie das Dröhnen von Stiefeln der Sicherheitsleute und die rufenden Stimmen der Wachen, die sich näherten.

»Beeil dich! Wir müssen hier raus!«, keuchte Cliff, während er einen Blick über die Schulter warf.

»Ich kann nicht so schnell!«, antwortete Goldberg, der aus der Puste war. »Wo lang jetzt?«

»Dort lang! Die Treppe!«

Sie bogen um eine Ecke und stürmten in Richtung der alten, verrosteten Metalltreppe. Cliff drängte Goldberg vor sich, als sie die Stufen hinaufstolperten. Über ihnen hörten sie das Krachen der Turmwände und das Scharren von Füßen – die Wachen waren ihnen auf den Fersen.

Kamen den beiden mit jedem Schritt bedrohlich näher.

»Wir müssen das Erdgeschoss erreichen! Von dort finden wir den Ausgang!«, rief Cliff, während sie die letzten Stufen hochsprangen.

Oben angekommen, sah er sich hastig um. Ein schmaler Flur führte zu mehreren Büros, die teilweise verwüstet waren. »Hier entlang!« Cliff zog Goldberg mit sich, und sie rannten durch die offenen Türen. Dann hörten sie das laute Knallen einer Tür in unmittelbarer Nähe, gefolgt von einem lauten Befehl in Russisch. »Findet sie!«

Cliff und Goldberg sprinteten in ein Büro und versteckten sich hinter einem großen, umgestürzten Holztisch. Ihr Atem ging schnell, während sie die Stimmen der Wachen hörten, die näher kamen.

»Sie können nicht weit sein«, sagte einer der Wachen. »Durchsucht das gesamte Gebäude!«

Cliff spähte vorsichtig um die Ecke des Schreibtischs. »Wir müssen einen anderen Weg finden«, flüsterte er. »Wenn sie uns entdecken, sind wir erledigt.«

Goldberg nickte nervös, seine Augen weiteten sich, als er die Schatten der Wachen durch die Fenster im Büro zum Flur huschen sah. »Wir müssen hier raus, Cliff!«

»Beruhig dich!«, sagte Cliff. »Wenn sie näherkommen, nutzen wir den Hinterausgang.«

Kaum hatte er das gesagt, hörten sie die Wachen, die das Büro betraten. »Überprüft jeden Zentimeter. Sie sind noch hier!«

Cliff wusste, dass sie schnell handeln mussten. Er warf einen Blick auf das Fenster, das nicht weit entfernt war. »Auf drei! Eins …, zwei …, drei!«

Sie sprangen gleichzeitig auf, stießen den Schreibtisch auf die Wachen und rannten in Richtung Tür, während die Wachen überrascht um sich blickten. Cliff schoss durch die Tür, gefolgt von Goldberg. Sie stürmten die Flure entlang, das Geräusch von Schritten und Rufen hinter ihnen wie ein Schatten. Die Sirenen im Gebäude schrillten, schwere Stiefel hallten durch den Korridor.

»Da vorne sind sie, Major!« Ein Schuss krachte, die Kugel schlug knapp über Cliffs Kopf in die Wand. Er duckte sich, zog Goldberg mit sich. Sie mussten schneller sein.

»Hier! Die Treppe hoch!«, rief Cliff, als sie einen weiteren Flur erreichten. Sie hetzten die Stufen hoch. Oben angekommen, spürten sie den kühlen Luftzug, der von einem Ausgang kam. Cliff blickte über die Schulter, während sie sich der Tür näherten, die Wachen in Hörweite.

»Cliff, wie weit seid ihr?«, rief Cop Schneider ins Funkgerät.

»Wenige Sekunden, dann sind wir am Ausgang.« Cliff stürmte in Richtung Türe, Goldberg torkelte erschöpft hinterher.

Cop Schneider rannte Richtung Ausgang des Gebäudes. Jeden Moment würden Cliff und Goldberg hier herauskommen. Er gab zwei Schüsse ab. Die Wachen am Eingang sanken zu Boden.

Kurz darauf erreichte Cliff die Ausgangstür, riss sie auf und stürzte hinaus in die frische Luft. Goldberg, halb bewusstlos, taumelte hinter ihm her, er stolperte und krachte zu Boden. Cliff versuchte Goldberg aufzuhelfen, schaffte es nicht. Minkin sprintete auf Goldberg zu, kam Cliff zu Hilfe. Beide hakten Goldberg unter und schleiften ihn weiter zum Transporter, während die Überreste des Turmes endgültig in sich zusammenfielen.

»Wim, jetzt!«

Wim drückte erneut den Zünder. Jagte damit den Eingangsbereich in die Luft. Der Knall war ohrenbetäubend. Beton krachte auf den Boden, eine Staubwolke breitete sich über den Hof aus. Der Staub der Explosion legte sich nur langsam, Teile des alten VEB-Komplexes knirschten und krachten hinter ihnen ein. Hier kam erst mal keiner mehr raus. Das würde ihnen einen Vorsprung verschaffen.

Kinky hatte den Transporter direkt vor der Ausfahrt zum Stehen gebracht. Cliff, Minkin und Goldberg stolperten über das Gelände zum Transporter, Goldberg keuchte, aber war lebendig. Cop Schneider beobachtete die Szenerie, die Pistole in der Hand, während Minkin aus dem Schatten auftauchte, die Augen auf die am Boden liegenden Wachen gerichtet.

»Hast du die Männer erschossen?«, fragte Minkin und schaute ängstlich auf die reglosen Körper.

Cop Schneider hob eine Augenbraue. »Kampfunfähig gemacht.«

Minkin verschränkte die Arme vor der Brust und trat einen Schritt näher, ungläubig die Waffe in Cop Schneiders Hand musternd. »Mit was?«

Cop Schneider nahm die Pistole hoch und hielt sie Minkin vor die Nase. »Gummigeschosse«, erklärte er. »Spezialmunition. Rubber Bullets. Nicht tödlich, aber extrem schmerzhaft.«

»Die anderen sind alle da. Rein mit dir und dann gib Gummi, Kinky!«

Der Transit machte einen Satz vorwärts, als Kinky das Gaspedal bis zum Anschlag durchdrückte, der Motor brüllte und die Reifen auf dem löchrigen Beton quietschten.

Minkin warf einen Blick in den Rückspiegel, als das Gelände des alten VEB-Komplexes hinter ihnen in einem Chaos aus Staub und Trümmern verschwand. Teile des Gebäudes standen inzwischen in Flammen. Minkins Ohren pfiffen unaufhörlich von dem Lärm der Sprengung.

»Da vorne links!«, brüllte Cop Schneider, der sich auf den Rücksitz geworfen hatte, während er die Umgebung absuchte. »Scheiße, hinter uns ist Bewegung. Ein Fahrzeug!«

Kinky lenkte abrupt nach links, die Reifen rutschten über den schottrigen Boden. Der Transporter schlingerte, Kinky hielt die Kontrolle.

Minkin beugte sich über die Vordersitze, um die Szenerie hinter ihnen im Auge zu behalten.

»Verdammt, wo kommen die her?«, rief Kinky und schaute in den Rückspiegel. Ein plötzlicher Lichtblitz ließ ihn aufschrecken. Ein Wagen hatte mit hoher Geschwindigkeit die Verfolgung aufgenommen, kam schnell näher.

»Sie sind direkt hinter uns!«, rief Minkin. »Fahr schneller!«

Kinky drückte das Gaspedal des Transits bereits bis zum Anschlag. Mehr ging nicht. Der Wagen schoss über das Gelände, der Motor heulte auf. Beschleunigte maximal. Kinky hatte nicht zu viel versprochen. Der Transit machte einen guten Job. Würde er reichen?

»Sie sind direkt hinter uns!«, rief er. »Wir müssen abbiegen, bevor sie uns einholen!«

Kinky kurvte scharf um eine Ecke, der Transporter kippte gefährlich zur Seite. »Haltet euch fest!«, brüllte Kinky, während der Transit über eine kleine Rampe jagte und in die Luft flog, nur um mit einem dumpfen Schlag auf der anderen Seite aufzusetzen. Der Aufprall schüttelte alle im Wagen durch. Cliff griff nach dem Haltegriff, während Goldberg fast ohnmächtig wurde.

»Das kann nicht gutgehen!«

»Es geht gut!«, rief Kinky, während er den Transit wieder auf die Straße lenkte. Die Verfolger waren hartnäckig.

»Wir müssen uns was einfallen lassen!«, schrie Minkin.

»Dafür habt ihr mich eingekauft«, sagte Wim, der hinten im Transit saß. Er zündete einen Rauchgranate. Ein greller Blitz erhellte den Innenraum. »Rauch!«, rief er, während er die Granate durch das Fenster schleuderte.

Einen Augenblick später breitete sich der Rauch in einem dichten Vorhang hinter ihnen aus. Die Sicht der Verfolger war gleich null. Kinky drückte das Gaspedal, der Transit schoss durch den aufsteigenden Rauch. Er lenkte den Wagen um eine weitere Ecke auf eine Seitenstraße.

Der Puls in Minkins Kopf pochte, als er den Blick in den Rückspiegel warf. »Haben wir sie abgehängt?«

»Sieht ganz so aus!«, sagte Kinky, während er die Geschwindigkeit hielt. Der Transit bog in eine weitere Straßenbiegung ein.

Sie waren entkommen, zumindest für den Augenblick.

»Was habe ich dir gesagt, Minkin. Das Baby hier bringt uns überall raus!«, sagte Kinky und strich dabei fast zärtlich über das Armaturenbrett.

Ein Wahnsinniger, dachte Minkin. Genau der Richtige für diesen Job.

Cop Schneider atmete schwer, als er sich nach hinten umdrehte. »Alles in Ordnung bei euch?«, fragte er in die Runde, während der Transit weiter durch die Dunkelheit raste.

»Alles gut«, murmelte Cliff von hinten, seine Stimme war kaum zu hören. Roxy, die neben Cop Schneider saß, nickte nur, während sie ihren Lederhandschuh zurechtzog. Wim war gerade dabei, seine Ausrüstung in die Alukoffer zu räumen, als wäre nichts gewesen.

»Minkin?«, fragte Cop Schneider weiter.

»*Alive and Kicking*. Und ja, ich habe mich nicht selbst verletzt«, antwortete Minkin mit einem sarkastischen Grinsen.

»Du hast das gut gemacht mit Goldberg.«

Goldberg hatte bisher kein Wort gesagt.

Minkin drehte sich um und sah ihn leblos an die Beifahrertür gelehnt. »Goldberg?«, fragte er mit einem Hauch von Sorge in der Stimme.

»Was ist mit ihm?«

Roxy war die Erste, die sich zu ihm beugte. Sie fühlte seinen Puls. »Er ist ohnmächtig«, stellte sie trocken fest. »Er lebt.«

»Bravo«, stöhnte Cop Schneider und lehnte sich zurück, »wir befreien ihn hollywoodreif aus den Fängen des russischen Geheimdienstes und er pennt ein.«

»Dabei habe ich so viele Fragen an ihn«, sagte Minkin.

Im Transit herrschte vollkommene Stille. Die Erschöpfung der letzten halben Stunde lastete auf allen Beteiligten wie ein schwerer Ballast. Sie hatten die Verfolger abgeschüttelt. Kinky hatte Wort gehalten, nicht zu viel versprochen. Der Transit seinen Job erledigt. Die Straßen vor ihnen waren leer. Zogen wie ein endloses Band unter dem Licht der schwindenden Straßenlaternen vorbei. Kinky hielt das Lenkrad ruhig, starrte konzentriert nach vorne, während der Transit sanft durch die Nacht glitt.

Minkin saß zusammengesunken und starrte aus dem Seitenfenster. Die Aufregung des Einsatzes war abgeklungen, aber das Adrenalin hielt ihn wach. Seine Finger zuckten gelegentlich. Cop Schneider, der neben Kinky saß, presste die Lippen zusammen. Er beobachtete die Straße mit Adleraugen, wachsam, aber erschöpft.

Hinten, im abgedunkelten Teil des Fahrzeugs, saß Cliff mit gesenktem Kopf, die Kapuze tief ins Gesicht gezogen. Wim, eine Reihe vor ihm, hielt die Alukoffer fest auf seinen Knien. Roxy zog in Gedanken an den Lederhandschuhen, während sie hin und wieder zu Goldberg sah, der immer noch bewusstlos gegen die Seitentür gelehnt war.

Der Transit glitt über die Landstraße, die Lichter der Stadt Leipzig längst hinter ihnen. Nach Minuten des Schweigens hob Cop Schneider leise die Stimme.

»Jeder wieder okay.« Es klang mehr wie eine Feststellung als eine Frage.

Eine stumme Zustimmung in Form von leichtem Nicken und gemurmelten »Ja« antwortete ihm, aber niemand schien den Drang zu haben, über das Erlebte zu sprechen. Es war noch zu frisch. Das Adrenalin ließ langsam nach. Was danach kam, war eine bleierne Müdigkeit. Kinky sagte irgendwann mit gedämpfter Stimme: »Stuttgart in drei Stunden, wenn alles glatt läuft.«

Roxy hob den Kopf und warf einen Blick auf Goldberg. »War er es wert, was wir für ihn riskiert haben?«

Minkin zuckte mit den Schultern und murmelte: »Vermutlich schon. Ob er uns dafür danken wird? Keine Ahnung.« Dann lehnte er sich wieder zurück und ließ seinen Kopf gegen das Fenster sinken. Schweigend verbrachten sie den Rest der Fahrt, jeder in Gedanken versunken, die Erlebnisse der letzten Stunden immer noch wie ein nervöses Flimmern vor den Augen.

GOLDBERG SUCHT VERGEBUNG

Kinky hatte Minkin nach der Leipzig-Aktion am späten Vormittag in der *Waldklause* abgesetzt, nachdem er alle anderen nach Hause gefahren hatte. Minkin hatte Kinky zu einem Getränk überreden wollen. Der hatte es eilig, wollte weiter nach Tettnang zu Truman.

Beim zweiten Getränk stand plötzlich Goldberg in der Tür. Cop Schneider hatte Goldberg vor wenigen Stunden zu Hause abgeliefert. Offensichtlich hielt er es dort nicht aus. Kaum verwunderlich. Goldberg nahm Platz. Begrüßte Minkin knapp und orderte bei Sissi ein Herrenpils. Immerhin hatte er seinen Geschmack nicht verloren. Goldberg und Minkin saßen sich gegenüber. Die Luft war schwer. Nicht nur von den Rauchschwaden der Kneipe. Es lagen jede Menge unausgesprochene Worte in der Luft. Manche Sachen lässt man besser dort liegen. Minkin lehnte sich entspannt zurück, während Goldberg sichtlich unsicher an seinem Glas nippte. Verkehrte Rollen.

Der überhebliche Goldberg kam angekrochen, bat um eine Audienz, sagte mit gesenktem Blick: »Ich habe mich noch nicht bedankt bei dir. Für die Sache gestern Nacht, in Leipzig. Du … du hast mich aus der Sache rausgeholt.«

»Kann man so sagen.«

»Danke, Minkin!«

»Keine Ursache!«, sagte Minkin mit ordentlich Sarkasmus in der Stimme.

»Du bist gut geworden, Minkin. Besser, als ich jemals erwartet habe.«

Minkin sagte nichts, ließ ihn zappeln. »Wie hast du das geschafft?«

»Ich habe Fehler gemacht. Genug davon.« Goldberg zeigte so etwas wie ein Lächeln »Ich schulde dir was.«

Minkin schüttelte den Kopf, immer noch Sarkasmus in seiner Stimme: »Das ist doch das Mindeste, Goldberg. Einem alten Freund in der Not helfen. Sofern das mit dem Freund zutreffend ist, Goldberg? Aber ich bin mir sicher, Sie sind nicht hier, um mir nur zu danken, oder?«

Goldberg nickte. Das war nicht die Art von Beziehung, die er mit Minkin hatte – normalerweise war es kein Spiel auf Augenhöhe, sondern ein Über- und Unterordnungsverhältnis. Doch jetzt? War es Goldberg, der einen Deckel zu begleichen hatte. Der in Minkins Schuld stand.

Goldberg murmelte: »Ich weiß, du verdienst eine Erklärung.«

Minkin antwortet: »Eine Erklärung – wäre mal was Neues.«

Goldberg zog die Augenbrauen zusammen, sein Blick durchsuchte den Raum. »Hör zu, es war nie geplant, dass es so weit kommt. Ich … ich war kein Akteur. Ich stand am Rand, habe zugeschaut. Nichts Großes.«

Minkin reagierte scharf: »Nichts Großes? Sie haben die Russen da unten in Tettnang ihr Ding machen lassen, nur weil es sich für Sie gelohnt hätte? Ein astreiner Krisengewinnler.«

Goldberg verzog das Gesicht, Minkins Worte hatten ihn getroffen. Er griff nach seinem Glas, doch diesmal trank er nicht. Starrte hinein.

»Komm von deinem hohen Ross runter, Minkin. Ich hatte keine Wahl. Du weißt inzwischen, woher ich komme. Cop Schneider hat dir das erzählt. Meine Familie, unsere Geschichte. Der Hopfenhandel – das ist alles, was mir geblieben ist. Die Kontakte meines Vaters nach Russland …, ich habe sie übernommen, damit gearbeitet. Habe versucht, etwas zurückzugeben.«

So einfach wollte Minkin Goldberg nicht davonkommen lassen. »Ist Ihnen prächtig gelungen da unten«, erwiderte Minkin. »Ihr Vater hat Leben gerettet, Goldberg. Und Sie, Sie hätten um ein Haar zugelassen, dass jede Menge Existenzen vernichtet werden. Der Wachmann vom Flughafen ist tot. Was wollen Sie von mir, Goldberg. Was suchen Sie? Vergebung?«

Goldberg sah Minkin hilfesuchend an. Etwas in der Art, ja. Er schüttelte den Kopf.

Minkin hob die Arme. »Sorry, bin ich der Falsche. Not my cup of tea. Ich schleppe meine eigene Schuld mit mir herum.« Minkin war noch nicht bereit für so was wie Versöhnung. Er wollte die Situation noch hinauszögern, vielleicht wollte er sie sogar genießen.

»Besser Sie verschwinden. Ich ertrage Sie gerade nicht.«

War ein Wirkungstreffer.

Goldberg stand auf. Ging Richtung Tür. Blieb im Türrahmen der *Waldklause* stehen, drehte sich zu Minkin um. Er sah müde aus. Verdammt müde. »Ich weiß, du bist der Falsche für Vergebung.« Machte eine Pause. »Aber außer dir und Cop Schneider habe ich niemanden.« Dann trat er hinaus in der Dunkelheit.

Fuck!, dachte Minkin. Das war düster. Der Typ war echt im Arsch.

KEIN RISIKO

Das Büro des Leiters des Bundesamts für Verbraucherschutz und Lebensmittelsicherheit (BVL) war nüchtern und zweckmäßig eingerichtet. Dr. Karl-Heinz Werner, ein Mann in seinen späten Fünfzigern mit grauem Haar und einer strengen Brille, saß hinter einem großen Schreibtisch, als er den Antrag auf Notzulassung prüfte. Seine Augen waren müde, sein Blick war entschlossen. Rund um ihn herum arbeiteten seine Mitarbeiter unermüdlich, seit vierundzwanzig Stunden ohne Unterbrechung. Das alles wegen diesem Minkin. Er hatte ihn und sein Amt bei vollem Scheinwerflicht auf die offene Bühne gestoßen. Ohne Vorwarnung. Aber das war nicht der Hauptgrund, warum sie sich mit der Entscheidung nicht leichtgetan hatten.

»Das Risiko ist zu hoch«, erklärte Dr. Werner seiner Stellvertreterin, während sie die neuesten Daten durchsahen. »Wir können keine unzureichend getesteten Mittel zulassen. Unser Amt ist für die Risikoabwägung verantwortlich, und ich kann dieses Risiko nicht eingehen.«

Seine Stellvertreterin nickte, obwohl auch sie die Erschöpfung nicht verbergen konnte. »Wir haben alle möglichen Szenarien durchgespielt, Dr. Werner. Aber die Langzeitrisiken sind für die Verbraucher und die Bierkonsumenten einfach zu unklar.«

»Gut, geben sie eine Presseerklärung raus. Noch heute. Halten Sie sich kurz.«

BAD NEWS

Minkin brauchte eine Verschnaufpause. Musste runterkommen nach der Aktion in Leipzig. Zumindest, bis das BVL sich entschieden hatte. Brauchte eine kurze Auszeit, zumindest für ein paar Stunden, einen Tag. Was wäre hierfür besser geeignet als seine alte Heimat? Der Kraichgau. Er mochte diesen Landstrich. Ein sanftes Stückchen Erde zwischen Rhein und Neckar, Odenwald und dem nördlichen Schwarzwald. Breitete sich mit seinen tausend Hügeln aus wie ein welliges Tuch, bestickt mit Reben, Feldern, Landstraßen und Fachwerkdörfern. Wälder, die mehr flüstern als rauschen, zeichnen seine Konturen. Der Himmel weit, oft blau, manchmal schwer. Der Boden birgt ein sattes Versprechen. Ein paar Tourismusmarketingfuzzis hatten irgendwann die geniale Idee, von der Badischen Toskana zu sprechen. Was ein Unfug! Der Kraichgau war ein Landstrich, der sich nicht aufdrängte. War kein bisschen mondän.

Minkin wollte erst dem *Palmbräuhaus* einen Besuch abstatten. Dann weiter zu seinem Elternhaus. Auf die Veranda sitzen. Die alte Trauerweide anstarren, die ihn unwillkürlich jedesmal sofort an seine verstorbene Mutter erinnerte. Mehr ging nicht an Entschleunigung. Die Sonne stand bereits hoch am Himmel, als Minkin mit der Stadtbahn von Heilbronn nach Karlsruhe durch die sanften Hügel des Kraichgaus fuhr. Die Landschaft war geprägt von endlosen Feldern, auf denen die Braugerste wuchs, die Grundlage für einige der besten Biere der Welt war. Am Bahnhof in Eppingen stieg er aus und ging durch die Straßen und Gassen des Ortes.

Der Kraichgau war seit Jahrhunderten bekannt für seine reiche landwirtschaftliche Tradition, und die Brauwirtschaft war ein integraler Bestandteil davon. Doch nun bedrohte der Pilzbefall beim Hopfen mittelbar auch diese Region. Ohne Hopfen würde auch die Nachfrage nach Braugerste zurückgehen.

Minkin passierte den neuen See, den sie hier in Eppingen angelegt hatten, und ging vorbei an den historischen Fachwerkhäusern. Unterwegs traf er beim Überqueren der Straße auf einen alten Bauern, den er von früher kannte. Es war der alte Hofmann. Er fuhr mit seinem Fendt an ihm vorbei. Hofmann brachte den Traktor zum Stehen.

»Minkin, long net gseh!«, begrüßte ihn der Bauer. »Was suchschn du do bei uns em Kraichgau?«

Minkin schüttelte dem alten Mann die Hand. »Das *Palmbräu*, Herr Hofmann. Wie geht es euch?«

Hofmann seufzte und wischte sich den Schweiß von der Stirn. »Es sen harte Zeiten, Minkin. Der Pilzbefall bedroht die Hopfenernte in ganz Deutschland. Ohne Hopfen braucht es keine Braugerste. Du weisch, wie wichtig die Brauwirtschaft für unsere Region isch.«

Minkin nickte. »Ich weiß … Warten Sie ab, Herr Hofmann, in Berlin werden die sich sicher was einfallen lassen und das Richtige tun.«

Hofmann lachte bitter: »Z' Berlin des Richtige, du, desch so wahrscheinlich wie en Schnupfe in de Sahara.«

Was sollte man darauf sagen. Kam nicht von ungefähr, dass die in Berlin unbeliebt waren. Die Bürger hatten längst den Eindruck gewonnen, dass die da oben sich ernsthaft einen Scheiß für ihre Anliegen und Belange interessierten. Dass ihnen das gemeine Volk am Arsch vorbeiging. Erst die Person, dann die Partei – und zuletzt das Land. So war es sicher nicht. Zumindest nicht bei jedem, der ein Mandat innehatte. Aber genauso kamen die Mandatsträger rüber. Der ehemalige Kanzler hatte es sogar zum unbeliebtesten Politiker weltweit gebracht. Musste man erst mal schaffen. Auf diesem Unbeliebtheits-Ranking der New York Times die Nummer eins zu sein.

Minkin verabschiedete sich und ging weiter Richtung *Palmbräu*. Gegen Mittag erreichte er die örtliche Brauerei, das Herzstück der Kraichgauer Brauwirtschaft. Die Gaststätte war gut besucht. Minkin nahm am Stammtisch Platz. Musste sich erst wieder einhören in den Sound der Tischnachbarn. Die Besonderheiten der Lokalidiomatik. Klang eher nach Richen als nach Eppingen City. Die Eingeborenen diskutierten ein anderes ernstes Thema, das auch mit einer Hanfpflanze zu tun hatte.

»Horchemo, Rainer, weiß, was mir der Berthold jetzt wieder vazählt hat?«

»Ha, woher dann.«

»Der hot ma vazählt, de Ewald.«

»Was mit Ewald.«

»Der Ewald war beim Awalt.«

»Do bist ferddich, wege was?«

»Wege sein Dochter.«

»De Cheyenne?«

»Ja.«

»Warum?«

»Die hot Ärger mit de Bolizei.«

»Wege was?«

»Marie Anna.

»Wer isch des, die Maria Anna?«

»Noi, nix Maria Anna, Mariana, weiß doch, was i moan. Die hannse beim Kiffe verwischt.«

»Die Maria Anna?«

»No, die Cheyenne. Mit dem Mariuhana, kennst des net?«

»Hosch noch alle Tassen im Schrank, natürlich kenne des net. Die einzige Hanfpflanze, die ich zu mir nehm, ist die Hopfenpflanze, kennst mi doch, ich trinke am Abend ein, zwei Bier …«

»Aber pro Stunde.«

»Haja, ich bin doch koin Suchti, ich nehm doch koi Droge, des ist doch gesundheitserregend, krankheitsgefährdend. Dieses Mariuhana kommt mir nicht – wie soll ma sage – in die Tüte.«

»Sicher, man muss uff sich Acht gebe.«

»Und die Cheyenne, die hat die Bolizei mit dem Marianna erwischt?«

»Umgekehrt war's.«

»Wie?«

»Die Bolizei hat die Cheyenne mit dem Mariuhana erwischt, du Grasdackel.«

Einer der Eingeborenen dachte sichtbar nach.

»Sag amol, I hab dengt, des isch jetzt erlabt mit dem Cannabis?«

»Ha ja, aber doch net unter achdzehn, do ist des halt immer noch verbote, solange es nicht erlaubt ist.«

»Eben. Awer a für Erwachsene gilt: Nur 25 Gramm in der Öffentlichkeit und drei Hanfpflanze dahom uffm Balkon.«

»Des isch in Ordnung so, mit dem achdzehn, wär jo nomol schöner, wenn es Drogen scho ab sechszehn gäb?«

»Jo, aber die Grüne sind dagegen.«

»Des wieder typisch, immer dagege, immer verbiete.«

»Noi, noi, der Bundeslandwirtschaftsminister hat dem Gsundheitsminister de Vogel zeigt.«

»Wegga was?«

»Drei Hanfpflanzen, secht der Özdi, sei völlig daneben, des deckt ja gerade mal sein Wochenbedarf.«

Sein Gegenüber am Stammtisch lachte schmutzig.

»Jo gut, die Grüne, des weisch ma jo, isch ja bekannt. Do kannst dich auf was gefasst machen. Die wollet des ja jetz uff jeden Fall – wie secht ma – durchziehe. Do hänge jetzt jo sogar so üwerall Plakate uff für die Wahl.«

»Was für Plakate?«

»Do, hosch no net gelese? Hängt doch üwerall. An jedre Bushaltstelle: *Grün wählen heißt: Lieber Gras rauchen, als Heu schnupfen.*

»No gut, wenn se moinet, muss jeder selber wissen, ich werde weiterhin auf Drogen verzichten.«

»Alla proscht!«

Minkin war immer wieder erstaunt, wie stringent man solche Themen bei zwei bis vier Palmbräu zerdenken konnte. Er machte sich gerade an der zweiten Halben zu schaffen, als ihn die Nachricht, die dort über den Bildschirm lief, unvermittelt traf. Minkin war perplex. Er dachte, er sei durch, sein Job sei erledigt. Er hatte sich einen Tag freigenommen und war in seine alte Heimat gefahren. Dort stand immer noch sein Elternhaus, von dem er sich entgegen aller wirtschaftlichen Logik nicht trennen konnte. Jetzt traf es ihn hier, am Stammtisch in der Brauereischänke. Die schlechte Nachricht lief auf dem Fernsehbildschirm.

»Das Bundesamt für Verbraucherschutz und Lebensmittelsicherheit hat die Notzulassung des Pflanzenschutzmittels zur Bekämpfung der um sich greifenden Hopfenkrankheit abgelehnt«, verkündete der Nachrichtensprecher. »Die Entscheidung begründete der Behördenleiter Dr. Karl-Heinz Werner mit den hohen Risiken und der unzureichenden Prüfung des Mittels.«

»Fuck!«, rief Minkin.

Die Tischnachbarn sahen ihn *so* an. Er hielt inne, den Krug auf halber Höhe. Er starrte auf den Bildschirm und konnte es kaum fassen. Die Dinge liefen bisher in die richtige Richtung, so, wie er es geplant hatte. Umso überraschter war er über die Entscheidung des Behördenleiters.

»Fuck!«, murmelte er zum wiederholten Male, während er den Krug auf den Tisch knallte. Dieser Behördenarsch! Dieser Sesselfurzer! *Was erlauben Strunz.* Minkin dachte, die Sache wäre durch. Er griff nach seinem Handy und wählte die Nummer von Cop Schneider.

»Cop Schneider, hast du die Nachricht gehört?«, fragte Minkin, als die Verbindung hergestellt war.

»Ja, habe ich«, antwortete Cop Schneider. »Das ist ein Rückschlag. Was machen wir jetzt?«

Minkin blickte aus dem Fenster der Schänke, wo die Sonne hoch über den Hügeln des Kraichgaus wie ein müder Feuerball hing. »Wir müssen weitermachen. Ich werde nach Berlin zurückfahren. Wir müssen Druck auf das BVL ausüben. Die Bauern sollen protestieren, Reifen abfackeln, Blockaden errichten. Wir müssen sicherstellen, dass die Öffentlichkeit weiterhin informiert bleibt. Einen Generalstreik organisieren.«

»Minkin!«

»Ja?«

»Denk nach, Mann. Die Zeit läuft dir davon, das dauert zu lange!«

Minkin reagierte unwirsch. Wusste, dass Cop Schneider richtig lag.

»Hast du eine bessere Idee?«

»Nein.«

Minkin dachte nach. »Ich werde mir was überlegen.«

»Das muss nichts Gutes bedeuten.«

Idiot!, dachte Minkin und legte auf. Sie hatten Goldberg gefunden, ihn dort rausgeholt. Aber das Hauptproblem, das Hopfensterben, ging unvermindert weiter. Er dachte, die Sache wäre durch. Einen Scheiß war sie!

Die Nachricht von der Ablehnung der Notzulassung verbreitete sich wie ein Lauffeuer. In den Hopfenanbaugebieten begannen die Bauern, aus Protest auf die Straßen zu gehen. Traktoren blockierten Hauptverkehrswege, und Plakate mit Aufschriften wie »Rettet unsere Höfe!« und »Ohne Hopfen kein Bier!« prägten das Bild. Die Proteste wuchsen schnell an zu einem Symbol für die Sorgen der ländlichen Bevölkerung insgesamt.

In den Städten solidarisierten sich die Menschen mit den Bauern. Demonstrationen fanden statt. Auf Social Media breitete sich die Unterstützung unter dem Hashtag *#Hopfen-Retten* wie ein digitales Lauffeuer aus. Berichte über die drohende Hopfenkrise und die ablehnende Haltung des BVL dominierten die Nachrichten.

Trotz des wachsenden Drucks blieb Dr. Werner stur. In einem Interview mit einem großen Nachrichtensender erklärte er seine Position: »Ich verstehe die Sorgen der Bauern und der Bevölkerung. Aber mein Amt ist für die sorgfältige Prüfung und Risikoabwägung verantwortlich. Wir können keine Abkürzungen nehmen, nicht wenn es um die Sicherheit von Menschen und Umwelt geht.« Er fügte hinzu: »Die Entscheidung mag unpopulär sein, aber ich stehe zu meiner Verantwortung. Wir können nicht über Nacht keine unzureichend geprüften Mittel zulassen, die möglicherweise langfristige Schäden verursachen könnten.«

Damit verabschiedete er die Öffentlichkeit ins lange Wochenende.

AUSSER KONTROLLE

Die Dinge werden in Kürze völlig außer Kontrolle geraten.
Ich kann es heute Nacht in der faulen Luft spüren.
In meinen Fingerspitzen, in der Haut meines Gesichts,
Im schwachen letzten Atemzug des sterbenden Abendlichts.

Old College Try von The Mountain Goats

Anstatt nach Berlin hatte sich Minkin entschieden nach Tettnang zu fahren. In Tettnang angekommen, ging er direkt zu Trumans provisorischem Headquarter, dem Hopfengut. Truman, Rose und Kinky waren genauso besorgt über die neuesten Entwicklungen.

»Minkin, gut, dass du hier bist!«, begrüßte ihn Truman. »Bist du okay, siehst blass aus?«

»*Some days I look like February.*«

Truman sah in *so* an. Rose verstand auf Anhieb, was er meinte. Er fühlte sich genau so, wie ein Februar eben aussieht.

»Du hast das BVL gehört?«, fragte Truman.

Minkin nickte, seine Augen müde und sein Gesicht angespannt. »Ja, das habe ich.«

Truman war sichtlich erregt. So kannte ihn Minkin überhaupt nicht: »Wir müssen uns etwas einfallen lassen. Wir können nicht darauf warten, dass das BVL seine Meinung ändert. Sowie es aussieht, werden die Dinge in Kürze völlig außer Kontrolle geraten.«

»Wird auch langsam Zeit«, sagte Minkin.

Rose lehnte sich vor und schaute Minkin fragend an. »Was meinst du?«

Minkin hatte die Fahrt nach Tettnang genutzt, um über einen Ausweg nachzudenken. Der Plan war simpel. Er sah Rose, Truman und Kinky an und sprach mit entschlossener Stimme: »Wenn wir keine Zulassung haben, dann machen wir es ohne Zulassung. Die Bauern brauchen dieses Mittel jetzt. Wir können es nicht länger aufschieben.«

Truman hob eine Augenbraue. »Du meinst, wir verteilen das Pflanzenschutzmittel illegal?«

Minkin nickte. »Genau das meine ich. Wir müssen es unter den Bauern verteilen. Der Hersteller soll weiter die Produktion am Laufen halten und das Zeug direkt zu den betroffenen Höfen bringen.«

Truman dachte einen Moment nach und nickte dann langsam. »Zu riskant für ihn. Da wird er nicht mitspielen. Steht zu viel auf dem Spiel für ihn. Müller will seine weiße Weste behalten.«

»Wenn wir nichts tun, verlieren die Bauern alles. Sie werden den Plan unterstützen.«

Kinky mischte sich ein: »Du hörst, was Truman sagt, da wird der Hersteller nicht mitmachen. Der Boss ist ein Arschloch.«

Truman dachte laut darüber nach. »Offiziell sicher nicht.«

Minkin sah ihn fragend an.

»An was denken Sie, Truman?«

»Ihr werdet es dort stehlen müssen.«

»Ihr Ernst?«, fragte Minkin.

Truman nickte. »Ihr geht da rein, holt das Pflanzenschutzmittel und verteilt es an die Bauern. Ich sorge dafür, dass ihr ohne Probleme auf das Firmengelände kommt.«

»Das ist ihr Plan?«, sagte Minkin.

»Hast du einen besseren?«

Hatte Minkin nicht. Auf einen Gesetzesverstoß mehr oder weniger kam es jetzt nicht mehr an.

Rose fügte hinzu: »Einfach verteilen wird nicht funktionieren. Wir müssen sicherstellen, dass AgrarTech nicht nur weiter produziert, sondern auch dafür sorgen, dass das Pflanzenschutzmittel richtig eingesetzt wird. Wir brauchen eine Anleitung und müssen die Bauern instruieren. Und wir müssen erst mal rankommen an das Mittel!«

»Lass das meine Sorge sein.« Truman verließ das Gebäude und ging nach draußen. Er atmete tief durch und wählte Müllers Nummer. Es dauerte nur einen Augenblick, bis Müller mit genervter Stimme abnahm.

»Truman. Was willst du noch? Das Ding ist durch.«

»Tom. Du weißt, was ich will.« Trumans Stimme war ruhig, fast beiläufig. »Dass die Produktion weiterläuft.«

Ein leises Knurren war am anderen Ende zu hören. »Vergiss es. Du kennst die Regeln, das BVL gibt uns die Zulassung nicht. Ich riskiere nicht meine Karriere für deine Abenteuer.«

Truman lächelte leicht und ließ seine Stimme noch eine Spur kühler werden. »Ach, die Karriere … War dir schon immer wichtig.«

»Worauf willst du hinaus?«

»War dir so wichtig wie dein Doktortitel damals, hm?«

Stille am anderen Ende des Funknetzes.

»Du erinnerst dich, Tom. Hohenheim? Ein wenig Unterstützung. Ein paar *kreative Anpassungen*, damit das Ding durch die Prüfung kommt? War knapp. Wir beide wissen, was das bedeutet.«

»Du redest Blödsinn.« Müller versuchte, gelassen zu klingen, aber der verunsicherte Unterton in seiner Stimme war nicht zu überhören. »Das ist lange her. Wenn interessiert das heute noch.«

»Mag sein«, antwortete Truman ruhig. »Vielleicht habe ich alles aber noch irgendwo abgespeichert. Du weißt, wie ich bin. Ich hebe die Sachen gern auf. Und dann gibt es diese lästigen Plagiatsjäger. Untersuchen, ob die Arbeit ohne korrekte Zitation von fremden Quellen übernommen wurde. Verwenden inzwischen spezielle Software, die Texte auf Übereinstimmungen mit öffentlich zugänglichen Quellen untersucht. Diese Werkzeuge sind sehr hilfreich, können große Textmengen in kurzer Zeit durchsuchen.«

Müller war überrascht. »Drohst du mir, Truman?«

»Drohen! Tom, dein Ernst? Wie könnte ich. Ich weise auf Gefahren hin. Du bist ein wichtiger Mann. Chef der AgrarTech, bist im Vorstand des Verbandes der Chemieindustrie. Eine öffentliche Person, man darf sich doch Sorgen machen.«

Ein leises, unterdrücktes Fluchen kam von Müller. »Was willst du?«

»Die Produktion läuft weiter, ganz normal. Morgen Nacht kommen meine Leute ungehindert bei euch rein, holen das Zeug und gehen wieder. Kein Theater, keine Fragen.« Truman war unmissverständlich.

Es folgte ein tiefes Ausatmen am anderen Ende des Funknetzes. »Du spielst mit harten Bandagen, Truman. Hätte ich dir nicht zugetraut. Hast dich gemacht.« Truman konnte, wenn er wollte, ein harter Hund sein. Jetzt wollte er.

»Das Kompliment würde ich gerne zurückgeben.«

»Du solltest aufpassen, dass du nicht überreizt.«

»Haben wir einen Deal?«

»Ja, verdammt noch mal!«

Müller legte genervt auf.

Als Truman zurück ins Hopfengut ging, sahen Minkin, Rose und Kinky ihn sichtlich gespannt an. Truman hob den Daumen nach oben. »Wir sind wieder im Spiel.«

BEIM *HÄRLE* IN LEUTKIRCH

Truman organisierte ein Treffen mit den Hopfenbauern. Die Produktionsstätte bei AgrarTech in Oberschwaben arbeitete rund um die Uhr, um genügend Pflanzenschutzmittel herzustellen.

Truman hatte Müller davon überzeugt. Die Uhr tickte.

Am nächsten Tag fuhren Minkin, Truman, Rose und Kinky zu einem Treffen mit den regionalen Vertretern des Bauernverbandes Oberschwaben, um den Plan zu erläuterten. Kinky steuerte den alten, hellblauen Lada, während Truman und Minkin auf dem Rücksitz saßen. Die malerische Landschaft zog draußen vorbei. Die Stimmung war seltsam entspannt. Konterkarierte die Gesamtsituation.

»Wo treffen wir die Bauernvertreter?«, fragte Minkin.

»In der *Brauerei Härle* in Leutkirch.«

»Bei *dem* Härle?«, fragte Minkin.

Der Rechtstreit von Gottfried Härle über den Begriff *bekömmlich* sorgte vor einigen Jahren in den Medien für Aufsehen. Härle setzte sich dafür ein, dass der Begriff *bekömmlich* weiterhin in der Werbung für Bier verwendet werden und rechtlich geschützt weren sollte, dass der Begriff *bekömmlich* als Qualitätsmerkmal für sein Bier anerkannt wird. Der Streit war symbolisch für die Werte, für die Härle und seine Biere stehen. Handwerkliche Qualität, Tradition und die Verwendung regionaler Zutaten. Der Bundesgerichtshof entschied allerdings, dass der Begriff nicht als Merkmal für Bier geschützt werden kann.

Bier hat keine gesundheitsfördernde Wirkung.

»Du wirst sehen, Minkin, Gottfried Härle ist eine Type. Der Mann hat ein Gespür für Bier und für die Menschen hier.«

»Ich habe von ihm gehört. Seinen Rechtsstreit, der bis zum BGH hochging.«

»Ich kenne ihn schon einige Jahre, ein streitbarer Charakter, ein leidenschaftlicher Fürsprecher für die Region hier unten. Er arbeitet eng mit den Landwirten zusammen und setzt auf regionale Zutaten. Die Gerste und der Hopfen stammen aus dem Hügelland des Allgäus. Er hat den Begriff Nachhaltigkeit schon gelebt, als ihn die meisten noch nicht mal buchstabieren konnten. Wurde zum grünen Unternehmer, als das Green Economy noch alles andere als selbstverständlich war. Er nutzt seit vielen Jahren Solarenergie und eine Holzschnitzelanlage für die Energieerzeugung. Betreibt damit seine Brauerei. Er hat frühzeitig in umweltfreundliche Braumethoden investiert, um den ökologischen Fußabdruck seiner Brauerei zu reduzieren.«

»Sie klingen wie ein Fanboy, Truman.«

»Bin ich vermutlich. Er denkt in die Zukunft. Imponiert mir. Die Bauern haben mit den klimatischen Veränderungen zu kämpfen, die Auswirkungen auf den Anbau. Härle kennt die Herausforderungen, mit denen sie konfrontiert sind.«

Klang nach einem Überzeugungstäter, dachte Minkin. War Minkin fast 'ne Spur zu übertrieben. Klang nach einer bierbrauenden Mischung aus Greta Thunberg und Mutter Theresa. Obwohl die gute Greta inzwischen ziemlich neben der Spur lief.

»Entscheidend ist, Truman: Wie schmecken seine Biere, um mal wieder auf das Wesentliche zurückzukommen.«

Truman schütelte den Kopf: »Was machst du eigentlich, wenn du mal keine Lust auf Bier hast?«

»Ich verstehe die Frage nicht, Truman.«

Truman grinste. »Die Biere schmecken, als würde man einen Schluck von der Region selbst nehmen. Du wirst sie mögen. Der alte Härle ist außerdem ein guter Gesprächspartner. Er hat jede Menge Geschichten parat.«

»Hoffe nur, dass ich alles verstehe. Sprechen mitunter einen seltsamen Dialekt hier unten.«

»Sagt wer noch mal? Du bist im Kraichgau aufgewachsen, nicht minder seltsam, was die Einwohner dort für Sprechlaute von sich geben.«

Nach einer guten halben Stunde hatten sie Leutkirch erreicht. Der Raum, in dem die Versammlung stattfand, war im Gasthof der Brauerei Härle in Leutkirch im Allgäu. Im *Gasthof Mohren*. War nicht selten, dass man auf alte, traditonsreiche Gasthöfe oder Apotheken traf, die den Namen Mohren in sich trugen. Sie verwiesen damit in der Regel auf den Heiligen Mauritius, auch bekannt als der heilige Mohr. Er war ein römischer Soldat aus Theben im heutigen Ägypten. Der Mann wurde um 287 nach Christus unter Kaiser Maximilian hingerichtet, weil er sich weigerte, Christen zu verfolgen und zu töten. Mauritius wurde seit dem 4. Jahrhundert als Heiliger verehrt und ist der Schutzpatron vieler Berufe und Orte. Seine Verehrung breitete sich über Europa aus, was dazu führte, dass Orte und Einrichtungen, die ihm gewidmet sind, oft seinen Namen trugen. Man konnte sich an dem Namen reiben, sicher. Aber mit Rassismus hatte das ganz sicher nichts zu tun, wenn eine traditionelle Institution diesen Namen trug. Vielmehr war der Name historisch gewachsen. Das Vorurteil lag hier allzu häufig im Auge des woken Betrachters.

Die Brauerei selbst war ein stattliches Gebäude aus Backstein, das am Rande der malerischen Kleinstadt stand. Der Duft von Malz erfüllte die Luft. Die Wände waren geschmückt mit alten Fotografien und Erinnerungsstücken aus der langen Geschichte der Brauerei. Die Tische und Stühle aus Holz waren schwer und massiv, das Licht der Kronleuchter verbreitete eine gedämpfte, gemütliche Atmosphäre. Der Brauereigasthof mit seiner altehrwürdigen Gaststube, in dunklem Holz getäfelt, sah so aus, als ob er schon einiges an Geschichten gehört hatte. Wenn das Wort urig nicht schon so oft verwendet worden wäre im gastroralen Kontext, dann müsste man es hier zwingend benutzen.

Es war kurz vor 11 Uhr morgens, Minkin hatte Durst, wollte es aber nicht übertreiben. Orderte deshalb ein Helles. Minkin kannte das Bier. Leichte Trübe, strohgelb wie ein Sommertag auf dem Land. Kam mit einem feinporigen Schaum daher, fast schon wie beim Pilsner Urquell, bei der Mutter aller Bierschäume. Minkin lechzte den ersten Krug zur Hälfte leer. Verdammt hohe Durchtrinkbarkeit, um die Vokabel noch mal zu gebrauchen. Minkin war auf das Bier konzentriert, bekam nur am Rande mit, wie Truman die Pläne zur Rettung der Hopfenbestände offenlegte. Nachdem Truman damit durch war, kam das große Schweigen.

Die Vertreter der Bauern waren skeptisch. »Was ist, wenn die Behörden Wind davon bekommen, Nachforschungen anstellen? Es steht viel auf dem Spiel für unsere Mitglieder.«

»Das tut es doch so oder so«, sagte Truman.

»Wir haben die Öffentlichkeit hinter uns, der Druck auf das BVL nimmt zu. Aber der Einsatz nicht zugelassener Pflanzenschutzmittel ist illegal und wird strafrechtliche Konsequenzen für die Bauern nach sich ziehen. Es wird Kontrollen durch landwirtschaftliche Behörden geben. Was, wenn einer dabei erwischt wird? Geht er in den Knast? Bekommt er eine hohe Geldstrafe? Das kann ich nicht verantworten«, sagte der Vertreter der Bauern bestimmt.

»Sie gehen sicher nicht in den Knast«, sagte Truman. »Die Finger machen sich die Anderen schmutzig.« Dem

Bauernvertreter auf den Sack zu gehen, war keine schlechte Idee von Truman. Funktionierte nur nicht.

»Sie halten mich für einen Sesselfurzer, dem das am Arsch vorbei geht, was mit den Kollegen passiert. Sie irren sich, Truman! Wir brauchen eine neue Strategie!«

Minkin konnte es nicht fassen, was er da hörte. Die Bauernvertreter wollten sich die Hände nicht schmutzig machen, aber die Früchte ernten. Wenn Verbandsvertreter über Strategien sprachen, dann war fünf vor zwölf, dann war Polen offen. Was wollten sie hier abhalten? Einen Strategieworkshop? Wo die klügsten Köpfe zusammenkamen, um Ideen zu entwerfen? Mit einer inspirierenden Ansprache des Verbandsvorsitzenden, einer Power-Point-Präsentation und dem Höhepunkt der Veranstaltung, die anschließende Brainstorming-Sitzung, bei der alle eingeladen sind, ihre Visionen und Ideen zu teilen, während der Sekretär alles eifrig notiert?

Minkin schüttelte den Kopf, er stand auf, ging zum Tresen und holte sich ein weiteres Bier. Der Tresen war aus poliertem Eichenholz, und dahinter stand ein freundlicher, älterer Mann mit grauen Haaren. Er war in grünem Cord gekleidet. Er begrüßte Minkin mit einem kurzen Nicken.

»Grüß Gott! Was darf's sei?«

»Noch eins von dem hellen Lager.«

»Gern, der Herr.«

Der Mann am Tresen zapfte Minkins Bier.

»Gehören Sie zu der Gesellschaft dazu?«

Minkin war sich noch nicht sicher, ob er das wollte. Sagte: »Ja, ich fürchte irgendwie schon.«

Der Mann nickte: »Weiß, was Sie meinen. Aber nehmen Sie Ihnen Ihre Zögerlichkeit nicht übel. Sie haben eine Menge zu verlieren. Nicht jeder kann ein Pionier sein.«

Der Mann wusste offenbar, wovon er sprach.

Als Minkin zu der Versammlung zurückkehrte, trat er an das Tischende. Er hatte genug von der Show und sagte leise, aber mit Nachdruck: »Wir machen es!«

Keine Ahnung, wo der Plan herkam. Vermutlich kam so was dabei heraus, wenn man sich morgens um kurz nach 11 Uhr das zweite Härle reinkippte. Konnte nur eine Schnapsidee rauskommen.

Truman, Rose und Kinky sahen Minkin ungläubig an. Entsetzt wäre vermutlich das bessere Wort.

»Wie meinst du das?«

Minkin drehte der Versammlung den Rücken zu. Wandte sich an Truman, Rose und Kinky.

»Wir kippen das Zeug über die Hopfenfelder.«

»Mit der Gießkanne? Oder wie willst du das anstellen?«, fragte Truman spöttisch.

»Kinky kann doch so eine Maschine fliegen.«

Truman schüttelte den Kopf.

»Vergiss es, der Arzt hat ihm verboten, jemals wieder in ein Flugzeug zu steigen. Er hat eine kranke Lunge. Das könnte sein Tod sein.«

Minkin sah Kinky an: »Stimmt das?«

»Nun, der Arzt hat es nicht ganz so dramatisch ausgedrückt, er sprach von erheblichen Gesundheitsrisiken, wenn ich wieder in eine Maschine steige.«

Minkin dachte nach: »Du rauchst doch diese Ostmarke, wie heißt die noch mal?«

»f6.«

»Schätze, die bringt dich eher ins Grab als der Flieger.«

Kinky lachte schmutzig. Kam von ganz unten. »Kannst du recht haben.«

»Ist das ein Ja?«, fragte Minkin.

»Wenn ich es mache, dann schaffe ich es nicht allein, du steigst mit in den Flieger.«

Minkin schüttelte energisch den Kopf.

»Ich bin Berater, der Sonderbeauftragte der Bundesregierung, der Ideengeber, nicht die Exekutive.«

»Macht sich nicht gerne die Hände schmutzig, der feine Herr.«

»Darum geht es nicht.«

»Hör zu, Minkin, ich kann das nicht allein. Truman wird hier unten gebraucht, Rose hat ihr Leben noch vor sich.«

Sollte das denn heißen? Sah er schon derart runtergerockt aus?

»Wir beide haben am wenigsten zu verlieren, wenn etwas schief geht oder sie uns schnappen.«

Schön ausgedrückt, dachte Minkin. Er war nicht der Beste für den Job, sondern der, der am wenigsten zu verlieren hatte. Vermutlich stimmte das sogar. Was die ganze bescheuerte Aktion noch deprimierender machte.

Noch ein letztes Aufbäumen von Minkin. »Ich habe Flugangst, schon vergessen, ich kann nicht in so eine Maschine!«

»Du wirst dich wundern, was man mit Prozac und Härle Gold alles hinbekommt.«

Minkin gab den Widerstand auf.

Truman wandte sich an den Bauernvertreter. »Okay, wir erledigen den Job.«

»Wie wollt ihr das anstellen?«

»Je weniger Sie und Ihre Leute wissen, desto besser für alle Beteiligten.«

Minkin war fasziniert. War astreiner Spionagethrillersprech. Wo holte Truman diese Coolness her? »Ihr sorgt dafür, dass sie freie Bahn haben. Lenkt die Behörden ab, die Polizei, beschäftigt sie, demonstriert, klebt euch auf der Fahrbahn fest, blockiert Straßen, verbrennt Autoreifen, macht es wie die Franzosen. Oder ist euch das auch zu risikoreich?«

Der Verbandsvertreter schüttelte den Kopf. Hieß, sie waren an Bord.

»Wir werden das BVL nicht besiegen, aber wir können sie beschäftigen«, sagte Truman.

Minkin hatte verdammte Angst vorm Fliegen, aber er mochte die Idee.

In dem Moment erinnerte Truman ihn an Aragorn aus *Der Herr der Ringe. So lenken wir die Aufmerksamkeit von Frodo ab, wenn sich Saurons tödlicher Blick nur auf uns richtet. Wenn er blind bleibt für alles, was sich sonst bewegt.*

Minkin hatte eine Schwäche für Pathos. Ihm gefiel die Idee. Das war aber auch schon das Einzige, was ihm an der Operation gefiel. Gab vor allen Dingen eine verdammte Sache, die ihm überhaupt nicht gefiel. Das Ding mit dem Flieger.

DIE ABLENKUNG

Die erneuten Proteste begannen am frühen Morgen in Biberach und breiteten sich rasend schnell über ganz Oberschwaben aus. Die Bauern organisierten sich mit einer Effizienz und Entschlossenheit, die beeindruckend war. Über Nacht waren Straßenblockaden entstanden, Autobahnen und Bundesstraßen gesperrt, und unzählige Traktoren fuhren im Schneckentempo durch die Städte. Die Szenen erinnerten tatsächlich an die Gelbwesten-Proteste in Frankreich: brennende Reifen, lautstarke Demonstrationen und überall Menschen in gelben Warnwesten auf den Straßen.

Die Medien waren voll davon. Nachrichtensender berichteten live aus den Protestgebieten, und die Bilder von wütenden Bauern und blockierten Verkehrsadern gingen viral. Es schien, als ob der ganze Süden des Landes kurz davor war, lahmgelegt zu werden.

Das war der Plan. Funktionierte prächtig.

Während die Behörden und die Polizei damit beschäftigt waren, die wütenden Demonstranten unter Kontrolle zu halten, hatten Minkin und Kinky ihre eigene Mission.

Sie machten sich am späten Abend des folgenden Tages im Schutz der Dunkelheit auf den Weg zur Produktionsstätte in Oberschwaben. Die sonst gut bewachte Anlage war an diesem Tag beinahe verlassen. Die Wachleute des privaten Sicherheitsdienstes waren entweder abgezogen worden, um die Straßen zu sichern, oder waren selbst Teil der Demonstrationen.

Kinky parkte den alten Lada unweit des Haupteingangs. Sie schlichen sich durch eine offene Seitentür in das Gebäude. Konnte eine Falle sein. Oder jemand tat ihnen einen Gefallen. Sie würden es bald erfahren. Drinnen herrschte eine gespenstische Ruhe, unterbrochen nur von dem leisen Summen der Maschinen, die rund um die Uhr arbeiteten. Kinky hatte den Lageplan der Produktionsstätte auswendig gelernt, er wusste genau, wohin sie gehen mussten.

»Hier lang!«, flüsterte er, während sie sich durch die verwinkelten Gänge bewegten.

In der Abfüllhalle angekommen, sahen sie die riesigen Tanks mit dem Pflanzenschutzmittel. Kinky begann sofort, die danebenstehenden blauen Kanister zu füllen, während Minkin die Umgebung im Auge behielt. Sie waren weit gekommen. Sein Herz schlug schneller, und er spürte den Adrenalinkick, der ihn wach und fokussiert hielt.

Plötzlich hörte Minkin Schritte. Er drehte sich um und sah einen Wachmann, der durch den Gang auf sie zukam. Sein erster Instinkt war, sich zu verstecken, doch Kinky blieb ruhig und machte weiter.

»Hast du das gehört?«, flüsterte Minkin drängend.

»Ja, bleib ruhig. Wir sind fast fertig.«

Der Wachmann kam näher. Minkin konnte seine Uniform sehen, das Funkgerät an seinem Gürtel, das leise knackte. Der Wachmann sah die beiden und ging direkt auf sie zu. Minkins Herz raste.

Doch statt Alarm zu schlagen, nickte der Wachmann ihnen zu und winkte sie durch. »Schnell, macht schon. Hier entlang!«, sagte er leise.

Minkin war überrascht und erleichtert zugleich. »Du weißt Bescheid?«

Der Wachmann nickte. »Ihr habt Eier, das respektiere ich. Also los, bevor noch jemand kommt, der weniger

Verständnis hat! Packt die Kanister auf die Palette und nehmt den Hubwagen hier für den Transport zu eurem Wagen!«

Kinky verschloss den letzten Kanister. »Danke, Mann. Wir schulden dir was.«

»Kümmert euch um den Hopfen, das reicht völlig.«

»Warum hilfst du uns?«

»Ich will nicht zum Weißweintrinker mutieren müssen, das wäre krank«, sagte der Wachmann und verschwand wieder in den Schatten.

Gutes Argument. So ziemlich das Beste bisher in der Geschichte.

»Ich habe mir fast in die Hose gepisst«, murmelte Minkin, als sie die Kanister in den Lada verluden. Das Adrenalin pumpte durch ihre Adern, als sie das Firmengelände hinter sich ließen.

Während sie fuhren, sahen sie überall die Zeichen der Proteste. Straßensperren, Leuchtfeuer, Demonstranten, die mit Transparenten und Parolen ihrem Unmut Ausdruck verliehen, und Polizeiwagen, die versuchten, Ordnung ins Chaos zu bringen. Es war eine beispiellose Welle des Widerstands, die den Süden in Aufruhr versetzte.

»Das hätten wir«, sagte Kinky schließlich, als sie die Grenze des Protestgebietes hinter sich ließen.

»Ja«, antwortete Minkin, und obwohl er es nicht laut sagte, wusste er, dass das erst der Anfang war. Jetzt begann die wahre Herausforderung. Über den Wolken. *Alle Ängste, alle Sorgen, sagt man, sind dahinter verborgen.* Definitiv, Reinhard. Definitiv warteten sie dort auf mich, dachte Minkin.

IKARUS

Minkin und Kinky fuhren mit dem alten Lada durch die nächtlichen Straßen Oberschwabens, bis sie den nahegelegenen Regionalflughafen erreichten. Der Flughafen war ebenso unbewacht wie die Produktionsstätte. Jemand hatte ihnen einen Vorteil verschafft.

»Ich habe kein gutes Gefühl bei der Sache«, murmelte Minkin, als sie das Fahrzeug in der Nähe des Hangars parkten. »Das letzte Mal, als ich hier war, hat mich ein Wachhund erwischt. Die Wunde ist noch frisch.«

»Keine Sorge«, sagte Kinky und sprang aus dem Wagen. »Truman und der Boss von der AgrarTech haben alles geregelt. AgrachTech gehört der Flughafen mehr oder weniger. Wir haben freie Bahn.«

»Wenn das mal kein Trost ist«, sagte Minkin skeptisch, während er den Ladebereich öffnete. Sie begannen, die schweren Kanister mit dem Pflanzenschutzmittel in das Agrarflugzeug zu verladen. Das Flugzeug, die alte Yakovlev, sah aus, als hätte sie schon einige Schlachten geschlagen.

»Bereit für dein Abenteuer der Lüfte, Minkin?«, fragte Kinky grinsend, während er die letzten Kanister verstaute.

»Wenn du bereit bist, deine Lunge zu riskieren, bin ich auch bereit«, antwortete Minkin trocken.

Bevor sie ins Cockpit stiegen, holte Kinky eine Packung Prozac aus der Jackentasche und gab Minkin die Packung. Dann ging er zum Kofferraum und holte zwei Flaschen Härle Gold, öffnete sie mit den Zähnen und gab Minkin eine Flasche.

»Sei vorsichtig mit den Beruhigungspillen, zusammen mit Alkohol können die Dinger ziemlich reinhauen!«

Minkin schluckte zwei Pillen und spülte sie mit Härle Gold runter.

»Genau darum geht es doch«, murmelte er und spürte die Wirkung der Pillen fast sofort.

Kinky zündete sich eine f6 an, inhalierte tief und startete dann das Flugzeug.

Der Motor brüllte auf, und Minkin spürte, wie sein Herz schneller schlug. Die Pillen und das Bier konnten nicht verhindern, dass die Angst ihn packte. Aber es kam ihm weniger schlimm vor, als er befürchtet hatte. »Es wird schon«, rief er sich Mut zu, »immerhin sterbe ich wie ein Held.«

»Heute noch nicht, Minkin, mach dir keine Hoffnung!«

Die Yakovlev hob ab und sie flogen über die nächtlichen Landschaften Oberschwabens, direkt zu den Hopfenfeldern von Tettnang. Minkin hielt sich krampfhaft an seinem Sitz fest, während Kinky das Flugzeug ruhig und professionell steuerte.

»Da unten!«, schrie Kinky und zeigte auf die weitläufigen Felder. »Bereit?«

»So bereit, wie man eben sein kann, wenn man plant, illegale Pflanzenschutzmittel, deren Wirkung völlig unbekannt ist, von einem klapprigen Flugzeug aus auf die kostbarste Hanfpflanze des Planeten zu versprühen«, antwortete Minkin mit einem trockenen Lachen.

Kinky zog an einem Hebel, und das Pflanzenschutzmittel begann in einem feinen Nebel aus den Düsen zu sprühen. Sie flogen über die Felder, hin und her, stundenlang. Der Himmel wurde langsam heller, und Minkin merkte, dass er immer noch lebendig war, was ihn gleichermaßen erstaunte und beruhigte.

»Wir machen das tatsächlich«, sagte er fassungslos, während er in den ersten Strahlen der Morgensonne über die Felder blickte. »Ich erkenne mich selbst nicht wieder.«

Kinky nahm einen letzten Zug von seiner Zigarette und grinste. Er hatte die Packung f6 fast komplett wegeraucht. »Das passiert, wenn man sich mit mir einlässt.«

Stunden danach, als der Tank des Flugzeugs nahezu leer war, kehrten sie mit gerade genug Treibstoff zum Flughafen zurück. Der Motor röchelte, als sie aufsetzten, und das Flugzeug kam mit einem Ruck zum Stehen. Beide atmeten auf.

»Geschafft!«, sagte Kinky, als er aus dem Cockpit kletterte und eine letzte f6 anzündete.

Minkin, immer noch vollgepumpt mit Adrenalin und Beruhigungsmitteln, lehnte sich an das Flugzeug und lachte. »Ich kann es nicht glauben. Wir haben es tatsächlich geschafft!«

»Man muss nur die richtigen Pillen nehmen und ein Getränk darauf schütten.«

»Und einen Wahnsinnigen neben sich am Steuerknüppel sitzen haben«, antwortete Minkin.

»Das kann auch helfen.«

»Und jetzt?«, fragte Minkin.

»Jetzt warten wir ab und hoffen, dass das Zeug wirkt«, sagte Kinky. »Und dass niemand uns erwischt. Ach ja, und noch was, Minkin, vielleicht gehst du mal mit Rose was trinken.«

»Wie kommst du drauf, hat sie was gesagt?«

»Keine Ahnung, schätze, sie mag dich.«

»Sicher?«

»Keine Ahnung, probiere es. Und wenn wir schon dabei sind, diese Bachmann …«

»Ich weiß, ich mach' das klar für dich.«

»Oder läuft da wieder was zwischen euch?«

»Bist du bescheuert? Auf keinen Fall!«

»Kannst du mir dann endlich ihre Nummer geben, das war der Deal, dass ich dir mit Goldberg geholfen habe.«

Damit hatte Minkin nicht gerechnet. Kinky wollte immer noch was von der Bachmann? Er hatte sie gerade ein einziges Mal gesehen.

»Dein Ernst?«

»Ja, meinst du, ich habe Witze gemacht? Die Bachmann scheint ein taffes Mädchen zu sein.«

Minkin nickte: »Okay, wenn du meinst …«

Minkin schaute in den aufkommenden Morgenhimmel. Er fühlte sich lebendig wie nie zuvor, trotz der Erschöpfung und der irren Umstände. »Vielleicht bin ich doch zu mehr fähig, als ich dachte«, murmelte er, während sie langsam zurück zum Lada gingen.

»Bleib mal auf dem Teppich«, sagte Kinky und schlug ihm freundschaftlich auf die Schulter. »Frühstücken oder ein weiteres Bier?«

Minkin grinste. »Wieso *oder*?«

HELDEN FÜR EINEN TAG

Drei Tage waren vergangen, seit Minkin und Kinky ihre waghalsige Aktion durchgeführt hatten. Minkin, Kinky und Truman standen am Rande der Hopfenfelder. Die Felder von Tettnang wurden von der Morgensonne in ein warmes, goldenes Licht getaucht. Die Luft war voll vom Duft frischer Hopfenpflanzen. Man kam sich vor wie in einer Krombacher-Werbung.

»Schau dir das an!«, sagte er und deutete auf die kräftigen, grünen Pflanzen, die sich bis zum Horizont erstreckten. »Sie erholen sich tatsächlich!«

Kinky trat neben ihn, eine f6 in der Hand und ein breites Grinsen auf den Lippen. »Die Pflanzen sehen besser aus als je zuvor. Dieser Gruschenko hat einen guten Job gemacht im Labor.«

»Ihr zwei auch«, sagte Truman.

Die Hopfenpflanzen, die noch vor wenigen Tagen kurz vor dem Verwelken standen, waren voller Leben. Die Blätter waren sattgrün, die Dolden füllten sich. Die Bauern, die ihre Felder inspizierten, strahlten vor Freude und Erleichterung. Sie hatten ihre Ernte schon verloren geglaubt, nun waren sie gerettet. Ein alter Bauer, dessen Gesicht von der Sonne und dem Leben zerfurcht war, trat auf Minkin und Kinky zu. »Ihr wart das, oder?«

Minkin nickte. War ihm fast ein wenig peinlich.

»Man kann sagen, ihr habt uns das Leben gerettet«, sagte der Bauer mit Pippi in den Augen. »Wir hätten dieses Jahr nichts ernten können, wenn ihr nicht gewesen wärt.«

»Wir haben getan, was nötig war.«

»Euer Einsatz hat sich gelohnt«, sagte der Bauer und reichte beiden die Hand. »Ihr seid Helden.«

Kinky lachte schmutzig, kam von ganz unten, und klopfte Minkin gegen die Brust. »Na, siehst du, Minkin? Wir sind Helden. *Just for One Day!* Ach, der olle David Bowie. Auch schon ein Jahrzehnt tot. Seine Musik war für die Ewigkeit.

Während sie den Erfolg ihrer Mission betrachteten, näherte sich Rose mit einem strahlenden Lächeln und fasste Minkin an die Schulter.

»Minkin, hast du Lust auf ein Frühstück?«

Minkin spürte, wie sein Herz Kapriolen schlug. Das hier drohte ganz gewaltig in Romantic Comedy abzudriften. Wäre kaum verwunderlich, wenn Hugh Grant und Julia Roberts gleich um die Ecke kämen. Gottverdammt!, wie hoch konnte man fallen, dachte Minkin. Wie lange war das her, dass ihn eine Frau das gefragt hatte? Er konnte sich nicht erinnern. Weil er niemals frühstücken ging.

»Ja, das wäre großartig!«

Rose nahm seine Hand und führte ihn weg, während Kinky ihnen hinterherrief: »Vergiss nicht, mir Bachmanns Nummer zu geben, Kumpel!«

Minkin drehte sich um. »Klar, das mache ich.«

Als er mit Rose durch die Felder ging, hatte er das Gefühl, er könnte alles erreichen. Die Pflanzen hatten sich erholt, die Ernte war gerettet, und neben ihm lief ein Mädchen, das er gut fand. Richtig gut. Die Zukunft schien heller als je zuvor. Fast zu grell. Was war das mit der Bachmann? Sie ging ihm trotz aller Umstände und Vorfälle nicht aus dem Kopf. Ein Irrsinn war das.

Minkin und Rose gingen durch die Felder und erreichten schließlich das *Café* in Tettnang. Das kleine Café war eine Mischung aus Laden und Café. Bekannt für seine gemütliche

Atmosphäre und die hervorragende Auswahl an Schokoladenspezialitäten, hatte ihm Rose vorgeschwärmt. Im Inneren empfing sie ein warmes Ambiente. Kein minkinesken Terrain.

Rose wählte einen Tisch am Fenster, von dem aus man auf die gepflasterte Straße und die vorbeigehenden Menschen blicken konnte. »Was für ein bezaubernder Ort!«, sagte sie strahlend. »Ich mag dieses Café.«

Minkin setzte sich. Ihm war etwas unbehaglich in dieser ungewohnten Umgebung. Er war entschlossen, sich von seiner besten Seite zu zeigen. Das hier war vermintes Gelände. Verdammt gefährlich. Frühstücken mit einer bezaubernden Frau. Die Fehler, die man hier machen konnte, sie waren Legion. Minkin versuchte es damit: »Ja, es hat wirklich Charme«. Lächelte verklemmt. Wie dumm das aussah. Vollidiot!

Eine junge, gut gelaunte Kellnerin begrüßte sie herzlich. So gar nicht sein Vibe.

»Ich denke, ich nehme ein Croissant und den Cappuccino«, sagte Rose und sah zu Minkin hinüber. »Was ist mit dir?«

»Perfekte Wahl, nehme ich auch.«

Das Frühstück kam schnell und sie begannen, über alles Mögliche zu reden – die Pflanzen, die Bauern, ihre Kindheitserinnerungen. Rose erzählte von ihrer Liebe zur Natur, warum sie diesen Beruf als Biologin gewählt hatte und von ihrem Traum, eines Tages einen eigenen kleinen Hof zu haben. Minkin lauschte fasziniert, fühlte aber gleichzeitig, dass das hier in die falsche Richtung lief. Bauernhof?

Noch dazu ging ihm nicht aus dem Sinn, was Kinky von der Bachmann wollte.

Rose spürte, dass Minkin nicht hundertprozentig anwesend war.

»Was ist los, Minkin. Ich mag dich. Ist dir das unangenehm?«

Heiliger Strohsack!, dachte Minkin. Sie mag mich. Was sollte man darauf sagen, ohne in Flammen aufzugehen? »Weißt du, Rose, mir fehlt offen gestanden die Routine in solchen Sachen.«

»Was für Sachen meinst du?«

»Na ja, so was eben hier, dass hier zwischen uns, das geht doch ziemlich in Richtung Romantik, oder?«

Rose hielt inne und legte ihr Croissant zur Seite. Sah Minkin nachdenklich an. »Du bist noch nicht über die Bachmann weg!«

Minkin bemerkte zu spät seinen Fehler und spürte, wie die Atmosphäre abkühlte. »Sie ist … zuallererst jemand aus meiner Vergangenheit. Und es ist kompliziert.«

Rose sah ihn prüfend an. »Das ist keine gute Antwort. Du bist noch nicht durch mit ihr?«

Minkin fühlte sich ertappt und kämpfte darum, die richtigen Worte zu finden. »Es ist nicht so, dass da noch etwas läuft. Aber es gibt Dinge, die ich regeln muss.«

Rose nickte langsam und sah aus dem Fenster. »Ich verstehe. Vielleicht hättest du das von Anfang an sagen sollen.« Jetzt war sie sauer. War das ein Wunder?

Die restliche Zeit im Café verlief in betretenem Schweigen. Minkin versuchte, das Gespräch wieder in Gang zu bringen. Was ordentlich schief ging. Nach weiteren, quälenden Minuten beendete Rose das Frühstück. Sie erhob sich.

»Danke für das Frühstück«, sagte Rose aus Höflichkeit. »Ich denke, ich gehe jetzt.«

»Tut mir leid, wie das hier gelaufen ist.«

»Schon gut«, antwortete sie und lächelte schwach. »Ich hoffe, du klärst das mit der Bachmann. Auch für dich. Wir sehen uns.« Dann verschwand sie.

Minkin sah ihr nach, als sie davonging, und fühlte den stechenden Schmerz der Enttäuschung in seiner Brust. Er hatte es gründlich versaut. Wieder einmal. Immerhin in einer Sache war er perfekt.

Minkin beobachtete, wie Rose die Straße hinunterging, ihre Schritte anmutig und gleichmäßig. Er fühlte sich seltsam hohl, als wäre ihm etwas aus der Hand geglitten, das er nicht einmal richtig erfasst hatte. Rose war so direkt, so klar in dem, was sie wollte, und trotzdem hatte er es geschafft, alles zu verkomplizieren. Er seufzte und starrte durch das Fenster, auf die leeren Tassen auf dem Tisch. Es war ein deprimierender Anblick. Sein Blick wanderte durch das Café, das sich allmählich mit den frühen Gästen des Tages füllte. Lächelnde Gesichter, ein sanftes Klirren von Tassen und Besteck. Alles schien normal, friedlich. In Minkin tobte das Chaos. Die spektakuläre Befreiungsaktion in Leipzig? War Kindergarten dagegen.

Die Bachmann. Warum kehrte sie immer wieder in seinen Kopf zurück? In Momenten, in denen er sie dort am allerwenigsten haben wollte? Er versuchte, sich auf Rose zu konzentrieren, auf ihr Lächeln, ihre weichen Hände, sie hatte ihn an der Schulter berührt. Es funktionierte nicht. Die Bachmann drängte sich in seinen Kopf wie ein unförmiger Schatten mit Heilbronner Dialekt, der sich nicht vertreiben ließ. Er musste der Sache auf den Grund gehen. Ein für alle Mal. Scheißegal, was ihn da unten erwartete.

Minkin lehnte sich in seinem Stuhl zurück und starrte nach draußen. Was war das mit ihr? Mit der Bachmann? Sie hatten nie was miteinander gehabt. Sie war nicht seine Ex, sie war kaum mehr als eine Freundin, Gefährtin. Trotzdem war da eine Verbindung, die er nicht erklären konnte. Eine Abhängigkeit. Fast schon toxische Abhängigkeit. Vielleicht lag es an der Art, wie sie sich bewegte, leicht linkisch, als würde sie immer überlegen, wohin mit ihren Armen, wohin mit ihren Händen. Vielleicht war es ihr Blick, dieses tiefe Blau, das jeden Raum scannen konnte, als würde sie ständig mehr sehen als alle anderen. Sie war nicht dumm, das Gegenteil war der Fall. Ihre Augen waren scharf und intelligent. Schief standen sie auch, ja. Ihre Unbeholfenheit faszinierte ihn auf eine befremdliche Weise. Die Art, wie sie sich in ihren unpassenden grauen Kostümen versteckte, als wollte sie niemandem auffallen. Trotzdem schaffte sie es, in seinem Kopf präsent zu sein. Präsenter als Rose.

»Was soll der Unsinn?«, dachte er erneut und bemerkte, dass er sich immer wieder im Kreis drehte.

Er versuchte, die Zeit mit Rose zu verstehen. Ein bezauberndes Mädchen. Warmherzig, schlau, hinreißend. Sie wollte einen kleinen Hof, sprach von der Natur und vom Leben mit einer gewissen Einfachheit. Minkin hatte noch keine Idee, ob ihm das gefiel oder nicht. Konnte so oder so sein. Vermutlich fand er das eher so.

Aber während sie redete, war er immer wieder mit den Gedanken abgedriftet. Zur Bachmann. »Du bist noch nicht über die Bachmann weg, oder?«, hatte Rose ihn gefragt. Er fühlte sich wie auf frischer Tat ertappt. Vermutlich hatte sie es schon die ganze Zeit gespürt.

Minkin nahm draußen vor dem Café Platz auf einer Bank. Er legte den Kopf in die Hände. Ernsthaft? War er nicht über die Bachmann hinweg? Was sollte das überhaupt heißen? Sie hatten doch nie Romantik miteinander geteilt, keine Blicke, keine Berührungen, nichts, was man als Anziehung hätte bezeichnen können. Aber irgendetwas in ihrer nervigen Präsenz hatte ihn gefangen genommen. Es war kein Verlangen im klassischen Sinne. Es war wie eine Nagelbettentzündung, die man nicht losbekam. An die man sich gewöhnte mit der Zeit. Schwer zu definieren, fast so, als würde er eine Antwort suchen, von der er nicht einmal wusste, dass es eine Frage dazu gab. Es war sinnlos, länger hier zu bleiben in Tettnang. Zeit, herauszufinden, was zur Hölle das mit der Bachmann war. Andernfalls, ja andernfalls würde sie auch in Zukunft jeder anderen Frau im Weg stehen.

NOCH EIN LETZTES GLAS

Der Morgen war noch jung, als die Spinne sich auf das Treffen mit dem Major vorbereitete. Er hatte sie ins Hauptquartier bestellt. Vladi und Sergeij sollten sie dort hinbringen. Der Hangar lag im Nebel, und die Kälte der Nacht schien immer noch in ihren Gliedern zu stecken.

Ihre Gedanken kreisten um Minkin. Er hatte sich nicht aus der Sache rausgehalten. Hatte das Gegenteil getan. Er hatte es geschafft, die Hopfenernte zu retten. Weis der Teufel, wie der Kerl das angestellt hatte. Dr. Gruschenko hatte vermutlich seine Finger im Spiel. Anders war das nicht zu erklären. Hätte sie Minkin beseitigen sollen? Ihn aus dem Flugzeug werfen? Besser wäre das gewesen. Die Schuld bei Goldberg hatte mehr Gewicht als der Befehl, Minkin zu beseitigen. Der Preis für diesen Moment der Menschlichkeit würde hoch sein.

Vladi und Sergej warteten bereits im Inneren des unscheinbaren Büros, einem kahlen Raum, der nur durch einen kleinen Tisch und drei Stühle bestückt war. Die Atmosphäre war erdrückend. Sergej hielt sich im Hintergrund, seine Augen fest auf die Spinne gerichtet, während Vladi sich an einem Fenster aufhielt, den Rücken zu ihr gekehrt.

»Bist du bereit? Können wir?«, fragte Sergej und brach das Schweigen.

Die Spinne nickte, griff nach ihrem Mantel und trat näher an die beiden heran. Es war nicht das übliche Gefühl der bevorstehenden Mission, das sie begleitete. Irgendetwas war diesmal anders. Vladi drehte sich langsam um und musterte sie. »Der Major erwartet uns im Hauptquartier. Du wirst sicher erahnen, wie er die Mission hier bewertet.«

»Was soll das bedeuten?«, fragte die Spinne.

»Es bedeutet, dass Entscheidungen gefallen sind, die wir nicht mehr beeinflussen können«, sagte Vladi kühl. Er kam näher an die Spinne heran. Ein unheilvolles Schweigen breitete sich aus, während er langsam einen silbernen Flachmann aus seiner Tasche zog. »Wir werden auf das Ende deiner Karriere anstoßen«, sagte er mit einem schmalen Lächeln.

Die Spinne nahm das Angebot ohne Zögern an. Wodka war immer ihr Weg gewesen, die Dinge zu verarbeiten. Mit einem bitteren Schmunzeln griff sie nach dem Flachmann und setzte ihn an die Lippen. Sie spürte die kalte Flüssigkeit ihren Rachen hinuntergleiten. Irgendetwas schmeckte anders. Ein Hauch von Metall auf ihrer Zunge. Nur einen Moment lang zögerte sie, dann setzte sie den Flachmann ab und blickte Vladi direkt in die Augen. Ahnte, was los war.

»Wirklich, Vladi? So endet es?«

Sein Gesicht zeigte keine Regung. »Du hast uns alle in Gefahr gebracht. Wenn du Minkin verschonst, verschonst du unsere Feinde. Und das … kann ich mir nicht leisten.«

Die Spinne spürte bereits das Kribbeln in ihren Fingern. Ein kalter Schmerz breitete sich in ihrer Brust aus, als die Wirkung des Gifts begann.

»Was ist es?«

»Nowitschek, es wird schnell gehen.«

»Nowitschok«, flüsterte sie. Es war ein hochwirksames Nervengift, das ihr nicht fremd war. Als Waffe. Nur, dass sie diesmal das Opfer war. Ihre Stimme war nur noch ein Schatten, während die Welt um sie herum langsam verschwamm. Sie ließ sich auf den nächstbesten Stuhl sinken. Krämpfe setzten ein, zogen ihre Muskeln zusammen, während ihr

Körper um Kontrolle kämpfte. Der Schmerz war gnadenlos, doch sie kämpfte dagegen an. »Goldberg …«, keuchte sie, die Pupillen verengt und ihr Atem schwer. »Ich hätte wissen müssen, dass es so endet.«

Vladi trat näher, beobachtete sie kalt. »Dein Fehler war nicht, Minkin zu verschonen. Dein Fehler war, zu glauben, dass Vergangenheit hier etwas zählt, dass du Goldberg irgendetwas schuldig wärst.«

Die Spinne bäumte sich auf, als der nächste Krampf durch ihren Körper fuhr. Der Schweiß perlte ihr von der Stirn, und ein Schwall Übelkeit stieg in ihr auf. Sie wollte etwas sagen, doch ihre Zunge war taub. Die Welt wurde dunkler, ihre Atmung flacher.

Sergej, der bisher schweigend zugesehen hatte, drehte sich jetzt mit einem ängstlichen Blick zu ihr um. »Sie hatte keine Wahl«, murmelte er leise.

Vladi schüttelte den Kopf. »Doch! Sie hatte die Wahl. Und sie hat die falsche Wahl getroffen.« Vladi wandte sich ab, ließ die Spinne zurück, die in ihrem Todeskampf zitterte. Sergej trat näher an sie heran und ergriff ihre Hand. Das Mindeste, was er tun konnte. Sie sah ihn an. Er wusste in diesem Moment, dass er diesen Blick ein Leben lang mit sich herumtragen würde. Bei Tag und bei Nacht, in seinen Träumen. Kein Mensch sollte allein sterben.

Der Raum schien für die Spinne immer kleiner zu werden, ihre Gedanken zerbrachen, fanden keinen Ausweg mehr. Die letzten Bilder, die durch ihren Kopf jagten, waren die ihrer Großeltern auf Goldbergs Plantage an einem Sommertag, einem Tag wie diesem. Sie sah in das Gesicht des Mannes, dessen Leben sie verschont hatte. Minkins Gesicht. Ob er es wert war?

Dann kam der Tod. Er war gnädig. Dunkelheit nahm ihre Hand. Der Flachmann, den sie noch mit den Fingern umklammerte, fiel zu Boden. Der letzte Tropfen Wodka färbte den grauen Beton dunkel ein. Ihre Augen, weit geöffnet, starrten ins Leere – die Spinne hatte sich in ihrem eigenen Netz gefangen. Draußen zog der Nebel sich langsam zurück, und die ersten Sonnenstrahlen des Tages fielen über den stillen Flugplatz. Es würde ein schöner Sommertag werden am See.

HOMECOMING

Minkin hatte Tettnang hinter sich gelassen. Das Werk war vollbracht. Mit Rose hatte er es verkackt. Er kam spätabends in Stuttgart an. Nach 22 Uhr. Es war Anfang Juli. Er stieg aus dem Zug und trat auf den Bahnsteig des Stuttgarter Hauptbahnhofs. Sofort umhüllte ihn die drückende Schwüle des Sommerabends wie eine unsichtbare, feuchtwarme Decke. Die Luft war schwer, gesättigt mit einer erdrückenden Feuchtigkeit, die bei jedem Atemzug in seine Lungen drang und seine Kleidung klamm werden ließ. Kein Vergleich mit dem weichen Klima der vergangenen Tage in Oberschwaben.

Minkin ging ein paar Schritte. Spürte, wie sich der Beton unter seinen Schuhen aufgeheizt hatte und die Wärme des Tages in Wellen aufstieg. Es war, als ob der Boden selbst gegen die abendliche Abkühlung ankämpfte. Er würde heute Nacht die Oberhand behalten.

Trotz der erdrückenden Hitze konnte Minkin nicht anders, als ein Lächeln auf seinen Lippen zu spüren. Er mochte diese gottverdammten schwülwarmen Sommerabende im Talkessel. Erinnerten ihn auf sonderbare Art ans Erwachsenwerden. Man brachte den Jungen aus dem Dorf heraus, aber nicht das Dorf aus dem Jungen. Erwachsen geworden war er vermutlich hier. Mit ein wenig Fantasie erinnerte ein solcher stickiger Sommerabend im Talkessel an die Geschichten und Filme, die er über New York gelesen und gesehen hatte. An Paul Auster, Woody Allen. An den Paten. An die Musik von Sinatra, Lou Reed, Tom Waits. So stellte er sich eine Sommernacht im Big Apple vor. Er würde sich das gerne mal anschauen. Wer oder was sollte ihn dort hinbringen? Prozac und Härle Gold. Die Luft, die von der Hitze des Tages zitterte, das Summen der Stadt, das nie ganz verstummte. Die Menschen, die wie Ameisen ihren Weg gingen, unbeeindruckt von den drückenden Temperaturen.

Minkin konnte die dicke Luft des Talkessels förmlich schmecken, eine Mischung aus Abgasen, überhitztem Asphalt und einem süßlichen Duft. Im besten Fall kam der Duft von Linden, die in den umliegenden Straßen blühten. Wahrscheinlicher war, dass sich jemand am Bahnsteig erleichtert hatte.

Minkin zog ein Papiertaschentuch hervor, wischte sich den Schweiß von der Stirn. Der Bahnhof war voller Menschen. Alles schien in Zeitlupe abzulaufen, als hätte die Hitze auch die Bewegungen der Passanten verlangsamt. Selbst die Geräusche wirkten gedämpft, die Gespräche, das Klackern der Kofferrollen und das Rufen der Zugansagen schienen von der drückenden Atmosphäre verschluckt zu werden.

Minkin richtete seinen Blick auf die Ausgänge. Wusste, dass ihn draußen keine Abkühlung erwarten würde. Mit jedem Schritt fühlte er, wie die Hitze seine Energie aufsaugte, ihn schwerer und träger machte. Der Sommer im Talkessel zeigte sich in all seiner unbarmherzigen Intensität. Was sollte man dagegen sagen? Genau dieses schwülwarme, unauflösbare Gemisch musste man mögen. Ja, selbst das olfaktorische Echo der unterirdischen Gänge und Ecken des Bahnhofs. Es war ein unangenehmer Geruch, der in jeder anderen Situation abstoßend gewesen wäre. Jetzt, in diesem Moment, erinnerte es Minkin an vergangene Jahre, an die unwiederbringliche Freiheit der Jugend. Das hier war eine Hommage an die chaotische Schönheit des urbanen Sommers.

Fühlte sich verdammt noch mal gut an.

Nichts ging über eine Sommernacht im Kessel.
Klar – die Lerche war längst fort von hier,
geblieben ist uns nur die Nachtigall.
Sie trägt das Grau der Bahnhofstauben.
Und *die da* kann nur diesen einen Song.
Jeder Traum ist ein guter Traum;
selbst Alpträume sind gute Träume,
wenn man sie nur richtig träumt.
Jedes Getränk ist ein gutes Getränk.
Gibt verdammt noch mal diesen einen Ort,
am Kesselrand, am Hopfenstrand,
wo sie das Getränk perfekt zapfen.
Waldklause is calling.

Quellenhinweise

Road To Nowhere, Song von den Talking Heads, 1985.
Morning Has Broken, Song von Cat Stevens, 1971.
Running Up That Hill (A Deal with God), Song von Kate Bush, 1985.
From Russia with love, James-Bond-Film, UK/USA, 1963.
Go West, Song von The Pet Shop Boys, 1993.
Alles nix Konkretes, Album von AnnenMayKantereit, 2016.
Was hat euch bloß so ruiniert? Song von Die Sterne, 1996.
Action Jackson! Spielfilm, USA 1998.
Old College Try, Song von The Mountain Goats, 2002.

Die Quellen aller weiteren Film- und Songtitel sind im Text angegeben.

Kurzitate Samuel Beckett Seiten 51f aus: Samuel Beckett, Warten auf Godot. Suhrkamp Taschenbuch 3751, Erste Auflage 2005.

DANKSAGUNG

Dank geht an meinen Lektor Bernd Storz, mit dem ich zum dritten Mal zusammenarbeiten durfte. Es war mir wieder eine Freude. Danke für die vielen kreativen Vorschläge! Dank geht an Werner Dinkelaker von der Schönbuch Braumanufaktur für den Bierinput und den Brauereihintergrund. Ebenso an Stefan Stanglmair, Hopfenbauer aus der Hallertau, der mir Fachwissen zu Hopfenwirtschaft und Anbau geliefert hat. Dank geht hier insbesondere auch an Dr. Michael Helmut Hagemann von der Universität Hohenheim, Institut Kulturpflanzenwissenschaften, für die wissenschaftlichen Ausführungen zur Hopfenkrankheit. Dank geht an Olivier Boschat, der den Schreibprozess wieder konstruktiv begleitet hat und diesmal auch an der einen oder anderen Stelle schreibenderweise mitgewirkt hat. Danke euch für die Kritik, die Anregungen, die Verbesserungen. Dank geht an meine Verlegerin Gabriele Schäfer-Lehari, die die Publikation der Bierkrimireihe weiterhin ermöglicht. Dank geht an Frau Ulrike Weiler vom Verlag Oertel & Spörer für die immer wieder sehr hilfreiche Unterstützung bei Vertrieb und Veranstaltungen.

Die Idee mit *Warten auf Goldberg* trug ich schon eine Weile mit mir herum. Eigentlich war es am Anfang nur der Titel. Warten auf Goldberg. Ja, ist eine Anlehnung an *Warten auf Godot* von Samuel Beckett. Die Beckett-Kenner unter meinen Leserinnen und Lesern werden das sofort erkannt haben. Und zwar alle beide. Die Szene in der *Waldklause* zu Anfang des Buches auf den Seiten 51 f., in der sich

Minkin und Cop Schneider über das Ausbleiben Goldbergs unterhalten, ist eine Parodie, ein freies Wortspiel, inspiriert von den Dialogen von Vladimir und Estragon aus *Warten auf Godot*. Der Titel war im Grunde Ausgangspunkt für das Buch. Dann war es endlich an der Zeit, dass sich Minkin dem Hopfen widmet. Integraler Bestandteil des Bieres. Und gleichzeitig eine gefährdete Spezies. Dem Hopfen drohen allerhand Gefahren. Klimwandel, natürliche Schädlinge, Sabotageakte. Das kann Minkin nicht durchgehen lassen. Tettnang und die Region Bodensee/Oberschwaben haben sich als Handlungsorte für sein sechstes Bierabenteuer aufgedrängt. Ich freue mich jetzt schon darauf, mit dem Buch dort unterwegs zu sein.

Thomas Lang

Thomas Lang wurde 1968 im Kraichgau geboren. Nach einer Ausbildung bei einer Landwirtschaftlichen Genossenschaft in Eppingen/Kraichgau studierte er Jura in Tübingen. Daneben belegte er dort im Studio Literatur und Theater Kurse im Kreativen Schreiben und in Rhetorik.
Seit zwanzig Jahren lebt und arbeitet er in Stuttgart als Anwalt und Datenschutzbeauftragter. Daneben ist er seit vielen Jahren Autor und Ensemblemitglied beim Stuttgarter Juristenkabarett. Er schreibt im Stuttgartmagazin *Lift* die kleine und feine Kolumne »Schräggastro – wir gehen dahin, wo Sie sich nicht hintrauen!« Mit seinen Leseshows ist er regelmäßiger Gast bei den Stuttgarter Kriminächten.

Warten auf Goldberg ist der sechste Zufall in seiner Bierkrimi-Reihe.

www.bier-krimi.de
instagram/bierkrimiautor
facebook/Thomas Lang

Der Feuerbacher Privatermittler soll die Rote Madonna retten, die Mutter des Fränkischen Bierwunders und Schutzpatronin der Fränkischen Brauer. Denn in Bamberg will ein skrupelloser Immobilienhai eine Kapelle samt dazugehöriger Brauerei und jener Madonnenfigur abreißen, um auf dem Areal Luxusappartements zu bauen.

Eine nicht ganz einfache Aufgabe für Minkin! Denn wie soll sich ein Stuttgarter allein schon sprachlich zurechtfinden im fremden Fränkischen?

ISBN 978-3-96555-136-7 |13,00 EUR | 268 Seiten

Auch als eBook 9,99 Euro

Zweitausend Jahre ging die Menschheit davon aus, dass Jesus und seine Jünger beim letzten Abendmahl ordentlich Wein gebechert hätten. Aber es war Cervisia, benannt nach der Feldgöttin Ceres. Neudeutsch? Bier. Die Kirche, der Weinpapst und die württembergische Weinmafia wollen das Heilige Fass ein für alle Mal zerstören. Es ist ernst. Bierernst. Gibt nur einen, der das Ding noch retten kann. Minkins dritter Fall.

ISBN 978-3-88627-792-6 | 10,95 EUR | 214 Seiten

Auch als eBook 8,49 Euro

Thomas Lang
GOLDBERGS FORMEL
Ein Schräggastro-Krimi

Dieser Kriminalroman spielt an realen Schauplätzen. Alle Personen und Handlungen sind frei erfunden. Sollten sich dennoch Ähnlichkeiten mit lebenden oder verstorbenen Personen ergeben, so sind diese rein zufällig und nicht beabsichtigt.

Product footprint
CO_2 Neutral
PBN-CFMCP-015258
www.preferredbynature.org

Postfach 16 42 · 72706 Reutlingen

Titelbild: Jacqueline Wiehl/Werbeagentur Firebird
Gestaltung: PMP Agentur für Kommunikation, Reutlingen
Lektorat: Bernd Storz
Korrektorat: Sabine Tochtermann
Satz: Uhl + Massopust, Aalen
Druck und Bindung: FINIDR, s.r.o. | Česká republika
ISBN 978-3-96555-194-7